올 댓 드라마티스트

All
that
Dramatist

대한민국을 열광시킨
16인의 드라마 작가

드라마티스트

스토리텔링콘텐츠연구소 지음

Dramatist

이야기 공작소

책을 펴내며

'인생이 드라마 같다'는 말을 흔히 한다. 하지만 인생에는 각본이 없고, 드라마에는 각본이 있다. 이 책은 드라마의 각본을 쓰는 사람들의 각본 없는 인생과 일에 대한 이야기다. 드라마는 이미 우리 일상에서 떼어 놓을 수 없는 일부가 되었다. 그러나 드라마 작가들은 여전히 베일에 가려져 있다.

김수현, 김정수와 같은 원로에서부터 한국 드라마를 세계적 수준으로 도약시킨 중견 작가, 그리고 두터운 마니아층을 둔 신진 작가에 이르기까지, 우리가 소개하는 16인의 드라마 작가는 대한민국을 열광시킨 이야기의 마술사들이다. 성공한 드라마에 개성 강한 캐릭터가 여럿 있듯 이 책에 등장하는 작가들은 제각기 다른 원칙과 방법을 가지고 예술적 성취를 이룬 이들이다.

우리는 드라마 작가들의 삶과 작업의 특성을 최대한 성실하게 담아

내려고 했다. 작가들의 드라마가 지닌 의미에 대해서도 조명하려고 노력했다. 취재를 위해 관련 자료를 조사하고 인터뷰를 하는 과정에서 우리 필진을 긴장하게 만들지 않은 작가는 아무도 없었다. 우리 드라마가 국경을 넘어서며 시청자들의 마음을 사로잡게 된 것은 결코 우연이 아니었다.

『올 댓 드라마티스트』는 드라마 작가들의 세계를 이해하는 데뿐만 아니라 드라마의 이면을 이해하는 데도 도움이 되리라 믿는다. 아울러, 이 순간에도 드라마 작가가 되기 위해 자신과의 싸움에 매진하고 있는 많은 이들에게 창작 지침서로 활용될 수 있기를 기대한다.

차례

책을 펴내며 _004

01 인간의 길을 묻는 작가 김수현 이야기 _008
_김수현 편

02 사람 사이에 정이 흐를 때 _022
_김정수 편

03 아직 서울 하늘에는 달이 뜨는가 _036
_김운경 편

04 나, 여자 _052
_주찬옥 편

05 이 작품 접으세요 _068
_최순식 편

06 그 여자의 앙코르 _084
_이선희 편

07 사람들의 이야기, 그것이 궁금하다 _102
_박지현 편

08 짐승처럼 살아온 이야기꾼 _118
_최완규 편

09 아름다운 마법, 드라마 _136
_권인찬 편

10 당신의 어깨를 토닥이는 행복 바이러스 _150
_홍진아 편

11 내가 사는 세상 _164
_노희경 편

12 나는 드라마가 참 좋다 _184
_박계옥 편

13 맹랑한 계집애의 도보 여행 _202
_김도우 편

14 넘어져 가며, 참아 가며, 깨쳐 가며 그렇게…… _218
_정성희 편

15 시로 무장한 계백 장군 _236
_정형수 편

16 드라마, 감성과학을 꿈꾸다 _254
_이기원 편

김수현

데뷔: MBC 라디오 드라마 〈저 눈밭에 사슴이〉(1968)
주요 작품: 엄마 아빠 좋아(1979) 사랑과 진실(1984) 사랑과 야망(1986) 배반의 장미
(1990) 사랑이 뭐길래(1991) 목욕탕집 남자들(1995) 청춘의 덫(1999) 부모님 전상서
(2004) 내 남자의 여자(2007) 엄마가 뿔났다(2008) 인생은 아름다워(2010) 등

특별 기고
신상일(방송작가 겸 방송평론가. 한국방송작가협회 이사장, 교육원장 역임. 현재 서울
예술대학 겸임교수)

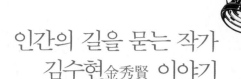

인간의 길을 묻는 작가
김수현金秀賢 이야기

"당신이라는 여자…… 눈썹 하나 까딱 않구, 거짓말에, 거
짓말에 또 거짓말…… 거짓말 속에, 또 다른 거짓말이 있
구, 그 속에 또 다른 게 있구…… 맨 마지막 거짓말은 뭐
지?"

_드라마 〈사랑과 진실〉 중에서

작가 김수현에게는 이미 이런저런 수식어가 따라다닌다.

'백 년 만에 한 번 나올까 말까 한 작가!', '드라마의 신神', '드라마의
성인聖人'. 거기다가 '언어의 연금술사', '언어의 마술사'. 모두가 작가
김수현을 두고 세상에서 더러 하는 소리다. 하지만 그냥 나온 말은 아
니다. 그럴 만한 근거가 있다. 지나치게 과장된 표현이라 치부할 일도
아니다. 무릇 한 사람의 작가를 말하기란 결코 쉬운 일은 아니지만, 그

럼에도 작가 김수현에겐 왜 이런 수식어들이 붙어 다닐까?

40년이 넘도록 그의 드라마는 시청자들의 사랑을 받아 왔다. 보통 시청률 20퍼센트에서 30퍼센트를 넘나드는 것은 예삿일이었다. 거기다 최고 시청률 70퍼센트에 육박한 경이적인 경우도 있었다. 시청률 30퍼센트라면 대충 사람들이 그의 드라마를 얼마나 봤다는 소릴까? 정확히 국민의 3분의 1에 가까운 30퍼센트라고는 할 수 없지만 줄잡아 천만 명이 한꺼번에 봤다고 해도 무리는 아닌 수이다. 누가, 무슨 일로 국민 천만 명을 TV 앞에 불러 모을 수 있을까? 강제도 아니고 순전히 자발적으로, 그것도 동시에 전국에서. 작가 김수현은 이런 일을 그동안 수십 차례 해 온 사람이다. 왜 그런 일이 벌어졌을까? 무슨 재주로 무슨 마술을 부렸기에. 단순히 시청률만을 가지고 말하기에는 문제가 있다. 때로 저급한 드라마가 시청률이 치솟을 때도 있었으니까. 그리고 김수현의 드라마라고 해서 늘 시청률이 높지는 않았다. 맘먹고 썼지만 반응이 시원찮은 드라마도 있었다. 그렇다면 무엇이 김수현을 당대 최고의 드라마 작가로 평가받게 하는가?

어느 시대가 한 사람의 뛰어난 작가를 갖는다는 건 어떤 뜻일까? 우선 동시대를 사는 시청자로서는 참으로 행복한 일일 것이다. 누군가 좋은 작품을 쓰는 작가와 함께한 세월을 보낸다는 것이니까. 두말할 것 없이 그 자체가 복권과 같은 행운이기 때문이다. 만약에 우리가 날로 돼먹지 않은 드라마를 보면서 살아야 한다면? 그야말로 지겨운 일이고 불쾌하고 모욕적인 나날일 것이다.

작가 김수현이 드라마를 쓰기 시작한 것은 1968년으로 거슬러 올라간다. 벌써 40년도 훨씬 넘었다. 당시 문화방송이 개국 7주년을 맞아 라디오드라마를 공모했다. 연속극 〈저 눈밭에 사슴이(원제 : 그 겨울의 우화)〉로 당선됐다. 그때 원고를 대신 접수시킨 양인자 씨의 회고가 흥미롭다. 양인자 씨는 드라마 작가, 소설가, 가요 작사가로 유명한 바로 그 양인자 씨다. 두 사람은 마침 같은 잡지사에 근무하는 동료 사이라 심부름을 한 것이다.

"도대체 이 여자가 무슨 얘길 드라마랍시고 잔뜩 써댄 것일까?"

가다가 문득 궁금해서 잠시 어디 앉아 원고를 읽기 시작했다. 자기도 글을 쓰지만 너무 재미있어서 눈을 뗄 수가 없었단다.

'어쩜 이렇게 이야기를 정말, 정말 재미있게 쓸 수가 있을까?'

여기서 말하는 '재미'만큼 드라마에 있어 중요한 것도 없다. 일반적으로 우리는 '드라마틱' 하다는 말을 자주 쓴다. 이때 이 '드라마틱', 즉 '극적劇的'이란 단어는 한마디로 '재미'다. 재미가 없으면 드라마라고 하지 않는다. 단순히 엎어지고 넘어지는 코미디가 아니다. 처음 쓴 드라마 원고에서 같이 글을 쓰는 동료가 눈을 뗄 수가 없었으니 그 솜씨, 입심을 알 만하다. 그때부터 천부적인 이야기꾼으로서 발군의 실력을 내보인 것이다. 그러나 한동안, 방송사의 누구도 그를 찾으려 하지 않았다. 기껏 역량 있는 신인을 뽑아 놓고는 잊어버리고 지내는 곳. 그때나 지금이나 방송사라는 조직은 좀 그런 측면이 강하다. 하지만 그 무렵 생활인으로서의 김수현은 몹시 절박했다. 그의 자전적 에세이 『미

안해, 미안해』에서 밝혔을 정도로. 방송사에서 찾지 않는다고 그냥 앉
아만 있을 처지가 아니었다. 그때 주변의 권유로 멜로 영화 시나리오를
몇 편 쓰게 된다.

"김수현 씨가 TV 드라마를 쓰면 진짜 잘 쓸 거야. 두고 봐."

누군가 곁에서 지켜본 사람이 애정 어린 얘기도 해 주었다. 물론 그
후 그는 국내 영화제에서 시나리오작가 상까지 받는다. 영화와 TV 드
라마는 같은 영상으로 보이지만 엄연히 다르다. 두 매체의 특성과 차이
에서 오는 매력을 강조한 말일 것이다.

"마음을 그리는 것은 중요하다. TV 드라마는 마음을 그리
는 것이기 때문이다. 현란한 액션이나 화면, 충격적인 사건
이 아니라 마음의 행로이다. 그래서 자연히 말, 즉 대사가
중요한 표현 수단으로 등장하게 된다."

1972년 5월 MBC TV 주간드라마 〈무지개〉가 길을 튼다. 작가 김수
현은 그리고는 곧바로 일일극 〈새엄마〉를 맡아 다음 해 말까지 쓴다.
당시로서는 가장 길게 방송한 성공적인 일일드라마였다. 비교적 신인
작가에게 일일극을 맡긴다는 자체가 모험이었다. 하지만 MBC는 이 한
편으로 모험을 건 보상을 톡톡히 받는다. 우선 폭발적인 인기로 일일극
의 새로운 장을 열었다는 점. 그때까지의 텔레비전 일일극 흐름을 단숨
에 바꿔 놓았다는 점. 무엇보다 뛰어난 작가를 얻었다는 것이 큰 수확

이었다. 이때부터 그는 1978년 6월까지 MBC TV 일일드라마를 도맡아 쓴다. 거의 쉬지 않고 이어졌다.

시청자들은 날마다 연속극을 보며 '김수현 드라마'의 매력에 빠져들었다. 한때 MBC는 '드라마 왕국'이라 불렸다. 그때 왜 그런 말이 생겨났을까? 이 시기 김수현의 드라마에 빠지지 않은 사람이 거의 없었기 때문이다. 대한민국 사람 치고 한 번쯤 그의 드라마를 안 본 사람이 없었으니까 말이다. '김수현 드라마'라면 시체도 벌떡 일어난다는 얘기가 이때 나왔다. 〈강남가족〉, 〈수선화〉, 〈안녕〉, 〈신부일기〉, 〈여고동창생〉, 〈당신〉 등등. 김수현의 일일극은 색깔이 달랐고 그때로선 새로운 버전이었다.

1969년경부터 나오기 시작했다고 할 수 있는 TV 일일극의 경우 대부분이 눈물로 얼룩진 지나간 삶을 주로 반추하고 있었다. 크게 히트한 텔레비전 일일극들이 대부분 지난 일들을 많이 다뤘다. 여인의 한恨과 눈물, 고부 갈등, 일제나 6·25 전후의 이야기들이다. 그런데 김수현의 드라마, 특히 일일극들은 이야기 방향부터가 달랐다. 철저히 현실을 바탕으로 지금 당장 살아가는 이야기들을 썼다. 살아 있는 현재와 땅에 발을 딛고 선 사람들을 등장시켰다. 무엇보다 그의 드라마에는 지극히 정상적인 '인간'이 있었다. 자학과 굴종에 가까웠던 퇴행적 신파新派를 한 방에 날려 버렸다. 모든 예술 장르와 마찬가지로 TV 드라마도 다양한 내용을 다룬다. 그러나 방송에서 반드시 필요로 하는 것은 '현실'이라는 무대다. 언제까지 과거지향적인 드라마만을 계속해서 내보내야

하는가. 이런 의문이 대두될 무렵, 김수현의 일일극은 적시타를 날린
셈이다.

〈새엄마〉는 대가족 가정에 재취로 들어온 여인이 살아가는 이야기다.
어렵고 미묘한 입장의 주인공은 철저하게 자신의 지혜로 살아간다. 더
이상 자신의 의지가 아닌 남의 뜻과 눈치로 살아가지 않는다. 여성으로
서가 아니라 누구나 똑같은 대등한 인간, 인격으로 만든다. 특별한 재
미가 있을 수 없는 일상에서 사람들의 마음을 그려 낸다. '마음'을 그리
는 것은 중요하다. TV 드라마는 마음을 그리는 것이기 때문이다. 현란
한 액션이나 화면, 충격적인 사건이 아니라 마음의 행로이다. 그래서
자연히 말, 즉 대사가 중요한 표현 수단으로 등장하게 된다.

> *"당신이라는 여자…… 눈썹 하나 까딱 않구, 거짓말에, 거짓말에 또 거짓*
> *말…… 거짓말 속에, 또 다른 거짓말이 있구, 그 속에 또 다른 게 있*
> *구…… 맨 마지막 거짓말은 뭐지?"*
>
> _드라마 〈사랑과 진실〉 중에서

김수현의 대사는 '글'이 아니다. 쉽고, 짧고, 시각적이고 함축적이며
일정한 품격을 유지한다. 상징적인 뉘앙스와 함께 주제를 적확的確하게
전하는 말이다. 또 한 가지 김수현 드라마의 매력은 등장인물들의 성격
에 있다. 다양한 캐릭터를 얼마나 리얼하게 살리느냐 하는 문제는 곧
캐릭터의 운명인 동시에 이야기의 흐름을 좌우한다. 작가 김수현은 인

간에 천착하고 인간을 관찰하는 데 탁월했다.

그리고 인간이 어떻게 살아야 할 것인가에 대한 철학이 확고했다. 작가적 의식이 뚜렷했고 바라보는 시각이 신선하고 정확했다. 그렇기에 그전에 나왔던 일일극하고는 여러 가지 측면에서 다른 작품을 선보인 것이다. 특정 소수라기보다 불특정 다수에서 등장인물을 골라내고 있었다. 그들을 살아 움직이는 현실의 인물로 만드는 데 천재적이었다. 거기에다 사람, 현실, 생활 그리고 시대와 사회의 흐름과 함께 가는 감각. 더 정직하게 말한다면 세상보다 조금씩 앞서가는 감각이 있었다.

사람들은 이런 작가적 재능을 가끔 천부적이라고 말하기도 한다. 그러나 그에게 있어 '천부적'이란 '글쎄……' 정도에 지나지 않는다. 가끔 한 분야의 1등에게는 '천부적'이란 말이 나오기도 하지만 그녀에게는 여전히 '글쎄'다.

"책을 읽으세요. 그것도 많이 읽으라고 권하고 싶습니다. 이것이 곧 작가로서의 밑천이고 재산입니다. 특히 고전을. 모든 세계 문호들의 책을 섭렵하세요. 현대 문학도 훑으세요. 그다음에는 모든 분야의 책을 다 읽으세요. 책이라고 생긴 것은. 드라마 작가의 작업에 필요한 책이 한정되어 있지 않습니다. 이것저것 가리지 않고 읽어 여러분의 창고 숫자와 크기를 늘리세요. 이것이 곧 작가로서의 내공입니다.

김수현

어차피 드라마란 무엇입니까? 인간 탐구와 인생 성찰, 그리
고 인간 연구가 아닙니까?"

    평소 남 앞에 잘 나타나지 않고 오로지 작품으로만 말하려는 작가 김
수현. 그런 그가 딱 한 번 드라마 작가 지망생들에게 진정으로 한 말이
다. 균형 잡힌 가치관, 건강한 작가 정신, 전문적인 이야기꾼 되기가 바
로 그것이다. 그리고 '글'이 아닌 '말'로 쓰는 드라마를 알아야 한다는
것. 거기다 죽었다 깨어나도 지켜야 하는 다양한 캐릭터의 창출을 강조
했다. 김수현의 드라마는 지나가는 단역이라도 캐릭터가 확 살아 있다.
왜? 인간은 천차만별이기 때문이다. 한 사람도 같지 않은 개성을 가졌
으니까.

    또 한 가지 강조한 것은 비교적 단순하게 작품을 시작할 줄 알아야
한다는 것이다. 단순화 작업이란 곧 명료해지는 지름길이기 때문이다.
진리일수록 단순명료하고 주제가 선명하며 깊이 들어갈 수 있다. 작가
김수현이 그의 드라마에서 얼마나 단순명료하게 접근했는지 드라마 별
로 한번 보자.

    〈새엄마〉 대가족 집안에 재취로 들어온 여자는 어떻게 살아갈까?
    〈강남가족〉 한없이 선량한 아버지와 생각이 건강한 자식들 이야기.
    〈신부일기〉 똑똑한 시골 처녀가 서울로 시집오면 어떻게 될까?
    〈사랑과 진실〉 신분 바꿔치기. 〈사랑과 야망〉은 형제 이야기.

〈사랑이 뭐길래〉 진보와 보수, 두 집안의 충돌.

〈은사시나무〉 이 세상에 외롭고 불쌍하지 않은 사람은 없다.

〈부모님 전상서〉 조금만, 조금만 옛날로 돌아가자.

그는 그 많은 분량의 원고를 쓰면서 작품이 늦은 적이 없다. 단 한 번. 저작권 문제로 혼자 스스로 집필을 거부한 적은 있어도. 그것이 드라마 작가 대표로서 자존심을 사수하는 옳은 길이라고 믿었기 때문에.

남들은 원고가 써지지 않아 속이 새카맣게 타들어 간다고들 한다. 하지만 작가 김수현은 아주 쉽게 쉽게 쓰는 것처럼 보인다. 가령 일주일 치 원고를 아침에 시작해서 저녁밥을 먹기 전에 끝낸다. 천재라서? 그럴 수도 있지만 아니다. 이유는 지극히 간단하다. 남들은 쓰면서 비로소 생각에 들어가지만 김수현은 평소 생각하는 데 많은 시간을 보내고 막상 쓸 땐 빨리 쓴다. 생각도 그냥 생각이 아니라 깊은 몰입의 경지를 많이 갖는다. 작가 김수현이 쓴 대본은 아무도 못 고친다. 이른바 '애드리브'도 용납하지 않는다. 남이 손 댈 수가 없다. 그의 드라마는 누가 토씨 하나 고쳐도 말이 안 되기 때문이다.

김수현은 일일극만 무려 6년을 방송했다. 그것도 쉬지 않고 6년 동안 계속해서 다른 이야기를 썼다. TV 일일드라마를 하나의 환경으로 만드는 역할을 해냈다. 한국에 있어 TV 일일극은 어느새 생활환경의 하나가 되었다. 거기서 나오는 말, 행동, 가치관, 삶의 모습이 사회를 지배했다. 작가 김수현은 '한국을 바꾼 100인'에 당당하게 들었다.

일일극에서 주말극으로 넘어간 1978년 이후도 마찬가지였다. 〈후회합니다〉, 〈청춘의 덫〉, 〈배반의 장미〉, 〈산다는 것은〉, 〈작별〉, 〈목욕탕집 남자들〉, 〈내 남자의 여자〉, 〈인생은 아름다워〉까지. 컬러텔레비전 이후의 드라마들까지 그의 활동은 더욱 폭발력을 가졌다. 〈말희〉, 〈불행한 여자의 행복〉 등 명품 단막극도 여러 편 나왔다. 〈인생〉, 〈어디로 가나〉, 〈옛날 나 어릴 적에〉, 〈아버지〉, 〈첫 손님〉 등 비교적 최근의 〈홍소장의 가을〉 같은 특집극들도 호평을 받았다. 어느 작품이든 김수현의 드라마에는 '사람'과 '삶'이 있다. 어디 외계에서나 왔을 것 같은 황당무계한 가공인물들이 아니다. 기상천외의 유치하고 성숙하지 못한 인물은 상대하지 않는다. 100퍼센트 허구가 아니라 1퍼센트의 진실, 진정성이 항상 자리 잡고 있다. 때문에 대부분의 사람들은 '김수현 드라마'라면 무조건 믿고 매료될 준비가 돼 있다.

일반적으로 TV 드라마를 '거울과 창窓과 꿈'으로 보는 견해가 있다. 우리를 비춰 보는 거울이기도 하고, 세상을 내다보는 창이기도 하기에. 거기다가 일상에 꿈을 불어넣는 기능을 한다고 말하는 사람들도 적지 않다. 작가 김수현의 드라마적 시각은 늘 펄떡펄떡 살아서 움직인다. 드라마 속의 사람이, 이야기가 펄떡펄떡 살아 있는 것이 특징이다. 어떤 사람은 '말의 자유와 성찰하는 시선의 깊이'로도 본다. 또 어떤 사람은 '집과 밥과 말과 사랑'으로 말하기도 한다. 정말 '집과 밥과 말과 사랑'은 김수현 드라마의 필수품이다. 얼마나 대중적 삶의 욕구에 충실한

지 알 수 있는 대목이다. 지극히 일상적으로 보이는 것들이 인생에서 어떤 의미인지, 하찮아 보이는 것들의 중요성을 늘 인간애와 함께 보여준다.

작가 김수현은 흔히 기자들이 접근하기 어려운 인물로 돼 있다. 그래서 때때로 오해도 받지만 전혀 아랑곳하지 않고 산다. 작가란 작품으로 말해야지 '립서비스'로 말하는 존재가 아니기 때문이다. 쓸 때는 오직 쓰는 데만 충실해야 하는데 꼭 그럴 때 만나잔다. 그나마 어렵게 만나서 얘기하면 대부분이 정확하게 전달되지 않는다. 핵심은 빼고 엉뚱한 화젯거리로 오도하는 기사는 싫기 마련이다. 그만큼 그는 세상과 인생의 모든 정확함에 몰입하는 작가다. 엉터리로 지어내는 황당한 거짓은 인정하기 싫은 것이다.

드라마는 허구지만 사실이나 진실에 가까워지려는 허구다. 작가 김수현은 드라마는 기교에 앞서 내용이 훨씬 중요하다고 믿는다. 그는 항상 '어떻게 쓰느냐'보다 '무엇을 쓸 것인가'를 생각한다. 이것저것 기웃거리는 '검색'이 아니라 혼자 깊이 '사색思索'한다. 그리고 그 사색은 반드시 핵심을 향해 달린다. 사과나무에서 사과가 떨어지는 것은 누구나 관찰할 수 있다. 그러나 뉴턴은 그 관찰 결과로부터 만유인력을 발견했듯 아마도 거기까지 김수현의 생각, 사색은 이어지리라 생각된다. 그렇지 않고는 그 많은 인간의 캐릭터들을 어떻게 만들어 내겠는가. 그것도 아주 정확하게, 그 속에 들어갔다 나온 것처럼 꿰뚫어서 말이다. 무섭고도 매서운 '핵심'에 대한 관찰력이라고 말하지 않을 수 없다.

작가 김수현은 매섭고도 무서운 면이 있다. 작품에 관한 한 스태프들에게 엄격하고 철저한 몰입을 요구한다. 한번은 이런 일이 있었다. 자기 작품에 출연 중인 젊은 배우가 원인이 됐다. 중간에 타 방송 드라마의 주인공을 겹쳐서 하겠다고 나섰던 것. '한 배우가, 그것도 같은 날 같은 시간에 두 채널에서 뛰겠다니!' '몰입'의 여신 작가 김수현에게는 도저히 용납할 수 없는 일이었다.

"아무개 씨, 몇 살이에요? 아직 젊은데 왜 그렇게 급해요? 무지개는 뛴다고 잡히는 게 아니에요. 순리대로 사세요. 제가 정리해 드릴 테니까 저쪽 방송 가서 열심히 하세요."

그리고는 외국 지사로 발령 내는 것으로 멋있게 그 배우를 정리했다. 드라마를 함에 있어 그는 시청자에 대한 최소한의 예의를 그 배우에게 말한 것이다. 또한 원칙을 강조했고 작가 자신이 그런 정신으로 쓴다는 말이다. 독하고 무서워 보이지만 또 다른 부분은 정이 많고 마음이 약하다. '혼자서 조용히 많이 쓸쓸해하기도 하고 참 많이 베풀기도' 한다.

작가 김수현은 후배 작가들에게 많은 말을 남기지 않았다. 그가 보여 준 드라마가 곧 그의 말이고, 행동이며, 실천이었기 때문이다. 그런 그가 드라마 작가를 꿈꾸는 작가 지망생들에게 한 말이 있다. 이 역시 작가 김수현을 조금이라도 알 수 있는 길이라 여기며 이것으로 갈무리한다.

"드라마 작가가 끝까지 붙들고 매달려야 할 것은 무엇인가? 건강하고 아름다운 인간을 지키는 것이라고 생각합니다. 고전들이 무엇이겠습니까? 역시 본질에 대한 가르침 때문이겠죠. 드라마도 결국은 인간의 본질을 파고드는 작업이라고 말하고 싶어요. 풍조風潮나 시류時流를 신경 쓰지 마세요. 좋은 대본이면 됩니다. 행여 자극적이고 엽기적인 것으로 작가가 될 수 있지 않을까…… 그런 생각도 버리세요. 결코 되지도 않고 되어서도 안 되는 일입니다. 작가는 자기 작품에 창피해하지 않아야 합니다. 지능이 낮은 콩쥐팥쥐, 인생을 날로 먹자고 덤비는 신데렐라…… 그런 걸 써서 사람들에게 무엇을 줄 수 있을까요? 엉성하게 작업하지 마십시오. 드라마는 세공細工으로 여겨야 합니다."

김수현

김정수

데뷔: MBC TV 개국 10주년 드라마 공모 〈제3교실, 구석진 자리〉(1979)
주요 작품: 전원일기(1981~1993) 행복한 여자(1998) 엄마의 바다(1993) 전쟁과 사랑
(1995) 그대 그리고 나(1997) 파도(1999) 그 여자네 집(2001) 흐르는 강물처럼(2002)
한강수타령(2004) 누나(2006) 쑥부쟁이(2008) 행복합니다(2008) 등

취재 및 집필
박영란

사람 사이에 정이 흐를 때

상미 에미 봐라!
코드 하나 사이버라. 추분데 덜고 다니지 마고.
아, 돈 남므면 두리 보약 하재썩 무거라.
(상미 엄마 보거라!
코트 한 벌 사 입어라. 추운데 떨고 다니지 말고. 아, 돈 남으면 둘
이 보약 한 재씩 지어 먹어라.)

_드라마 〈쑥부쟁이〉 속 늙은 어머니가 남긴 메모

단편소설 「우계」로 등단한 지 거의 10년 만에 다시 글을 쓰기 시작
했다. 나이 서른 즈음이었다.

그녀는 주방에서 진열 선반 한 장을 빼냈다. 그리고 낡은 소파 등받
이 위에 그것을 걸쳤다. 두 개의 등받이는 받침대가 되어 주었다. 그렇

게 만들어진 간이 책상은 아이를 업은 채 서서 글을 쓰기에 알맞았다. 한 손으로는 아이를 토닥거리면서 다른 손으로는 글을 써 내려갔다.

다시 글을 쓰기 시작하기까지 10년 동안 많은 일이 일어났다. 대학 3학년 때 아버지가 돌아가셨고, 몇 년 지나지 않아 어머니마저 돌아가셨다. 그녀는 집안의 장녀였다. 6남매를 대신해 집안의 모든 일에 책임을 다 해야 했다. 그녀는 결혼을 감행했고, 두 아이를 낳았다. 그녀의 청춘, 그녀의 20대 10년이 그렇게 흘러갔다. 글을 쓸 시간도, 여유도 주어지지 않았다. 서른이 되어서도 사정은 달라지지 않았다.

하지만 그녀는 오랫동안 신문을 읽고 스크랩을 해 왔다. 언젠가 글을 쓸 것이다, 줄곧 그 생각만 했다. 유신의 막바지, 시대는 엄혹했지만 사회와 소통을 멈추지 않았다. 그런 시대의 긴장 속에서 그녀는 쉬지 않고 신문 스크랩을 했다. 기사들은 주제별로 분류되어 커다란 양복 상자 안에 차곡차곡 모였다.

그리고 얼마의 시간이 흐른 후, 그녀는 그 상자의 뚜껑을 열었다. 상자 안에서 교육에 관한 기사들을 골라냈다. MBC TV 개국 10주년 드라마 공모전에 응모할 원고를 쓰기 시작했다. 그때가 1979년이었다. 여러 부문 중에서도 교육 부문 드라마를 선택했고, 스크랩해 둔 신문 기사들 중에서 교육에 관한 정보를 골라냈다. 극본은 처음이었다.

그녀는 칭얼대는 아이를 업고 글을 써야만 했던 그 순간을 잊지 못한다. 돈을 위해서, 명예를 위해서 쓴 것은 아니다. 다만, 스스로 다시 글을 쓰고 있다는 것만으로도 기쁨이고 희열이었다.

그리고 한 달 후, 그녀는 방송사로부터 당선 통지를 받았다. 〈제3교실, 구석진 자리〉가 교육 부문에 당선된 것이었다.

당선은 기쁨보다 더 많은 혹독한 시간을 준비해 두고 있었다. 드라마 작가로서 그녀의 첫 스승은 이연헌 PD다. 그는 혹평을 마다하지 않았다. 여러 차례 수정을 요구했다. 요청에 따라 수정을 해 가면, 또 다른 수정 요청이 따랐다. 그러면 또 하루나 이틀 안에 원고를 수정해 제출해야 했다. 그때 그녀는 두 아이의 엄마였고, 집에서 방송국까지 갔다 오려면 꼬박 하루가 걸렸다.

어느 날 새벽 그녀는 세 번째 수정 원고를 들고 방송국을 향했다. 아침 식사는 생각도 할 수 없었다. 오직 방송 시간을 맞추는 게 급선무였다. 아이들을 동생에게 맡겼다. 수서에서 마장동까지 가는 버스를 타고, 다시 마장동에서 방송국으로 가는 버스를 갈아탔을 때 이미 다리에 힘이 풀리고 말았다. 방송국에 도착해서는 한 발자국도 내딛기 힘들었다. 겨우 방송국에 도착해 놓고 기진맥진하여 층계에 주저앉았다. 땀이 아니라, 몸에서 진액이 빠져 나가는 것 같았다. 밤새 한숨도 못 자고 원고를 수정한 데다, 아침 식사도 거르고 먼 길을 달려왔기 때문이리라.

"그때 건물을 청소하던 아주머니들을 잊을 수 없어요."

층계에 주저앉아 있던 그녀에게 청소부 아주머니 한 분이 따뜻한 보리차 한 잔을 권했던 것이다. 청소부 아주머니들은 난방을 위해 건물 휴게실이나 화장실에 난로를 피웠고, 으레 그 위에는 보리차를 담은 주전자가 끓고 있었다.

"사람과 사람 사이에 흐르는 정이라는 것은 대개 그런 식으로 존재를 드러내지요. 방송 작가 생활, 상상할 수 없을 만큼 고달픕니다. 하지만 고달프지 않은 사람들은 경험하지 못하는 새로운 것들을 또한 경험하기도 합니다."

청소부 아주머니들이 건넨 따스한 보리차를 마신 그녀는 수정한 원고를 껴안고 드라마 제작실로 PD를 찾아갔다. 그런데 그곳에 도착해 보니 이미 드라마가 제작되고 있었다. 그녀는 깜짝 놀랐다. PD에게 인사도 없이 드라마 극본을 찾아 헤맸다. 그곳엔 당선 원고가 있었다. 수정 원고는 사실상 필요 없었다. PD의 거듭된 수정 요구는 끈기와 성실성을 시험해 보기 위한 한 과정이었던 것이다.

"트레이닝 과정에서 많은 작가들이 탈락하고 말지요. 마음의 상처를 입고, 때로는 원한을 갖게 되기도 합니다."

방송일은 시간이 생명이다. 어떤 변명도 통하지 않았다. 시간을 맞추지 못하면 드라마 작가가 될 수 없다. 그녀가 겪었던 모진 시간도 글을 쓰겠다는 순수한 열정을 더욱 단단하게 만들었을 뿐이다.

"운명이란 게 애쓰지 않아도 절로 주어지는 것이 아닙니다. 운명은 혹독하지요. 오히려 죽도록 애를 쓰게 만듭니다. 무언가를 위해 처절하게 몸부림치는 것, 그 일을 도무지 멈추지 않게 하는 것, 그것이 운명입니다."

2011년 3월 24일 늦은 오후, 봄눈이 내리고 있었다. 멀리 남한산성이 건너다보이는 작업실.

"글 쓰는 일은 일치감치 나의 운명이었습니다."

그녀는 작업실 창가로 다가섰다. 작업실은 17층이었다. 밖을 내다보기에 좋았다. 멀리 남한산성의 검은 등줄기가 이어지고 있었다. 그 아래로 문정동 거리, 가락시장이 보였고, 분당으로 나가는 인터체인지와 아파트 밀집 지역과 빌딩들이 빼곡했다. 하지만 그녀가 처음 이곳으로 들어왔을 때는 그저 농지가 드넓게 펼쳐진 도시 변두리 농촌 동네였을 뿐이다.

"예전에 가락시장 인근에서 MBC까지 가려면 우선 마장동 가는 버스를 타야 했어요. 그때 여긴 변두리라 버스가 드물었어요. 마장동에 가면 MBC 가는 버스를 다시 갈아타야 했어요. 대본 마감 시간을 맞추기 위해 쪽잠을 자는 것쯤은 고충도 아니었지요. 방송 일은 시간을 지키는 싸움이에요. 시간을 지키지 못하면 끝이지요. 시청자와 약속인 거니까요. 드라마 작가가 된 뒤로는 침대에 편히 누워 잠을 자 본 기억이 거의 없어요. 식사를 거르는 일도 다반사지요. 그렇게 집에서 방송국까지 그 먼 길을 몇 장의 원고를 들고 시간을 맞추기 위해 새벽부터 달려가는 날이 부지기수였어요. 지금처럼 교통이 편하지도 않았고, 팩스나 메일 같은 통신은 생각할 수도 없던 시절이었지요. 원고를 들고 뛰는 수밖에, 도리가 없었어요. 작가 생활, 상상할 수 없을 만큼 고달픕니다. 이 일, 녹록치 않습니다. 아주 힘든 직업 중 하나일 겁니다. 글 쓰는 일에 순수한 재미와 열정을 느끼지 못하면 할 수 없습니다. 드라마 작가 생활이라는 게 그렇습니다."

그녀의 이름이 세간에 알려진 것은 〈전원일기〉 때부터다. 원래 이 드라마는 차범석 작가와 이연헌 PD가 시작했다. 그녀는 드라마가 방영되고 6개월 후에 합류했다. 그리고 합류한 지 2년 뒤에는 혼자 〈전원일기〉의 극본을 맡게 되었다. 신인 작가에게는 파격이라 할 만했다. 시간이 흐르면서 여러 동료 작가들이 그녀와 번갈아 가며 〈전원일기〉의 극본을 써 냈다. 그 일이 12년 동안 이어졌다. 그녀로서도 그처럼 오래 할 것이라고는 생각지 못했다. 1980년부터 1992년까지, 무려 500회에 달하는 분량을 써 낸 것이다.

〈전원일기〉가 끝났을 때 그녀는 자신의 내부에서 무언가 가득 차오르는 것을 느꼈다. 그것은 충만감이었다. 연속극 500회 분량은 자신의 내부에 있는 무언가를 쏟아내 버린 일이 아니라, 무언가로 가득 채운 일이었다. 그녀는 그것을 '가족애'라고 생각한다.

"인간의 진정한 가치, 오늘날 가족에게 중요한 것이 무엇인가? 하는 고민이 내 작품의 주제입니다. 그 주제를 전달하는 것은 가족의 소소한 일상, 즉 사랑이지요."

그녀는 이후 자신의 작품 전체를 관통하는 주제를 〈전원일기〉에서 찾아냈던 것이다.

―유년은 행복하셨습니까?

─네, 행복했어요. 아버지는 다정하신 분이셨고요. 그때는 물론, 요즘도 보기 힘든 남성상이에요. 아버지는 빈손으로 집에 들어오시는 법이 없었어요. 제가 결혼하고 나서 남편이 빈손으로 퇴근하는 것을 이해하지 못할 정도였어요. 우리 형제자매는 아버지의 사랑을 원 없이 받으며 자랐어요. 운이 좋았지요. 그런 아버지와 어머니, 두 분 모두 제가 20대에 돌아가셨지요. 그때 막내 동생이 겨우 여덟 살이었어요. 저는 갑자기 부모 역할을 해야 했는데, 힘들다는 생각은 하지 않았어요. 남편이 도와주기도 했지만, 부모에게 받은 힘이 있었다는 생각이 듭니다. 세상에 대한 사랑을 아버지를 통해서 배웠습니다. 제 드라마의 힘은 유년의 행복이 주는 힘일 겁니다. 지금도 아버지를 생각하면 절로 웃음이 납니다. 아버지의 사랑이 저에게 가장 큰 '빽'입니다. 지금 이 순간까지도 그렇습니다. 가족이 가장 큰 재산입니다.

─불행한 가족사를 가진 사람들도 많은데요. 그들에게도 가족이, 가족에 대한 사랑이 유효할까요?

─모든 가족에게는 사랑과 증오가 있습니다. 이것은 양면성을 가지고 있어서 경우에 따라 사랑이 클 때도 있고, 증오가 클 때도 있습니다. 하지만, 사랑이든 증오든 결국 모두 사랑의 다른 이름일 뿐입니다. 모든 인간에게 가족은 힘입니다. 사랑이든 증오든…… 결국 힘이 됩니다. 분명합니다.

─남편인 소설가 유금호 선생님과 서로 영감을 주고받습니까?

─우리 부부는 글을 쓸 때 서로 방해하지 않습니다. 서로의 일을 존

중해 줍니다. 한 사람은 안방에 한 사람은 건넌방에서 각각 글 쓰는 작업을 합니다. 서로 "잘돼 가?" 하고 물으면, "응, 잘돼 가!" 하고 대답했어요. 부부 사이에 존경심이 없으면 이토록 관계를 오래 유지하기 힘듭니다. 모든 인간관계가 마찬가지겠지요.

"시대에 따라 가족의 내용과 형태는 변화하고, 발전하고, 퇴행하기까지 합니다. 지금 이 시대의 가족은 해체되고 있을 뿐 아니라, 재구성되고 있습니다. 하지만 인간 삶의 본질은 잘 변하지 않습니다. 가족을 통해 나는 그 본질에 접근하는 작업을 하려고 합니다."

〈전원일기〉 집필을 마친 그녀는 다음 해인 1993년 주말드라마 〈엄마의 바다〉로 새로운 가족 서사를 만들어 냈다. 〈전원일기〉가 농촌 마을의 대가족을 중심으로 펼쳐지는 이야기였다면, 〈엄마의 바다〉는 도시의 몰락한 가족에 대한 이야기였다. 농촌 드라마에서 도시 드라마로의 전환이었다. 〈엄마의 바다〉는 놀랄 만한 시청률을 기록했다. 〈엄마의 바다〉에서 작가는 새로운 어머니 캐릭터를 창조해 냈다. 그것은 우리가 익히 알던 전통적 의미의 어머니 상이 아니었다. 부족함 없는 생활을 하던 도시 중산층 여성의 삶이 한순간에 밑바닥으로 추락하는 모습을 보여 줌으로써, 자신이 아닌 타인에 의지해 살아가는 도시 생활이 주는 안락함이 얼마나 위태롭고 불안정한 것인지 가감 없이 보여 주었다. 〈엄마의 바다〉에서 창조해 낸 '중년의 어머니'는 당시 많은 중산층 여성들의 허위와 위선과 거짓을 대변해 주는 캐릭터로서 충분한 역할을 했다. 더불어 그녀는 이 드라마에서 몰락한 도시의 가족을 구성하는 여러 캐릭터들을 창조해 냈다. 그 캐릭터들은 다양한 성격과 인생관을 지녔지만, 결국 모두는 물질보다 더 가치 있는 무언가를 찾고 있었다. 이 드라마가 가치를 부여한 부분이 바로 이것이었다.

그리고 1997년 〈그대 그리고 나〉라는 가족 드라마를 발표하게 된다. 〈그대 그리고 나〉는 항구도시에서 대도시로 이주해 온 가족의 이야기다. 〈엄마의 바다〉가 엄마와 딸들을 중심으로 이루어진 가족 드라마였다면, 〈그대 그리고 나〉는 아버지와 아들들을 중심으로 이루어진 가족 드라마다. 1993년 작 〈엄마의 바다〉가 몰락한 남편 때문에 덩달아 몰락한 엄마와 딸들의 이야기였다면, 1997년 작 〈그대 그리고 나〉는 몰락 당사자인 아버지의 이야기를 직접 등장시킨다. 그리고 아버지를 중심으로 아들들의 이야기가 펼쳐진다.

그녀는 이 드라마에서 시청자들의 마음을 사로잡으면서도 가족과 사랑을 생각해 보게 했다. 항구도시의 선주였던, 말하자면 한때 잘나가던 시절에 아버지가 연정을 품은 여자를 대하는 방식을 통해 어떤 가치를 보여 주고자 했다. 한때 잘나가는 선주였지만 이제는 도시 변두리의 할 일 없는 늙은 사내가 되어 버린 남자와 도시로 흘러들어 식당 일을 하는 여자의 사랑은 어쩌면 흔한 이야기일 수도 있다. 그리고 어쩌면 이 남녀는 쉽게 사랑하고 또 쉽게 헤어질 수도 있다. 하지만 작가는 이들

의 흔한 애정을 쉽게 해결하지 않았다. 두 남녀는 오랜 세월을 흘려보
낸 후에야 서로를 이해하게 되었다. 그리고 이 과정에서 둘은 삶의 숭
고함을 확인하고 가족들로부터도 이해를 구하게 된다. 이들 두 남녀는
오랜 시간 고통과 기다림 속에서 자신들의 사랑에 가치를 부여받게 된
것이다. 피붙이에게 상처를 주면서까지 지켜 낼 그 무엇이 과연 있을
까? 작가인 그녀는 그 둘의 사랑을 통해 개인의 욕망보다 가족이라는
공동체의 화합을 이끌어 내는 과정, 그 과정 속에서 이루어지는 사랑을
통해 궁극적으로 도달하려고 하는 가치, 즉 '가족애'와 '사랑'의 핵심에
도달하고 있었다.

2001년 새로운 드라마 〈그 여자네 집〉이 방영되었다. 그간 한국 사
회는 IMF를 겪으면서 이전과는 확연히 달라졌다. 개인과 가족에 대한
개념이나 이해가 달라지고 있었던 것이다. 그 몇 년 사이에 시대가 확
바뀌었다고 해도 과언이 아니었다. 이전의 가치들은 낡고 쓸모없게 여
겨졌고, 새로운 가치들이 세상을 이끌어 나갔다. 혼란하고, 위험하고,
복잡함이 증대되는 시대의 한가운데에서 그녀의 새로운 드라마 〈그 여
자네 집〉이 방영되었다.

〈그 여자네 집〉 역시 가족 중심의 드라마였다. 하지만 이전과는 다른
면모를 가진 이 드라마는 아버지나 어머니가 아닌 며느리가 이야기의
중심에 있었다. 사회생활과 결혼생활을 당차게 병행해 나가는 이 며느
리는 돈으로 대변되는 계급의 경계를 가볍게 무너뜨리고 가난한 집안

장남과 결혼한 여성이다. 그간의 가족 드라마에서는 보기 힘든 캐릭터를 탄생시킨 것이었다. 드라마는 이 며느리 캐릭터를 중심으로 갈등과 반목이 이어지고, 이혼에 이르렀다가 결국은 화합하게 되는 가족의 모습을 보여 준다. 그녀는 이 드라마를 통해 빠르게 해체 중인 대도시에서도 우리에게 왜 '가족'과 '가족애'가 여전히 유효한 가치인지를 보여 준다.

"가족애라는 것은 어쩌면 인류애의 다른 이름일 것입니다. 혹은, 인류애의 출발일 것입니다. 대체, 가족이 아니면 우리가 어디에서 왔단 말입니까?"

1979년부터 2011년까지 그녀는 모두 열네 편의 드라마를 썼다. 방영 횟수로 치면 약 1,000회 분량의 대본을 써 온 셈이다. 그 열네 편의 드라마 중에는 우리 사회의 신드롬이 되었던 작품도, 쓸쓸히 종영을 맞이한 작품도 있다. 누구나 겪는 시련을 그녀 또한 겪었다. 삶의 굴곡이 주는 낙차를 어김없이 견뎌야 했다. 그녀가 좌절의 시간을 견딜 수 있었던 것은 가족과 글이 있었기 때문이다.

드라마 〈민들레 가족〉은 시청률 면에서는 실패했다. 하지만 그것이 상처로만 남지는 않았다. 자극적인 드라마가 시청률을 올린다고 해서 그 시류에 따르고 싶지 않았다. 그녀에게는 그녀만이 쓸 수 있는 드라마가 있었기 때문이다.

드라마에서 시청률은 중요하다. 하지만 더 중요한 것은 그 드라마가 담고 있는 정신이다. 말초적이고 감각적인 재미만 추구해서는 안 된다. 공중파 방송은 오락적 기능과 함께 교육적 기능도 가지고 있는 것이다. 오락적 기능과 교육적 기능이 적정한 수위를 유지해야 한다.

"드라마를 쓰는 작가들은 좀 더 신중해야 하고, 시청자들은 좋은 프로그램을 선별해서 시청하는 안목을 키워야 할 겁니다. 그래서 서로 동의가 이루어지는 접점을 찾아내야 하겠지요."

그녀는 다음 작품의 시놉시스를 준비하고 있다. 머지않아 그녀의 새 드라마를 볼 수 있을 것이다.

—드라마 작가가 되려는 사람들에게 꼭 필요한 것은 무엇일까요?

—여길 좀 보세요. 저 밖. 이곳이 내가 시작한 곳이고, 지금까지 살고 있는 곳입니다. 예전에 이곳은 논밭이었지요. 지금은 빌딩 숲입니다. 우리의 삶이 바뀌고, 변화하고, 확장되고 있어요. 확장의 영역은 시공간을 초월하기까지 합니다. 가족의 의미도 그렇습니다. 그러니 이제 가족 이야기를 쓰려는 사람들은 2030년의 가족을 생각해 봐야 할 겁니다. 지금껏 남들이 다 했던 이야기는 안 됩니다. 자신만의 가족 이야기를 해야 하지요. 자신만의 방식으로 자신이 생각하는 가족 이야기를 해야 합니다.

지금의 드라마를 기준으로 삼으면 안 됩니다. 지금은 이전투구하는 시기일 뿐입니다. 여러 방송국이 생기고 시청률 경쟁도 극대화된 지금은 과도기일 뿐입니다. 이제 드라마를 쓰려는 사람들은 2011년의 경쟁을 뛰어넘는, 인간의 본성과 그 원천을 탐구하고 깊이를 확보하는 일을 먼저 생각해야 합니다. 시간이 필요한 일입니다. 하지만 그것을 확보하지 못한 채 뛰어들면 결국 경쟁에서 도태되고 맙니다. 누구에게나 한두 가지 이야기거리는 있습니다. 그 한두 가지 이야깃거리를 넘어 평생 드라마를 쓰려면 인간에 대한 탐구를 멈추면 안 됩니다. 그것이야 말로 2030년의 드라마일 것입니다.

3월의 끝자락 늦은 오후. 밖에는 봄눈이 내리고 있었다. 작업실 창가에 선 그녀는 서른 즈음의 그녀였다. 그녀는 아직도 여전히 서른 즈음의 열정을 고스란히 품고 있었다. 그래서 그녀는 아직 청년이었다.

김운경

데뷔: KBS 드라마 〈전설의 고향〉(1981)
주요 작품: 한지붕 세가족(1986~1994) 회전목마(1989) 서울 뚝배기(1990) 형(1991) 서울의 달(1994) 옥이 이모(1995) 파랑새는 있다(1997) 흐린 날에 쓴 편지(1998) 도둑의 딸(2000) 죽도록 사랑해(2003) 황금사과(2005) 돌아온 뚝배기(2008) 짝패(2011)

취재 및 집필
이충만, 방재석

아직 서울 하늘에는 달이 뜨는가

"남들이 좋아하는 모습을 바라보면 그게 전염되거든. 행복 이라는 건 남의 바지를 추켜올려 주는 거야."

_드라마 〈파랑새는 있다〉 중에서

김운경의 드라마처럼 식상한 풍속화는 없다. 그가 그리는 풍경은 엘 리트 집단의 비밀스런 사생활도, 부유층의 화려한 생활상도 아니다. 새 로운 문물을 소유하고픈 욕망, 최첨단을 과시하는 도회적 풍경도 없이 무엇으로 시청자를 사로잡겠다는 것인가. 거의 언제나 여지없이, 우리 가 지겹도록 봐 왔던, 졸리고, 달아나고 싶은, 너무나 평이해서 속이 상하는 장면을 내놓는다. 어떤 허영도 충족될 리 없는 그 앞에서, 그러 나 우리는 놀라운 발견을 하게 된다. 그가 보여 주는 평이한 장면들에 는 세계의 의미가 송두리째 뒤집어지는, 참으로 특별하고 낯선 활력으로 가득 차 있다. 경이로운 일이다. 그래서 우리는 그의 미학을 이야기하려면 불가피하게 겸손에 대해서 생각하지 않을 수 없게 된다. 작가는 정말 얼마나 낮은 곳에 서 있는 것인가? 세상을 얼마나 섬기는 마음이면 만인이 사용한, 전혀 특별하지 않은 사람들이 습관처럼 살아 버린 동작에서 저토록 놀라운 의미를 찾아내는가?

1981년 드라마에 입문한 이래 30여 년 동안 김운경이 일관되게 다루어 온 주제는 중심부에서 밀려난 사람들의 애환과 그들의 생명력이다. 김운경의 드라마는 남루한 세상을 위로한다. 김운경만큼 서민의 삶을 해학적으로 그려내는 데 성공한 작가는 드물다.

김운경을 이해하기 위해서는 그의 드라마에 흐르고 있는 유전자를 알 필요가 있다. 그가 가장 존경하는 작가는 김기팔이다. 한국 드라마의 선구자라 일컬어지는 그는 시청자나 권력의 눈치를 보지 않았다. 스타를 이용해 드라마를 띄우려고도 하지 않았다. 오히려 저평가된 배우나 처지가 어려운 배우를 캐스팅했다.

"민나 도로보데스(모두 다 도둑놈이다)."

〈거부실록〉에서 주인공이 뱉은 이 대사는 김기팔이 부패한 세상을 향해 던진 통쾌한 똥침이었다. 분통 터지게 만드는 세상이지만 잔뜩 움츠린 채 살아가야 하는 서민의 가슴 깊이 묻혀 있던 한마디를 김기팔은 드라마를 통해 내뱉은 것이다. '민나 도로보데스'는 시대를 풍미하는 유행어가 되었고, '도로보'들은 그의 드라마가 불편했다. 김운경은 김기팔을 권력의 강요에 주저하지 않고 타협을 모르는 대쪽 같은 성격으로 선이 굵은 인생을 살다간 드라마계의 거장으로 기억한다. 김기팔이 거침없는 직설법의 작가라면, 김운경은 유머와 풍자를 주특기로 한다. 하지만 이 둘은 힘으로 세상을 주무르려는 자들의 대척점에서 피어나는 희망과 웃음을 다루었다는 점에서 같은 유전자를 갖고 있다.

김운경의 드라마가 현실을 비출 때마다 이를 불편해 하는 사람들이 있었다. 〈서울의 달〉에서는 시청자들을 뒤집어지게 만든 미술 교사 김인철이 교사의 품위를 떨어뜨린다는 이유로 교육위원회로부터 항의를 받았다. 드라마 〈파랑새는 있다〉에서 사기꾼 백 관장이 지팡이를 짚고 등장하자 특정 정치인의 지지자들이 거세게 반발했다. 그리고 그 드라마가 인기 절정에 달했을 때는 드라마에 나오는 차력 장면이 아이들이 흉내 내다가 사고가 날 위험이 있다고 방송위원회가 삭제를 권고했다.

"고추장 빼고 매운탕을 끓이란 말이냐?"

김운경은 한마디로 되받아쳤다.

우리는 드라마 〈짝패〉를 통해 작가 김운경의 한 면모를 발견할 수 있다. 이 드라마는 사극에 속하지만 왕실의 암투나 권문세가의 규방에서 펼쳐지는 신파와는 거리가 멀었다.

"사람들의 마음에 남을 수 있는 아름다운 도적을 만들어 보고 싶었습니다."

김운경은 갖바치와 거지, 도적들이 활개를 치는 〈짝패〉를 통해 시청자들과 자신의 마음에 남을 아름다운 도적패 '아랫적'을 만드는 데 성공했다. 드라마 〈짝패〉는 사극의 다른 가능성을 보여 주었다는 평가를 얻으며 월화드라마 시청률 1위로 올라섰다. 드라마와는 거리가 먼 성인 남성들도 〈짝패〉를 보기 위해 술자리를 일찍 파했다.

정작 김운경은 이 드라마가 방영되는 동안 견디기 힘든 아픔을 겪었다. 어머니가 세상을 떠나신 것이다. 그는 빈소에서 조문객을 받는 사이사이 옆방으로 가서 대본을 써야 했다. 드라마 작가에게는 신문 연재소설 작가처럼 '작가 사정으로 오늘 쉽니다'가 허용되지 않는다. 스태프들은 촬영 현장에 대기하고 있었고, 그는 대본을 보내야 했다. 그는 울면서, 웃기는 대본을 썼다. 조문을 받았지만 누가 다녀갔는지 기억할 경황조차 없었다. 그렇게 쓴 〈짝패〉는 방송 횟수가 늘어 갈수록 시청률이 올라갔다. 방송국에서는 연장 집필을 제안했다. 그는 응하지 않았다. 박수 소리가 커진다고 눈 셋 달린 사람을 만들 수는 없었다.

문학평론가 김형수가 한국작가회의 사무총장으로 일하던 시절, 작가들에게 최고의 드라마를 물은 적이 있다. 내로라는 시인과 소설가들이 꼽은 역대 최고의 드라마는 단연 〈서울의 달〉이었다. 모든 인물이 살아 있는 드라마, 풍자와 해학이 넘치는 서사, 허를 찌르는 예측불허의 대사. 미적 감식안이 까다롭기로 소문난 작가들의 입에서 나온 김운경의 드라마에 대한 평가들이다.

김운경의 드라마가 평가받는 가장 큰 요인은 현장감이다. 현장감은 취재와 관찰을 통해서 얻어진다. 그는 실감나는 드라마를 쓰고 싶다면 현장으로 가라고 말한다.

"그리고자 하는 인물이 있다면 그 인물이 쓰는 언어를 알아야 합니다. 그 사람의 언어를 안다는 것은 그 사람의 생각, 생각하는 방법을 이해한다는 뜻입니다."

가장 아름답고 숭고한 것은 오페라하우스나 교회에 있지 않다. 정말 위대한 것은 거리와 시장에 있다. 현장으로 가지 않고서는 인생이 아름답게 피어나는 순간을 포착할 길이 없다. 노숙자의 이야기를 하려면 서울역으로 가서 노숙자들과 보름은 같이 뒹굴어야 한다고 그는 믿는다.

〈서울의 달〉을 집필하면서 김운경은 극중에서 제비로 등장할 인물을 찾기 위해 영등포로 갔다. 사교댄스계의 종결자로 꼽히는 일명 '대머리 박' 선생을 찾아가 입문을 간청했다. 삼고초려 끝에 그는 마침내 '대머리 박'의 제자가 되어 사교댄스를 배우고, 카바레 세계를 알아 갔다. 당대 최고의 유행어가 된 "서울 대전 대구 부산 찍고 터닝"은 책상머리에서 얻어질 수 있는 대사가 아니었다.

거지들의 세계를 다룬 〈형〉을 집필할 때 그는 거지들의 소굴 한복판으로 기어들어 갔다. 작품에 등장하는 전후의 거지들은 음성의 꽃동네에서 은퇴 생활을 하고 있었다. 그들과 어울려 지내면서 김운경은 걸신乞神이란 것의 실체를 알게 되었다. 거지는 그냥 가난해서 되는 것이 아니라 거지 귀신이 들려야 한다. 잘 차려진 깔끔한 음식보다 얻어먹는 더러운 음식이 훨씬 더 맛있는 사람이 진짜 거지다. '거지왕' 김춘삼은 어느 날 손님들과 함께 식당 뒷문으로 들어가다가 음식 쓰레기통에 거꾸로 처박혀 있는 생선 등뼈를 보았다. 너무나 먹음직스러워 침이 꼴깍 넘어갔다. 식당에서 시킨 비싼 음식이 나왔지만 손이 가지 않았다. 부글부글 끓는 음식 쓰레기 속에 거꾸로 처박힌 생선 등뼈가 눈앞에 어른거려 견딜 수가 없었다. 김춘삼은 화장실에 다녀오겠다며 몰래 나와 잔반통에 박혀 있는 생선뼈를 집어 단숨에 핥아먹었다. 혓바닥은 짜릿했고, 목구멍은 전율했다. 걸신이 들린 사람은 상한 것을 먹고도 병에 걸리는 일이 없다. 걸신이 몸을 떠난 거지는 상한 음식을 견디지 못한다. 거지는 한 번 병에 걸리면 세상을 뜬다. 육체를 지탱하던 걸신이 이미 육체를 떠나 버렸기 때문이다.

김운경이 거지들의 세계 한가운데로 뛰어들지 않았다면 〈형〉이라는 탁월한 드라마가 존재하지 못했을 것이다. 그 어떤 사회학자도 이해하지 못했고, 그 어떤 역사학자도 정리하지 못한 전후 한국 거지의 변천사가 드라마 〈형〉에 고스란히 담겨 있다. 50년대 품바형, 60년대의 넝마주이형, 70년대 앵벌이형으로 거지를 분류하고 그 전형을 완벽하게 형상화할 수 있었던 힘은 현장 취재에 있었다. 김운경은 힘들고 어렵다고 해서 취재를 피한 적이 없었다. 작품은 분업으로 만들어지는 것이 아니었다.

"취재나 조사를 다른 사람에게 맡기지 않습니다. 현장에 간다고 다 똑같은 것을 보고, 똑같은 것을 느끼는 것이 아닙니다. 부산 자갈치 시장에 취재를 간 적이 있는데, 어물전 아주머니와 아가씨가 흥정하는 걸 보다가 배꼽 빠질 뻔했습니다."

새침하고 예쁘장하게 생긴 아가씨가 어물전 주인에게 고등어 값을

물었다. "이거 얼마라예?" 어물전 아주머니가 선심 쓴다는 듯이 대답
했다. "이거? 네 마리에 만 원, 거저 줬뿐데이." 그 예쁜 아가씨의 입
에서 나온 말. "엄매야~ 사람을 빙신으로 아는갑데이." 여덟 마리를
요구하는 아가씨와 아줌마의 흥정은 결국 일곱 마리로 끝이 났다. 흥
정을 끝낸 아줌마의 마지막 한마디. "마, 언니야. 니가 한 마리 덜 묵
어라".

　만약 취재를 하지 않고 썼다면 이런 대사는 결코 나올 수 없다. 너무
비싸다. 한 마리 더 줘라. 일곱 마리 이상은 못 준다. 이런 뻔한 대사를
치는 뻔한 인물이 나왔을 것이다.

　〈서울의 달〉에는 옷 장사가 나온다. 아가씨가 큰 사이즈가 있는지 묻
는다. 아마 책상에서 썼다면 '투 엑스 라지에서 미디움까지 있다'고 했
을 것이다. 그런데 남대문에서 만난 옷 장사는 결코 그렇게 대답하지
않았다. "방실이에서 현숙이까지 다 있다."

　　　　"남루한 인간은 있지만 가치 없는 인생은 없다고 믿는다.
　　　　어리석은 인간은 있어도 악한 인간은 없다고 믿는다."

　김운경은 연기자들의 애드리브를 싫어한다. 작가로서의 권위를 지키
기 위해서가 아니다. 현장에서 애써 포착해 낸 감각과 분위기를 깨뜨리
기 때문이다. 연기 시합에 나온 사람처럼 연기하는 배우를 그는 좋아하
지 않는다. 그는 연기를 부각시키는 연기자보다는 맡은 배역 안으로 자

연스럽게 스며드는 배우를 높이 평가한다. 설익은 애드리브로 튀려고
하기보다 작가가 건진 언어를 실제 사용하는 사람들의 감각에 맞추어
연기하는 연기자를 좋아한다. 〈서울의 달〉에서 시골에서 온 청년 춘섭
을 연기한 최민식은 남대문 시장을 찾아가 배역의 감각을 익혔다. 〈서
울의 달〉이 시작할 때 스타급 연기자는 오직 채시라뿐이었다. 하지만
작품이 끝났을 때는 최민식, 한석규, 김원희 등 출연한 거의 모든 연기
자가 시청자들의 큰 사랑을 받았다.

〈파랑새는 있다〉에서 차력사 역할을 맡은 배우들은 김운경의 요구에
따라 3개월 가까이 산에서 차력 훈련을 받아야 했다. 훈련은 등산객들
을 앞에 두고 치른 차력 시험을 통과한 다음에야 끝났다. 이러한 고된
현장 체험을 통해 배역을 소화했던 배우들도 〈파랑새는 있다〉를 시작
할 때는 무명이었다. 그러나 〈파랑새는 있다〉가 끝났을 무렵 이상인,
박남현 등은 더 이상 무명이 아니었다.

김운경의 드라마가 친근한 소재와 유머, 해학만으로 지금과 같은 평
판을 얻은 것은 아니다. 그의 드라마에서는 언제나 사람을 보는 깊은
시선이 느껴진다. 인문학적 소양이 없다면 불가능한 일이다. 서울예술
대학에서 시를 공부한 그는 시간이 날 때마다 서점을 찾았다. 문학을
포함한 문화예술 전반에 대한 독서를 게을리하지 않았다. 작가에게 불
필요한 독서는 없다. 시나 소설처럼 정제된 언어가 불러일으키는 상상
력도 있지만 대중 잡지에 실린 거친 이야기가 불러일으키는 상상력도
있다. 때로는 인간의 삶이 날것으로 드러나는 논픽션 속에서 가슴을 흔

드는 인생을 만나기도 한다. 아무런 가치도 없는 인생은 없다. 그는 드라마 작가가 되기 전에 본 영화 〈남과 여〉를 지금도 잊지 못한다.

"영화 〈남과 여〉에서는 불이 난 방에서 무엇을 가지고 나올 것인가 하는 얘기가 나와요. 렘브란트의 그림과 고양이 중에서요. 고양이는 렘브란트의 그림과 경제적 가치로 비교가 되지 않지요. 그렇지만 영화의 등장인물은 고양이를 데리고 나가겠다고 하죠. 전 이런 게 인간을 바라보는 시선이라고 생각해요."

김운경은 남루한 인간은 있지만 가치 없는 인생은 없다고 믿는다. 어리석은 인간은 있어도 악한 인간은 없다고 믿는다. 김운경이 드라마를 시작하면서 자신에게 한 약속은 절대 악인을 만들지 않겠다는 것이었다.

"악인은 코믹한 것 같아요. 뭘 몰라서 악하게 사는 거죠. 왜 저렇게 바보같이 살까, 하고 딱한 생각이 들게 만드는 게 악인입니다."

그래서 김운경 드라마의 악인은 단순히 미움의 대상에 그치지 않는다. 연민의 대상이 된다. 〈서울의 달〉을 시작할 때 그는 주인공 홍식의 결말을 아주 비참하게 만들려고 생각했다. 하지만 글을 쓰는 내내 악인인 홍식에게 마음이 가는 것을 어쩌지 못했다. 작가라고 해서 작품 속 인물의 운명을 함부로 거스를 수는 없었다.

"캐릭터를 꾸며 놓으면, 살아있는 것처럼 알아서 굴러가지요."

셰익스피어는 '운명을 끌고 가는 건 캐릭터'라고 했다. 김운경은 이 말에 동의한다. 그래서 자기 작품 속의 인물이 스스로 살아있게 하기 위해 노력한다. 배우가 지닌 성격이 자연스럽게 작품 속에서 발현되도록 만들기 위해 늘 고심한다. 그의 작품에서 작중 인물과 완벽하게 어울리는 배우가 자주 등장하는 것은 우연이 아니다. 인물이 살아나야 사건도 살아나고, 이야기의 흡입력도 생겨난다.

김운경은 캐스팅에 간섭하는 것을 피하고 연기자들의 개성을 존중한다. 존중하기 위해서는 먼저 연기자들을 알아야 한다. 그러나 요즘에는 그것도 점점 어려워지고 있다.

"예전에는 자주 어울려 같이 밥 먹고, 편하게 술도 마시고 그랬어요. 그 과정에서 연기자의 독특한 개성이나 습관을 파악할 수 있었어요. 그 배우 속에 내재한 장점을 끄집어내는 게 어렵지 않았어요."

그러나 이제 배우들은 기획사와 매니저의 품에서 벗어나기가 몹시 어려워졌다. 물론 예전이나 지금이나 김운경이 편하게 지내는 배우들은 있다. 백윤식과 양동근이 대표적이다. 백윤식이 〈서울의 달〉을 통해 시청자들에게 강렬한 인상을 각인시킨 배우가 된 건 그가 가진 매력의 핵심을 김운경이 날카롭게 읽어 냈기 때문이다.

"술 취하면, 본인은 굉장히 진지하게 말하는데, 보는 사람은 무지 웃겨요. 〈서울의 달〉에서 백윤식 딱 그 캐릭터예요."

4회분만 출연해 달라고 부탁하기 미안해서 복집에서 술까지 사 줬는데, 결국에는 종영 때까지 백윤식을 빼낼 수가 없었다. 양동근과는 일곱 살 때 〈형〉에 출연하면서 인연을 맺었다.

"처음부터 어지간한 중견 배우들보다 연기를 잘했어요. 천재다 싶었지요. 양동근은 정말 타고난 배우예요."

어느 해 김운경의 생일날, 양동근은 케이크와 함께 직접 쓴 편지를 보내왔다. 아들뻘 되는 배우가 보낸 편지의 내용은 짧았다.

'선생님이라고 부를까요? 아니면 형?'

김운경은 그들과 더불어 살아간다고 생각한다. 그의 작품을 챙겨 본 시청자라면 주연 못지않은 비중을 차지하는 조연들을 보았을 것이다.

다양한 인간 군상을 다룬 〈서울 뚝배기〉는 잘난 사람들의 세상이 평범한 서민들에게 안겨 주는 모멸의 실상과 부당성을 유쾌하게 일깨웠다. 경멸당해야 할 대상은 자신의 영역에서 자기 몫을 꿋꿋이 감당하며 살아가는 세상의 조연과 단역들이 아니라 거짓과 위선에 찬 잘난 사람들이었다.

김운경 드라마의 조연과 단역들은 주인공의 단순한 들러리가 아니다. 그의 드라마는 등장인물을 성장시킨다. 그러나 성장하는 것이 등장인물만은 아니다. 사람과 세상을 이해하는 연기자와 시청자의 안목을 함께 성장시킨다. 그의 드라마를 통해 많은 연기자들이 스타로 성장한 것은 결코 우연이 아니다.

"우리가 '인생'이란 드라마에서 맡은 배역에 회의를 느끼고 연기에 심드렁해질 무렵, 김운경은 새로운 드라마를 가지고 찾아올 것이다. 그는 우리 곁 어디에서인가 자신도 기억하지 못할 삶의 순간들을 지켜볼 것이다. 우리는 김운경이 홀로 시청하는 '주인공 없는 드라마'의 연기자들인 셈이다."

　드라마를 집필할 때와 그렇지 않을 때 그의 일상은 완전히 다르다. 드라마를 집필하는 동안 그는 작업실에서 두문불출한다. 끼니는 집에서 가져다주는 것을 먹는다. 전쟁과 같은 시간이다. 그러나 집필이 끝나면 최대한 한가롭게 지낸다. 자주 북한산을 찾는다. 그가 알고 있는 북한산의 등산로는 무궁무진하다. 남의 드라마도 볼까? 본다. 그는 김수현과 김정수의 드라마를 좋아한다. 그는 김수현의 〈새엄마〉를 '서민 리얼리즘'의 전범으로 기억한다. 김수현도 자신의 홈페이지를 통해 김운경의 드라마를 꼭 챙겨 본다고 밝힌 적이 있다. 두 사람은 드라마에 나오는 인물의 대사를 통해 서로의 작품을 언급하기까지 했다.

　얼핏 김수현의 드라마는 김운경의 드라마와 거리가 멀어 보인다. 그러나 잠시 생각해 보면 두 사람의 드라마가 지닌 공통점을 찾을 수 있다. 김운경의 드라마가 그런 것처럼 김수현의 드라마에도 억지가 없다. 드라마 바깥으로 한 걸음만 나오면 발붙일 곳이 없는 '막장' 드라마를 그들은 경멸한다. 김수현이 그런 것처럼 김운경도 지금 이 순간의 우리에 대해서 이야기한다. 과잉된 감정으로 범벅된 드라마, 당장의 시류에 영합하는 얄팍한 드라마에 그들은 관심이 없다. 현실에 단단히 발을 붙이고 살아가면서도 반걸음쯤 앞서 생각하는 인물이 그들의 드라마를 이끌어 간다. 일찍이 〈새엄마〉에서 보수적인 관습을 지혜롭게 허물어 나가는 새로운 여성상을 제시하며 가족 질서의 변화를 예고했던 김수현은 최근 드라마 〈인생은 아름다워〉에서도 자신의 성적 취향을 감추지 않는 인물들을 등장시켜 동성애 문제를 다시 한 번 생각하게 만들었다. 이런 미묘한 주제를 다루면서도 성숙함을 보여 주는 건 김운경도 마찬가지다. 일찍이 '주인공 없는 드라마' 〈옥이 이모〉를 통해 우리 모두가 세상의 중심이고 주인이라는 소박한 진리를 잔잔하게 일깨워 주었던 김운경은 최근 드라마 〈짝패〉에서도 부패한 관료사회에 절망하지 않고 세상을 바꾸어 나가려는 인물들의 존재를 환기시켰다. 그래서 두 사람의 드라마는 '시청률을 떠나 가치가 있는 드라마'라는 평가를 받아 왔다.

김운경은 새로운 드라마를 시작하기 전까지 일산에 사는 문인들을 만나 술을 마시며 세상에 대한 생각을 가다듬고, 더 해야 할 공부의 목록을 추가한다. 더러는 옛 친구와 후배들을 만나러 서울에 가기도 한다. 외출을 하면 주로 대중교통을 이용한다. 그가 가장 중요하게 여기는 공부가 바로 사람 공부이기 때문이다. 전철을 타면 이야기를 주고받는 사람들의 곁으로 슬그머니 다가가서 그들의 이야기에 귀를 쫑긋 세운다. 표정도 유심히 관찰한다. 그들의 얼굴과 이야기를 김운경은 자신만의 서랍 속에 갈무리한다. 그런 과정에서 그의 드라마는 싹을 틔우고 익어 간다. 또 하나의 서랍이 채워진다. 김운경은 머리 안에 서랍이 많은 작가다.

그리고 집필이 시작되면 그의 서랍은 분주하게 여닫힌다. 김운경이 삶의 현장에서 포착하여 보관해 둔 인물들은 텔레비전의 화면을 통해 다시 세상으로 걸어 나온다. 김운경의 드라마가 우리를 사로잡는 이유는, 이처럼 우리 자신으로부터 나온 이야기에 바탕을 두었기 때문이다.

그래서인지 많은 사람들이 김운경의 드라마를 보며 행복하다고 말한다. 그의 드라마가 방영되는 내내 우리는 자신과 가족의 매일을 보는 것 같아 공감을 느낀다고 말한다.

그러나 우리가 정말 행복을 느껴야 할 때는 그의 드라마가 끝난 다음이다. 다음 드라마를 시작할 때까지 그는 '세상'이라는 넓은 화면에서 펼쳐지는 드라마의 시청자가 된다. 그는 우리의 곁 어디에서인가 우리 자신도 기억하지 못할 삶의 순간들을 지켜볼 것이다. 우리 모두는 김운경이 홀로 시청하는 '주인공 없는 드라마'의 연기자들인 셈이다.

우리가 '인생'이라는 드라마에서 맡은 배역에 회의를 느끼고 연기에 심드렁해질 무렵, 김운경은 새로운 드라마를 가지고 우리를 찾아올 것이다. 그러나 그의 드라마는 어떤 면에서는 전혀 새롭지 않을 것이다. 그것은 우리가 이미 겪은 '인생' 안에서 태어난 것이기 때문이다. 그래서 그의 드라마는 또한 무척 낯설 것이다. 그것은 우리가 까맣게 잊고 지나친 우리의 삶 굽이굽이에 깃든 따뜻한 추억과 싱그러운 희망을 김운경 특유의 유쾌한 해학으로 담고 있기 때문이다. 그때 그의 드라마는 동시대를 살아가는 우리가 함께 만들어 가는 '우리 모두의 드라마'가 되는 것이다.

김운경

주찬옥

데뷔: MBC 베스트셀러 극장 〈매혹〉(1987)
주요 작품: 원미동 사람들(1988) 천사의 선택(1989) 여자는 무엇으로 사는가(1990) 고
개 숙인 남자(1991) 여자의 방(1992) 수줍은 연인(1998) 사랑(1998) 외출(2001) 열정
(2004) 환생─NEXT(2005) 로비스트(2007) 남자를 믿었네(2007) 등

취재 및 집필
정윤희

나, 여자

> "누굴 사랑한다고 해서 인생이 충만해지는 것두 아니고 행복해지는 것두 아니고⋯⋯ 외롭고 고통스러운 건 더하면 더했지 결코 덜어지진 않어⋯⋯ 누굴 사랑한다는 건⋯⋯ 잠깐 행복하고 오래 고통받는 건지도 몰라⋯⋯."
>
> _드라마 〈여자는 무엇으로 사는가〉 중에서

1990년 초, 주찬옥은 머릿속에 새로운 드라마 스토리를 떠올렸다. '서로 다른 삶을 살아가는 세 모녀. 이들의 이야기를 하면 어떨까?' 남편과 이혼을 하고 두 딸을 키우는 어머니와 똑소리 나는 성격의 첫째 딸 그리고 활발하지만 감정적인 둘째 딸이 살아가는 이야기. 언제나 드라마를 구상할 때는 굵은 줄기를 먼저 잡는다. 그리고 줄기에 맞춰 인물의 성격이나 에피소드로 가지를 그려 간다. 두루뭉술하지만 단단하게 뿌리내린 줄기는 이내 활발히 가지를 펼친다. 드라마가 완성되는 것은 마지막 회 편집이 끝난 다음이다.

'남편에게 순종적인 모습으로 시어머니와 갈등을 겪으며 자신을 돌아볼 시간도 없이 가족 안에서 살아가던 여성이 남편의 외도로 자신의 삶을 되돌아보는 모습은 어떨까. 활달한 모습은 아니지만 그렇다고 무조건 주눅들 만큼 소심한 성격도 아니겠지? 필요할 땐 남편 앞에서도 자신의 감정을 솔직하게 드러내는 성격일 필요가 있어.'

주찬옥은 머릿속으로 끊임없이 인물을 생각했다. 성격, 행동, 취미 습관 할 것 없이 한 사람의 인물을 설명할 수 있는 내용은 무엇이든 떠올렸다. 전형적인 어머니로 보이지만 남편의 외도를 눈감아 주는 대신 이혼을 선택한 정희, 방송 작가로 성공하며 세련된 도시 여자로 보이지만 친구에게 애인을 빼앗긴 아픔을 가진 채 살아가는 첫째 딸 영건, 고등학교를 졸업하자마자 결혼을 하겠다고 선언하는 둘째 딸 영채. 각기 다른 성격의 세 모녀가 함께 살아가는 모습을 머릿속에 그렸다. 조금 더 살았다고 삶의 무게가 가벼워지고, 어리다고 극복하는 방법을 모르는 것은 아니었다. 모두 세상에 대한 두려움 속에 살고 있다. 드라마 〈여자는 무엇으로 사는가〉는 그렇게 탄생했다.

"90년대까지 드라마에서 여성들의 모습은 평면적인 모습이었다. 여자들의 사회적 위치는 언제나 남성을 보좌하는 역할이었고 드라마 속의 모습 또한 그것과 크게 어긋나지 않았다. 주찬옥은 그런 사회 속에서 '여자는 무엇으로 사는가' 라는 질문과 함께 여성의 이야기를 내세운 드라마를 들고 안방극장을 찾았다."

남편의 외도 사실을 알고 찾아간 정희는 "남편을 사랑해요?"라고 되물어 오는 여자 앞에서 눈물을 터뜨렸다. 상대의 머리칼을 휘어잡든가 아니면 얼굴을 보자마자 찬물을 끼얹어 버릴 것이라고, 적어도 그에 버금가는 행동을 해야 속상한 마음을 조금이나마 다스릴 수 있을 거라 생각했다. 하지만 정작 '사랑'이라는 단어를 듣고 모든 감각이 마비된 듯 굳었다. 어떤 마음으로 남편과 살았을까. 오히려 화를 내야 할 상대는 남편이었다. 독기를 내뿜으며 남편의 뺨을 후려치는 정희는 악처가 아닌 믿음을 상실한 여자였다. 한순간 성격이 바뀐 것이 아니었다.

스무 살도 되지 않은 막내 딸 영채가 결혼을 하겠다고 선언했을 때 언니 영건은 그녀의 선택을 타일렀다. 누구나 그렇듯 섣부른 선택에 대한 걱정이었다. 하지만 영채는 당당했다. "왜 기다려야 되는데? 우린 같이 있고 싶은데 결혼이란 걸 하면 그게 되니까 결혼한다는 거야. 결혼 자체가 목적인 거 아닌데 이르다 늦다가 어딨어? 그럼 적당한 나이가 될 때까지 가만있다가 결혼할 나이가 되면 사랑하나? 동물들 짝 맞추기네."

공격적인 영채의 태도 앞에 모두 몸을 움츠릴 수밖에 없었다. 하지만 그녀가 진심인 것만큼은 누구도 부인하지 못했다. 드라마에 대한 시청자들의 반응은 뜨거웠다.

텔레비전 드라마라고 하면 주부들이 집안일을 하면서 보는 오락물쯤으로 생각했다. 초기 드라마의 제작 환경이 좋지 못했던 이유도 있었고, 심도 깊은 이야기보다는 가볍게 대할 수 있는 모습이 주를 이루었던 까닭도 컸다. 말도 안 되는 이야기가 뭐가 그리 좋다고 빠져들고 있어, 라는 남자들의 핀잔을 들으면서도 쉽게 반박하지 못하며 시청을 하는 게 드라마였다. 특히 90년대까지 드라마에서 여성의 모습은 평면적인 모습이었다. 여자들의 사회적 위치는 언제나 남성을 보좌하는 역할이었고 드라마 속의 모습 또한 그것과 다르지 않았다. 자기주장이 강한 여자는 악역으로 인식되거나 제멋대로 사는 사람이라는 낙인이 찍혔다. 아무리 시청률이 높고 많은 이들에게 회자되는 드라마라도 어디까지나 드라마라는 테두리 안에서 제대로 평가받지 못하고 있었다.

주찬옥은 그런 사회 속에서 '여자는 무엇으로 사는가'라는 질문과 함께 여성의 이야기를 내세운 드라마를 들고 안방극장을 찾았다. 드라마에 '작가'의 목소리를 담는다는 게 쉽지 않은 상황에서 오락거리가 아닌 '작품'으로 시청자 앞에 내놓은 것이다.

그녀의 드라마가 방영되는 날이면 사람들은 텔레비전 앞에서 볼륨을 높였다. 평소 마음속에 담고 있지만 결코 하지 못했던 자신의 말을 대변하기라도 하는 듯 인물들이 내뱉는 대사에 고개를 끄덕였다. 빠른 진행보다는 관조하듯 섬세하게 감정을 묘사하는 작가의 시선에서 여자이기 이전에 사람으로서의 일상과 삶이 고스란히 살아났다. 드라마에 대한 일반적 통념과 편견을 뒤집는 것은 물론 드라마가 대중 예술의 한 장르로 인정받기까지 그녀의 이런 작품이 커다란 역할을 했음은 분명했다.

주찬옥은 많은 여성들의 지지를 받으며 90년대 드라마 황금기를 장식했다. 많은 이들이 '어머니', '아줌마'라는 단어로 여성을 대체하는 것과는 달리 그녀는 모든 장식을 걷어내고 여성을 전면에 내세웠다. 특별한 것은 없었다. 그녀가 알고 있는, 그리고 그녀가 살아가고 있는 여성의 삶을 말하는 것이었다. 〈여자는 무엇으로 사는가〉, 〈고개 숙인 남자〉, 〈여자의 방〉 등을 거치면서 그녀는 사람들의 머릿속에 각인되었다. 사람들이 살아가는 이야기를 하고 싶었고, 그래서 자신이 가장 잘 알고 있는 여자들이 살아가는 모습을 말했는데 그녀에 대한 평가는 그 이상의 것이었다.

1남4녀의 딸부잣집, 그중에서도 유난히 총명했던 그녀는 아버지의 총애를 받았다. 어릴 적부터 유난히 몸이 약했지만 잦은 결석에도 좋은 성적을 유지했다. 아버지는 집안의 문제를 결정할 때마다 가족의 의견을 물었다. 나이가 어려서, 혹은 여자이기 때문에 제외되는 일은 없었다.

"이번에 이사를 가야 할 것 같아. 다른 지역으로 전근을 가게 되었거든. 학교도 옮겨야 하는데, 다들 어떻게 생각해?"

아버지는 가족들의 의견을 경청했다. 사소한 것이라고 강압적으로 결정하는 법이 없었다. 그럴 때마다 형제들은 스스로 생각하고 자신을 되돌아보는 법을 배웠다. 독립은 꼭 가족과 떨어져 있어야 이루어지는 것만은 아니었다. 가장 작은 사회라고 말하는 가족 안에서 그녀는 언제나 당당히 발언권을 가지고 자신의 주장을 펼 수 있었다. 그녀의 드라마 속 주인공들이 당찬 모습일 수 있었던 것은 바로 자신의 경험에서 비롯된 것이었다.

혼자서 할 수 있는 놀이가 많지 않았던 어린 시절, 그녀가 자연스럽게 선택할 수 있는 것은 독서였다. 활자 매체를 좋아했던 그녀는 집안에 있는 책이나 만화책, 신문 등을 종류를 가리지 않고 읽었다. 내용을 제대로 이해하지 못하면서 읽은 것들도 많았다. 마냥 책 속의 세상이 좋았던 것이다. 특히 다른 집에 가서도 책이 보이면 얼른 집어 들고 구석에 앉아 책 속에 빠져들고는 했다. 내성적인 성격 탓에 많은 말을 하는 대신 책 속의 이야기를 들었다. 좋아하는 것을 가장 즐겁게 할 수 있듯이 줄곧 책과 함께했던 생활은 그녀를 문학으로 이끌었다. 늘 책과 함께하면서 언젠가는 독자가 아닌 작가로 사람들과 마주하게 될 것이라는 막연한 기대가 마음속에 자리했다. 자신의 실력에 대한 자만도 아니었고, 착각도 아닌, 기대이며 운명 같은 예감이었다. 나에게 문학적 재능이 있는가? 라고 질문하기 전에 이미 문학의 길로 들어서고 있었던 것이다. 초등학교 때부터 문예반에서 출중한 모습을 보였다. 미술반, 운동반 등 많지 않은 특별활동 중에서 한눈에 봐도 자신이 잘할 수 있는 것은 문예반이라는 생각을 했다.

텔레비전을 접하게 된 것은 초등학교 졸업을 앞둔 시기였다. 아직도 그녀의 기억 속에 강하게 남아 있는 드라마는 동양방송에서 방영했던 일일드라마 〈아씨〉이다. 텔레비전 앞에 앉아서 주제가를 따라 부를 만큼 깊이 빠져들었다. 식민지 해방과 한국전쟁 등 시대적 고난 속에서 자신을 희생하며 살아가는 여성들의 모습은 처음으로 그녀에게 '드라마'라는 장르의 매력을 알게 해 주었다. 책을 통해 느꼈던 만족과는 또 다른 것이었다. 그렇게 영상 매체는 자연스럽게 그녀의 일상으로 들어왔다.

그녀는 언제나 우연의 길을 따라왔다고 생각했다. 눈앞에 툭 던져지는 상황을 주웠을 뿐이라고 자신의 길을 정의했다. 하지만 주어진 기회를 선택하는 것도, 우연을 운명으로 바꾸는 것도 결국은 스스로의 몫이다. 뻔히 보면서도 지나쳐 버리기만 하는 이들도 얼마든지 있으니 말이다. 도전 앞에 움츠러들지 않고 새로움을 낯설어 하지 않는 성격은 더욱더 많은 우연의 기회를 만들어 냈다.

그녀는 문예창작학과에 입학한 이후 줄곧 아르바이트를 해야 했다. 학업과 병행할 수 있는 가장 쉬운 아르바이트는 과외였다. 라디오 작가 아르바이트를 소개받은 것은 대학교 3학년 때였다. 대본을 직접 쓰는 연출자 밑에서 꼭지를 몇 개씩 받아서 쓰는 작업이었다. 글을 쓰면서 돈을 벌 수 있는 라디오 작가는 자신의 능력을 활용할 수 있는 좋은 기회였다. 낮에는 수업을 듣는 학생으로, 밤에는 방송국 라디오 작가로 바쁘게 지냈다. 보이지 않은 청취자들과 소통하고 드러나지 않는 사람들과 함께 하나의 프로그램을 만들어 나가는 일은 또 다른 성취감을 느끼게 했다. 그 후 새로운 연출과 프로그램을 시작하면서 처음으로 전체 방송 대본을 쓰게 되었다. 토막 난 사연을 가지고 매일 새로운 대본을 쓰는 일은 많은 체력을 요구했다. 아침 일찍 나가 새벽에 돌아오는 일상이 계속되었다. 건강에 대한 공포가 밀려왔을 때는 이미 세 개의 프로그램을 담당하고 있었다. 아르바이트로 시작한 일이 직업이 되고 20대를 거의 흘려보낸 후였다. 방송국 이외에서의 생활은 존재하지 않았다. 과연 이것이 제대로 된 나의 길일까 하는 고민도 끊임없이 찾아왔다. 그때 그녀 앞에 드라마 작가라는 새로운 길이 등장했다. 정기적인 드라마 작가 등용문이 없던 시절, TV문학관이나 베스트셀러극장과 같은 단막극이 활기를 띠면서 젊은 연출과 작가들의 수요가 많던 시기였다. 그때 소개받은 이가 황인뢰 연출이다. 많은 이들의 기억 속에 남아 있는 주찬옥, 황인뢰 콤비가 탄생한 것이다.

"배우가 드라마를 끝내고 배역에서 쉽게 빠져나오지 못해 힘들어 하듯이 작가 역시 배우들 못지않게 자신이 만들어낸 인물들에 대한 애정을 가지고 있다. 그래서 그녀는 사람들에게 사랑을 받았든 받지 못했든 자신의 모든 드라마가 소중하고 아프다."

드라마 대본에 대한 이해가 없었던 탓에 장면 구분법도 제대로 익히지 못한 채 집필을 시작했다. 다행히 서너 달에 걸쳐 한 번씩 작업하는 단막의 특성상 라디오 일과 병행할 수 있었다. 하지만 미니시리즈를 제의받으면서 라디오 작가를 그만둘 수밖에 없었다. 새로운 도전 앞에서 머뭇거리지 않았다.

막연히 글쟁이가 되겠다는 생각은 어느 한 지점에 머물지 않고 그녀에게 많은 모습을 가져다주었다. 무조건 순문학을 지향해야 한다는 강박 같은 것은 없었다. 강박은 스스로가 만드는 속박에 불과한 것이었다. 한창 그녀의 드라마가 사람들 사이에 회자될 즈음 우연히 만난 대학 선배는 그녀에게 다짜고짜 핀잔을 주었다.

"너, 드라마 잘 쓰더라? 그렇게 필력이 좋은 애가 왜 드라마를 쓰고 있어!"

그녀는 선배의 말에 화가 치밀었다. '드라마가 어때서? 드라마를 보며 공감하는 시청자들의 감정이 소설을 통해 감동을 받는 독자들보다 못하단 말인가?' 선배를 바라보며 입술을 떨었다. 시작은 우연이었지만 그녀의 마음은 자못 진지했다. 그리고 그런 진지함은 끊임없이 드라마라는 매체에 빠져들게 했다.

드라마는 모든 인물에게 생명을 불어넣어야 하는 작업이다. 이야기를 구성하고, 제각각 다른 인물을 만들어 내면서 그녀는 끊임없이 인물에 깊이 빠져든다. 한번은 주인공이 되었다가, 또다시 주인공의 애인이 되었다가, 다시 어머니가 되었다가 하루에도 몇 번씩 연령과 성별을 초월한 사람이 된다. 어떻게 연애를 하는지, 상대방의 감정에 어떻게 반응을 하는지 인물들의 감정을 세밀하게 구성한다. 그들의 삶을 모두 살아 내고 나서야 대본을 진행할 수 있기 때문이다. 그래서 한 편의 드라마가 끝날 즈음엔 서너 명의 인물이 안에 혼재되어 있다. 배우가 드라마를 끝내고 배역에서 쉽게 빠져나오지 못해 힘들어 하듯이 작가 역시 배우들 못지않게 자신이 만들어 낸 인물들에 대한 애정을 가지고 있다. 그래서 그녀는 사람들에게 사랑을 받았든 받지 못했든 자신의 모든 드라마가 소중하고 아프다. 문학만큼이나 인물을 입체적으로 구성하고 그만큼의 열정을 쏟아야 하는 작업이다. 그런 그녀에게 왜 드라마를 쓰고 있느냐는 선배의 말은 자신을 이해하려는 마음이 없는 것으로 생각되었다. 시간이 지나고서야 그것이 후배에 대한 애정의 표현이었다고 마음을 풀었지만 드라마에 대해 제대로 인정하지 않는 사람들의 시선이 못내 아쉬웠다.

정신없이 20대를 살아오면서 그녀는 결혼을 떠올릴 여유조차 없었다. 결혼을 해야겠다는 생각 자체를 하지 않았다. 물론 하지 않겠다는 생각도. 1987년 단막극으로 데뷔한 이후 매년 한 편의 미니시리즈를 작업할 만큼 활발하게 활동을 하고 있었다. 1990년대 후반 그녀는 결혼을 선택했다. 그녀에게 결혼은 또 다른 도전이었다.

결혼과 출산으로 오랜 공백을 가졌다. 자신만을 챙기고 자신의 몫을 중심에 두었던 일상의 중심이 가족에게 옮겨 가면서 글을 쓰는 일이 쉽지 않았다. 아이를 가졌을 때는 머릿속에 있는 내용을 문장으로 이끌어 내는 것조차 마음대로 되지 않았다. 그때 그녀가 선택한 것은 시간적 여유가 있는 시나리오 작업이었다. 드라마와는 또 다른 장르에 대한 경험이었고, 결혼을 통한 변화에 적응하는 과정이었다. 희곡, 뮤지컬 대본 등의 작업을 통해 다양한 무대에 대한 이해력을 쌓아 나갔다. 텔레비전 드라마에서 모습을 감추었다고 해서 멈춰 있지 않았다.

다시 드라마로 되돌아올 때 가족들의 적극적인 협조가 있었다. 출퇴근 시간이 따로 정해져 있지 않고, 심지어 수면 시간마저 불안정한 드라마 작가라는 직업적 특성 때문에 결혼 후에 어려움을 겪는 여성 작가들이 많았다. 그녀 역시 새로운 환경에 선뜻 적응하지 못했다. 하지만 가족은 든든한 후원자가 되어 주었다. 공연 분야에서 일하며 방송 경험도 있는 남편은 그녀가 집필을 시작하면 최대한 가정과의 거리를 두라고 조언한다. 혹시나 안부 전화를 걸면 오히려 그녀의 관심을 다그친다.

"집안일은 전혀 신경 쓸 거 없어. 지금은 대본에 더 신경 써야 하잖아! 이쪽 일은 싹 잊고 집필에만 신경 써!"

그녀의 마음을 편하게 하려고 남편은 애써 모진 소리를 한다. 그럼에도 남편과 아들이 신경 쓰이는 일은 어쩔 수 없는 일이다. 그녀 역시 가족의 구성원이자 한 아이의 엄마이기 때문이다.

결혼은 그녀가 이전에 경험하지 못했던 또 하나의 세계를 알게 해 주었다. 타인을 바라보는 시선이 깊어졌다면 결혼생활의 영향이 컸다. 공백 기간이 주는 두려움을 상쇄시키기에 충분한 경험이었다.

1998년, 결혼 이후 다시 드라마를 집필하면서 그녀는 뜻하지 않은 충돌을 겪었다. 드라마 〈사랑〉의 집필을 포기한 것이다. 작가주의 작가, 페미니스트 작가라는 호칭이 따라다닐 만큼 사람들에게 확고한 인상을 준 그녀였기에 방송 중에 갑작스러운 집필 중단과 하차는 많은 이들의 주목을 샀다. 그녀는 드라마 집필을 하면서 가급적 제작진과의 충돌을 피하고 서로의 의견을 충분히 나누는 편이지만 〈사랑〉을 집필할 때는 끊임없이 부딪쳐야 했다. 연상인 여자와 연하인 남자의 연애 이야기가 보편적이지 않았던 시절, 낯선 모습을 접한 시청자들의 거부 반응은 거셌다. 남자가 연상인 것은 가능하고 여자가 연상인 것은 부도덕한 것이라고 생각하는 사람들의 고정관념을 벗어나고 싶었지만 현실의 벽은 너무 높았다. 결국 집필을 중단하고 작가가 교체되는 상황에 이르렀다. 납득할 수 없는 이유로 극의 흐름을 바꾸고 갑자기 인물들의 감정을 뒤섞어 버릴 수는 없었다. 어쩔 수 없는 결정이었다.

"냉정한 현실 앞에서도 그녀가 흔들리지 않을 수 있는 것은
드라마에 대한 신뢰이자 시청자에 대한 믿음이었다. 때문에
사람들과의 소통의 끈을 놓지 않으려고 애를 쓴다."

2000년대에 들어서 드라마 환경에 많이 변화가 일어났다. 트렌디 드라마가 주류를 차지하고, 빠르게 전개되는 이야기에 시청자들의 관심이 옮겨 갔다. 이는 드라마뿐 아니라 다른 대중 예술도 비슷한 전개를 보였다. 시청률은 작가를 평가하는 잣대가 되고, 드라마 자체가 고비용

저효율의 상품으로 떨어지기도 했다. 시청자들은 적극적으로 자신들의 의견을 표현하기 시작했다. 마음에 드는 드라마에 대해서는 열렬한 응원을 하지만 그렇지 못한 드라마에 대해서는 비난을 멈추지 않았다. 그런 변화 속에서 그녀 또한 자유롭지 못했다. 비교적 어린 나이에 사람들 사이에서 유명해진 그녀는 자신만의 방법으로 세상과의 소통을 이어 나갔지만 그것이 언제나 성공적인 모습은 아니었다. 예전 작품과 비교를 당하기도 하고 무차별적인 비난에 직면하기도 했다. 그럼에도 그녀는 꿋꿋하게 상황을 받아들였다. 그리고 흐름은 또다시 변할 것이라고 생각했다. 파격적인 소재와 충격적인 전개로 사람들의 시선을 붙잡을 수는 있겠지만 단순한 호기심이나 파장을 낳는 것이 드라마의 본질은 아니기 때문이었다.

드라마는 작가 한 사람의 작품이 아닌, 공동 창작품이다. 연출과 배우, 촬영 현장의 모든 사람들의 노력이 모여 만들어진다. 공동 작업은 한 명의 능력에 기대는 것이 아니라 각자 자신이 가진 최선의 능력을 내놓는 것이다. 그래서 주찬옥은 다른 이들의 의견을 듣는 것을 꺼리지 않는다. 드라마의 방향에 대해 연출과 끊임없이 이야기하고, 배우들의 목소리에 귀를 기울인다. 인물들을 하나하나 살핀다고는 하지만 오직 자신의 배역에만 몰두하는 배우들의 성찰이 그녀가 미처 생각하지 못했던 부분들을 깨닫게 하기도 한다. 때문에 드라마는 언제나 유기적으로 움직이는 살아 있는 생물이다. 때로는 시청자의 의견에서 힘을 얻기도 한다. 무조건적인 비난이나 찬양이 아닌 드라마를 분석하고 날카롭게 지적하는 모습에 그들의 관심이 놀랍기도 하고 그만큼의 애정이 고 맙기도 했다.

당장의 이야기에 따라 실시간으로 시청률이 변하고, 그날의 시청률 에 따라 다음 날 광고 수가 바뀌는 냉정한 현실 앞에서도 그녀가 흔들 리지 않을 수 있는 것은 드라마에 대한 신뢰이자 시청자에 대한 믿음 때문이었다. 그래서 그녀는 사람들과의 소통의 끈을 놓지 않으려고 애 를 쓴다.

하고 싶은 이야기가 얼마나 많든 낡은 감각과 진부한 스토리는 작가 로써의 생명력을 빼앗아 버린다고 생각했다. 반대로 감각만 유지한다 면 어떤 내용이라도 좋았다. 시청자가 요구하는 방향을 무조건 따를 수 없는 만큼 그들을 설득시키고 이해시키는 힘은 있어야 하기 때문이다. 여러 명의 작가와 함께 집필에 참여했던 〈환생—NEXT〉는 새로운 장 르, 새로운 시도라는 점에서 그녀에게도, 대중에게도 신선한 드라마로 기억된다. 판타지뿐만 아니라 다양한 장르에 대한 도전 의지 역시 그녀 를 더욱 굳건하게 만들었다.

사람은 누구나 미래의 시간이 아닌 현재의 삶을 살고 있다. 그래서 시간이 지나면 금방 후회를 하게 될 일도 그 순간에는 최선의 선택을 놓고 고민한다. 주찬옥은 오늘도 드라마를 생각한다. 자신의 에너지가 남아 있는 한, 시청자와 소통할 수 있는 감각이 남아 있는 한 끝까지 대본을 놓고 싶지 않다고 스스로에게 다짐하면서 사람들의 모습을 엿

본다. 그녀가 사는 이유는 그들 속에 고스란히 담겨 있다.

그녀에게 있어 드라마는 삶이다.

최순식

 데뷔: MBC 베스트셀러 극본 공모 〈하얀 집의 천사〉(1991), MBC 한지붕 세가족 〈피노
키오의 장난〉
주요 작품: 도시인(1991) 일과 사랑(1993) 나는 천사가 아니다(1993) 창공(1995) 행복
(1995) 달콤한 인생(1996) 못 잊어(1997) 색소폰과 찹쌀떡(2002) 돌아와요 순애씨
(2006) 불량 커플(2007) 사랑은 아무나 하나(2009) 등

취재 및 집필
진선영

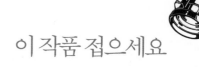

이 작품 접으세요

"독신은 있어도, 독신주의자는 없다."

_드라마 〈불량 커플〉 중에서

고래의 꿈

해가 길어지던 초여름이었다. 그는 마치 다람쥐가 쳇바퀴를 돌고 온 심정으로 소파에 몸을 던졌다. 팔다리가 한없이 축 늘어졌다. 버릇처럼 틀어 놓은 TV에서는 계속 태풍 속보가 나왔다.

그는 퇴근을 하고 집으로 오는 내내 부장 생각을 했다. 머리가 희끗 희끗해진 부장의 모습이 머릿속에서 떠나지 않았다. 기름진 얼굴과 튀 어나온 배보다 더욱 지루했던 것은 의욕이라고는 눈곱만큼도 찾아볼 수 없었던 부장의 표정이었다. 그날따라 그는 부장의 모습에 먼 훗날 자신의 모습이 겹쳐지는 것을 보았다. 10년 뒤 보험회사의 부장 최순식? 그는 고개를 절레절레 흔들었다. 꿈꿔 왔던 자신의 모습은 결코 지루함이 아니었다. 자신의 청춘을 그런 식으로 보낼 수는 없다고 생각했다. 그날따라 밖에서 시끄럽게 울어대는 매미 소리조차 나른하기가 짝이 없다고 생각했다. 그때 갑자기 붉은 글씨가 선명히 눈에 들어왔다.

'방송 작가 모집'

TV 화면 밑으로 자막이 흘러갔다. 그는 자신도 모르게 가슴 한편이 설레는 것을 느꼈다. 청명한 바람 한 줄기가 천천히 머릿속을 훑고 지나갔다.

다음 날 그는 회사 지하에 있는 서점을 찾았다. '작가'라는 막연한 단어 하나가 그의 머리와 가슴을 장악했기 때문이다. 요즘은 외서를 번역한 책부터 국내에서도 많은 드라마 작법 책들이 출판되지만, 당시에는 하유상의 『시나리오 입문』과 신봉승의 『TV 드라마, 시나리오 작법』 두 권의 책이 전부였다. 이상하게도 〈조선왕조 오백년〉을 쓴 신봉승 작가의 책에 눈길이 갔다. 빨간 줄을 그어 가며 피곤도 잊은 채 꼬박 사흘 밤을 샜다. 푸른 여명이 밝아 올 때마다 그는 가슴이 뜨거워졌다. 그렇게 세 번을 읽었더니 시야가 조금씩 환해졌다. 취미로 혼자 써 두었던 희곡 작품을 드라마로 고쳐 봐야겠다고 마음먹었다. 제목은 〈지포리 안개〉였다. 모두 열다섯 명을 뽑았던 'KBS 여름 방송학교'에서 그는 처녀작으로 1등을 했다.

"여기가 바로 내 바닥이구나!"

하지만 한껏 들떠 있던 그 마음이 무색하게도 다음 작품이 전혀 써지지 않는 것이 문제였다. 정말 아이러니한 일이었다. 첫 작품으로 1등을 했으니 자신에게는 천재적인 소질이 있다고 자부했던 것도 무리는 아니었을 것이다. 주목받았던 그와는 다르게 동기들이 한 명씩 TV문학관이나 드라마게임으로 데뷔하기 시작했다. 그제야 습작 기간 없이 당선된 자신을 탓해 봤자 시간 낭비만 될 뿐이었다. 마음을 고쳐먹길 수십 번, 소설가 이청준의 『가면의 꿈』을 각색한 작품이 드디어 TV 문학관에 나가게 되었다. 그는 그날의 기쁨을 아직도 생생히 기억한다. 대본을 먼저 시골집에 부치고, 술자리마다 나가서 친구들에게 자랑했다. 늦었던 만큼 그 열매가 더욱 달았기 때문이리라. 그사이 배우들 캐스팅이 이루어지고, 촬영에 들어가기 전 대본 리딩을 했다. 배우들이 대본으로 연기를 하는 동안 그는 하늘을 나는 기분이었다. 하지만 그런 기분도 잠시, 갑자기 국장이 문을 열고 들어왔다. 팔짱을 끼고 뒤에서서 배우들의 대사를 듣던 국장의 낯빛이 점점 굳어 가는 것이 보였다. 아니나 다를까, 연습이 끝나자마자 국장은 PD와 함께 그를 불러앉혔다.

"이 작품 접으세요."

이유가 궁금하기도 전에 머릿속부터 하얘졌다. 도대체 얼마나 기다려 온 시간이던가? 어느 날 문득 보게 된 TV 속 붉은 자막으로부터 시작해서, 숱하게 샌 많은 밤들이 주마등처럼 뇌리를 스쳐 지나갔다. 드디어 맛보게 된 '데뷔'라는 열매에 움츠려진 가슴을 활짝 피던 순간이 생각났다. 대본을 받고 좋아하시던 부모님이 떠올랐다. 부러워하던 친구들의 눈빛이 하나하나 되살아나서 그를 포위했다. 정말 누군가가 그의 운명을 가지고 장난을 치는 것 같았다. 이유는 이데올로기 문제였다. 작품에 불온한 사상이 묻어 있다는 것이었다.

꼬이기만 하는 인생에 대한 화보다는 창피함이 더욱 컸다. 그는 방송국 별관 옆에 있던 제일빌딩 호프집으로 갔다. 〈태조 왕건〉을 쓴 이환경 작가가 묵묵히 술을 받아 줬다. 쏟아지는 눈물을 참지 않았다. 테이블마다 달린 전구가 환하게 불빛을 내뿜고 있었다. 흐르는 눈물을 비집고 들어온 불빛에 눈이 부셨다. 그는 오기가 발동했다.

"난 성공할거야, 내 성공은 이 전깃불을 보듯 확실해!"

만약 〈가면의 꿈〉이 그대로 방영되었다면 그는 지금과 같은 성취를 이루지 못했을지도 모른다. 그 좌절을 계기로 그는 결심을 했던 것이다. 모든 인연을 끊고 세상에서 증발했다. 잠잘 때만 빼고 방송국 도서관에 앉아 9개월을 공부했다. 당시 도서관의 3분의 1 정도가 드라마 대본이 보관되어 있었는데, 그것을 빠짐없이 꺼내어 연구하기 시작한 것이다. 한국방송작가협회 교육원 창작반 1기로 들어가면서 《동아일보》 신춘문예 시나리오 부문에 당선되었다. 그리고 그 작품이 SBS 개국 특집 드라마로 방영되었다. 제목은 〈고래의 꿈〉이었다.

그리고 이듬해, 제1회 MBC 베스트셀러 극본 공모에 〈하얀 집의 천사〉가 당선되면서 본격적인 작가 생활을 시작했다.

이 작품 접으세요

사랑은 아무나 하나

"나? 애 딸린 골드미스야. 애 아빠? 나도 몰라! 창피하지 않느냐고? 왜 이래, 아마추어처럼!"

당돌하고 발칙한 여자다. 〈사랑은 아무나 하나〉의 주인공 오금란의 태도다. 그는 전 작품인 〈불량 커플〉부터 시작해서 허수경을 필두로 이슈가 되고 있는 싱글맘을 날카로운 시선으로 다루기로 마음먹었다.

"이미 1990년대 초 경제적 여유를 가진 상류층 여성 중에, 결혼은 하지 않고 아이만 낳아 사는 커리어 우먼들이 있다는 얘기를 들었습니다. 당시 그 이야기를 듣고 극본을 쓴 것이 베스트극장 〈동쪽으로 난 창〉으로 방영이 됐었죠. 물론 당시만 해도 사회적 파장이 있는 소재였기 때문에 마지막을 상상임신 쪽으로 돌렸습니다. 하지만 이젠 그것을 본격적으로 다룰 시기가 됐다고 봐요."

그는 '싱글맘'이라는 용어를 두고 '미스맘'이라는 새로운 단어를 만들었다. '미스'로써 자발적으로 엄마가 되는 것을 선택한 여성을 따로 지칭할 필요가 있다고 생각했기 때문이다. '결혼'으로 묶여야 한다는 기존 관념은 깨되 혈육은 가지고 싶다는 소수 커리어 우먼들의 본능적 욕구를 드라마로 실현해 보고 싶다는 속내였다.

그의 특징을 하나 꼽아 보자면 바로 여성성인데, 남자 작가로서 유일하게 여성성을 잘 드러낸 드라마를 썼다고 해도 과언이 아니다. 덕분에 아침드라마를 쉬지 않고 네 번이나 써야 했다. MBC에서 방영한 〈행복〉, 〈달콤한 인생〉, 〈못 잊어〉와 함께 KBS에서 방영한 〈색소폰과 찹쌀떡〉이 그것이다. 연달아 네 번이라니, 그는 한숨 섞인 혼잣말을 하며 SBS 〈돌아와요, 순애 씨〉로 수목 미니시리즈로 돌아왔던 순간을 떠올렸다.

"아침드라마를 네 번 쓰고는 슬럼프가 왔어요. 처음엔 기회를 기다렸죠. 하지만 기회라는 것은 절대로 기다리는 것이 아니었어요."

기회는 자신이 만드는 것이다. 꾸준히 차별화된 소재를 발굴해 내고, 그것을 기획안으로 만드는 작업을 멈추지 않는 작가에게 기회가 오게 마련이다. 20년을 드라마 작가로 살아오면서 그는 지금도 매순간 노력을 멈추지 않는다. 그는 사람들 속에서 늘 안테나를 세우고 있다. 그 안테나의 방향은 바로 '우리들의 삶의 방식'을 찾는 것이다. 그것은 그의 소재이고, 주제이고, 곧 드라마다. 드라마 작가로서의 방법론에 대해 그는 쉬운 방법을 내놓는다.

"드라마를 배울 때 테크닉은 사실 중요하지 않아요. 만화로 예를 들면 테크닉은 그림 같은 거예요. 정말 중요한 것은 그림을 가지고 어떤 이야기를 만들어 내느냐 하는 것이죠. 내용물이 중요한 것인데 그 내용물이라는 것은 창의력으로 찾아내야 하는 것입니다."

창의력에 관한 그의 생각은 그리 복잡하지 않다. 진부한 이야기 같지만 그는 눈과 귀의 중요성을 강조한다. 아무리 이야기해도 모자란다는 것이다. 눈과 귀를 열어 놓는 습관, 그 노력은 드라마 작가가 되기 위

이 작품 접으세요

한 방법의 시작이기도 하다. 세상의 많은 것들을 보고 들어야 한다. 그는 쉽게 그림과 음악의 중요성을 연결시킨다. 그림을 그리는 사람은 커피 잔을 보더라도 그냥 보지 않는다. 새겨져 있는 디자인까지도 한꺼번에 각인된다. 이유는 관찰력이 습관화되어 있기 때문이다. 음악도 그와 같은 맥락에서 같다.

또한 그의 좌우명은 '많이 읽고, 많이 걸어라'이다.

"눈과 귀를 열어 놓는다고 해서 모든 것을 경험할 수는 없지요. 모든 것을 경험할 수 없기 때문에 책을 통해 간접 경험을 하는 것입니다. 그런데 책을 그냥 읽어서는 안 됩니다. 나름의 방식이 있는데 한번 예를 들어 볼게요. 작품 속의 모든 주인공은 난관에 빠집니다. 그러면 주인공이 어떻게 그 어려움을 극복해 나가는지를 파악하며 읽어야 합니다. 내가 직접 경험하는 것처럼 말이죠. 많이 걸으라는 것은 육체적 운동의 의미가 아니에요. 사색을 하라는 겁니다. 오래 걷다 보면 생각할 시간을 가지게 됩니다. 혼자 여행이란 걸 할 때도 그래요. 사색의 습관은 상상력의 원동력이 됩니다. 상상력의 창고가 가득 쌓여 있어야 뽑아 낼 것도 많아지게 마련인데요, 바로 그것이 창의력입니다. 내가 살아온 것, 내가 살아가는 것, 내가 살아갈 것, 그와 동시에 남들이 살아가는 방식들 말이에요."

그가 드라마에서 가장 관심을 기울이는 것은 사랑이다. 사랑이 없는 드라마는 없다. 사랑은 모든 사람의 관심사인데 이유는 가장 보편적인 본능이기 때문이라고 말한다. 그러더니 그는 장난스런 웃음을 띠며 이렇게 되묻는다.

"그러니까, 사랑은 아무나 하나?"

아는 만큼 보인다

"드라마 작가는 그냥 스토리텔링이 아니라 비주얼 스토리텔링에 익숙해져야 한다. 비주얼 스토리텔링이라는 것은 간단히 말하면 시각적 스토리텔링, 즉 영상이다. 무용을 하는 사람은 춤으로 이야기를 전달하고, 피아니스트는 피아노로, 화가는 그림으로써 이야기를 전달한다. 영상으로 이야기를 전달하는 사람이라면 더욱 효과적인 시각적 표현을 고민해야만 할 것이다. 영상에 대한 체계적이고 구체적인 인식 없이 효과적인 대본을 쓰는 것은 불가능하다."

순애와 초은이 공항으로 가는 차 안에 나란히 앉아 있다. 한동안 침묵이 흐른다. 흐릿한 밖의 날씨만큼이나 분위기도 싸늘하다. 운전을 하던 초은이 음악을 튼다.

"꺼."

순애의 말에 초은은 작은 한숨과 함께 음악을 끈다. 그리고는 궁금한 것이 있다며 입을 연다.

"많은 부부들이…… 사랑도 정도 없이 아이 때문에 산다던데. 그거,

정말이에요?"

순애의 목소리가 올라간다.

"정말 알고 싶은 게 뭐야?"

초은이 대답한다.

"전요, 왜들 그렇게 사는지 정말 이해가 안 가요."

순애가 거우 화를 참으며 대답한다.

"애도 없는 년이 어떻게 이해가 되겠어?"

초은이 다시 받아친다.

"왜, 그런 말이 있잖아요. 내 남편한텐 빵점이지만, 이웃집 남자한테는 백점짜리가 될 수도 있다는 말이요. 그러면 백점 주는 남자한테 가서 살지, 왜 빵점 주는 남자한테 붙어살아요? 같은 여자지만 정말 이해가 안 돼요."

순애가 폭발한다.

"너 닭대가리 삐꾸 아니야? 야이 기집애야, 세상 모든 여자들이 점수 찾아다니면 이 세상이 어떻게 되겠어?"

그때 갑자기 대시보드에 놓여 있던 초은의 핸드폰이 요란하게 울린다. 전화를 건 사람은 순애의 남편이다. 초은이 스피커폰으로 전화를 받는다.

"여보세요?"

아무 정황도 모르는 순애의 남편이 코맹맹이 소리로 대답한다.

"응, 자기 어디야?"

초은이 애교가 잔뜩 섞인 반가운 목소리로 말한다.

"어머, 벌써 도착했어요? 거의 다 왔으니까 조금만 기다려요."

순애가 누르던 화를 더 이상은 참지 못하고 폭발한다. 핸드폰을 부러뜨려 창밖으로 집어 던진다. 자신감에 가득 찬 초은이 마지막으로 한마디 내뱉는다.

"찬이는 제가 잘 키울게요."

순애는 더 이상 참을 수가 없다. 운전하는 초은의 머리채를 휘어잡고 얼굴을 때린다. 초은이 비명을 지르고 차가 마구 흔들린다. 갈피를 못 잡던 차가 가드레일을 부수고 튀어 나간다. 그때 날아오르던 차로 번개가 내리치고, 순애와 초은이 의식을 잃으면서 서로의 영혼이 바뀐다. 즉, 몸이 뒤바뀐 것이다.

미니시리즈 〈돌아와요, 순애 씨〉의 첫 장면이다. 아내와 정부가 서로 몸이 바뀌면서 드라마가 펼쳐진다. 원수보다도 못했던 아내와 정부가 서로의 상처를 보게 된다. 그 상처들로 인해 한 여자로서 서로 마음을 열게 되고, 그것을 지켜보던 철없는 남편도 많은 갈등을 겪으며 변화해 간다.

이 드라마는 코믹 멜로물이다. 예전에 만들었던 트렌디 드라마 기획안을 아줌마 코드로 바꾼 것이다. 시청률이 좋았던 만큼 사람들은 그에게 물 만난 고기 같다고 칭찬을 아끼지 않았다. 하지만 과정이 결코 쉬웠던 것은 아니다. 작가 생활을 하면서 어려운 점이 한두 개가 아니지만, 그에게 가장 힘들었던 것은 바로 슬럼프였다. 어떤 작가에게나 오

는 것이라고 생각했으면서도 정작 그에게 닥쳤을 때는 여기가 끝이 아
닌가, 하는 불안이 멈추지 않았다. 그때 그에게 도움이 됐던 것은 강의
였다. 마침 부산에 있는 동서대학교 영상문학과 교수가 된 것이다. 학
생들을 가르치려면 우선 자신이 공부를 해야 했고, 그것은 새로운 작법
을 체계적으로 정리할 수 있는 시간이 되었다. 또한 부단히 최근 드라
마를 분석하며 경향과 코드를 읽었다.

"슬럼프가 오면 기본으로 돌아가야 해요."

그는 드라마의 기본을 가르치면서 슬럼프를 극복해 냈다. 강의에서
그가 학생들에게 특별히 강조한 것은 비주얼 스토리텔링Visual Storytelling
이다. 드라마 작가는 그냥 스토리텔링이 아니라 비주얼 스토리텔링에
익숙해져야 한다. 비주얼 스토리텔링이라는 것은 간단히 말하면 시각
적 스토리텔링, 즉 영상이다. 무용을 하는 사람은 춤으로 이야기를 전
달하고, 피아니스트는 피아노로, 화가는 그림으로써 이야기를 전달한
다. 영상으로 이야기를 전달하는 사람이라면 더욱 효과적인 시각적 표
현을 고민해야만 할 것이다. 영상에 대한 체계적이고 구체적인 인식 없
이 효과적인 대본을 쓰는 것은 불가능하다. 그의 작품에서 힘을 발휘하
는 신선하고 유쾌한 장면들은 우연히 얻어진 것이 아니다. 비주얼에 대
한 그의 관심은 드라마뿐만 아니라 소설로까지 이어진다. 그는 영상미
학에 뛰어난 작가로 기욤 뮈소를 꼽는다.

"뭐, 드라마만 그럴까요? 읽다 보면 영상이 선명히 떠오르는 소설,
그것도 참 매력적이더라고요."

유쾌한 예술

예술은 그리 유쾌하지 못하다. 어쩌면 예술은 삶에 대한 고민과 질문의 산물이기 때문이다. 하지만 그의 드라마는 매우 유쾌하다. 그의 드라마는 예술과 유쾌의 중간, 그 어느 지점에 보란 듯이 자리 잡고 있다. 그는 한 제작발표회에서 이렇게 말했다.

"즐거움 속에 깊은 뜻이 전달됐으면 좋겠습니다."

그의 드라마에는 흑과 백이 따로 없다. 흑이 백이 되고 백이 흑이 되면서 드라마가 끝난다. 결코 한쪽을 나쁘게 매도하지 않는다. 예를 들어 보자. 아내와 정부가 등장하거나, 당돌한 미스맘이 등장하면 답답할 만큼 가부장 제도에서 벗어나지 못한 그 반대편의 여성이 반드시 등장한다. TV 속성 중 하나가 불특정 다수를 상대하기 때문이기도 하지만, 가만히 드라마를 들여다보면 그의 역지사지적 세계관을 엿볼 수 있다. 그것은 여러 가지 삶의 방식에 늘 안테나를 세우고 있는 그의 평소 생활 태도와 연결된다.

모든 사랑 이야기는 공통된 패턴을 가지고 있다. 어울릴 것 같지 않은, 상처를 가진 사람들이 싸우면서 상처를 치유한다. 갈등의 극복을 통해 사랑을 확인하는 것이다. 그런 큰 틀 속에서 드라마 작가를 구분할 수 있는 것은 소재라고 그는 말한다. 하지만 소재 하나로 결코 승부를 가릴 수는 없다. 반드시 그 작가만의 세계관이 작용해야 하는 것이다.

한때 트렌디 드라마가 큰 인기를 끌었다. 스토리 위주의 기존 드라마

형식을 벗어나 젊은 층의 패션, 취미 생활 등의 묘사에 더 비중을 두는 감각적 드라마였다. 덕분에 젊은 작가들이 톡톡 튀는 아이디어로 대거 등장했다. 하지만 작가의 진정한 시선이 없이는 결코 오래가지 못한다는 것이 그의 생각이다. 트렌디 드라마는 1992년에 방영된 MBC 드라마 〈질투〉를 시작으로 많은 인기를 누렸지만 2010년 MBC 〈개인의 취향〉으로 사실상 막을 내렸다고 그는 말한다.

예전과 다르게 단막극이 사라진 현재는 신인들의 데뷔가 어려워졌다. 그나마 문광부와 방송협회에서 지원을 시작한 것이 다행이다. 신인들이 기회를 얻을 수 있는 단막극 특집을 편성하게 된 것이다. 하지만 시청률 때문에 신인들이 그 기회를 다 차지할 수 있는 것도 아니다. 그렇다고 주저앉아 있을 수만은 없지 않은가. 열정을 잃지 말아야 한다. 무엇보다 사람들을 바라보는 열린 시각, 밑에서부터 서서히 끓어오르는 작가의 의식이 중요하다.

"충분한 습작 기간을 가진 뒤에 데뷔해야 합니다."

한 해 3개 방송사에서 나오는 작가가 20명은 되는데 살아남는 작가는 두세 명이다. 다름 아닌 자신이 그러했듯 같이 공부하던 친구가 데뷔를 먼저 하면 조급해지는 것이 사실이다. 하지만 교육원에서 서너 작품 습작하고 작가가 된다면 방송작가 못할 사람이 어디 있겠냐고 그는 말한다. 마침 재밌는 것이 생각났다는 듯 그가 웃으며 한 가지 에피소드를 들려준다.

"지금 잘나가는 작가 중에 한 분은 교육원 다닐 때 2주에 한 편씩 드

라마를 썼어요. 그 일화를 아직도 술자리에서 이야기하곤 하지요. 2주
에 한 편씩 습작을 하자면 그 작가에게 가장 필요한 것이 무엇이라고
생각하세요? 상상력? 창의력? 재능? 네, 물론 전부 중요한 것이겠지
요. 하지만 저는 그런 것들보다는 독기라고 생각해요. 독기 없이 어떻
게 그 많은 작품을 쓸 수가 있었겠어요. 독기는 좋게 이야기하면 일에
대한 열정이에요. 무슨 일이든 천부적 자질보다는 열정이 결정적이잖
아요? 마찬가지예요, 예술은 결코 우아한 것이 아닙니다. 정말 무식하
게 독기를 가지고 하는 수밖엔 도리가 없는 것이지요."

또 한 편의 코믹 멜로물을 준비하고 있는 그는 매우 즐거워 보인다.
강의하는 화요일과 수요일만 빼고 작업실에서 대부분의 시간을 보낸
다. 한강이 바로 내다보이는 여의도 사무실이다. 전망이 좋아서 쉽사리
옮기지 못하는 애정 가득한 곳이다. 그는 그곳에서 대본을 연구하고,
책을 읽고, 산책을 한다. 가끔 1층에 있는 커피 전문점에서 차를 마시
며 사람들의 이야기를 듣기도 한다. 그러다 오랜만에 반가운 사람이 찾
아온다거나 봄바람이 창을 건너 목을 살살 간질이면 그의 마음도 어느
덧 다시 설레어 오는 것이다.

이 작품 접으세요

이선희

데뷔: SBS 드라마 〈반지〉(1992)
주요 작품: 도시남녀(1996) 모델(1997) 로맨스(1998) 거침없는 사랑(2002) 장미 울타리
(2003) 에어시티(2007) 아버지의 집(2009) 가시나무새(2011) 등

취재 및 집필
김선미

그 여자의 앙코르

"아버지는 나이가 들면 자식을 통해서 꿈을 꾼다."

_드라마 〈아버지의 집〉 중에서

20대 초반. 추운 겨울에 연탄 한 장 살 돈이 없어 이불 속에 숨어 있던 한 여자. 이불 속에서 할 수 있는 것이라고는 오로지 잠을 자는 것뿐이었다. 잠을 통해 자신이 처한 모든 상황으로부터 벗어나고자 했던 여자. 그 여자가 어느 날 TV 드라마에서 한 여자를 만난다. 그녀는 자신과 마찬가지로 계속 잠을 잔다. 추운 겨울, 이불을 뒤집어 쓴 채 무덤에 들어간 사람처럼 자고 있다. 대학 입학을 앞두고 학비가 없는데도, 아버지가 죽었는데도, 그 여자는 자고 또 잤다. 드라마를 보고 있던 여자는 동병상련을 느끼면서 자기만 죽일 년이 아니었구나, 하는 생각이 들었다. 친구가 생긴 듯 잠시 따뜻해졌다.

그런데 문득 궁금해졌다. 드라마 속 여자의 삶은 어떻게 진행될 것인가.

드라마 속 여자는 대학에 진학한다. 그리고 결혼을 해서 아이를 낳는다. 머지않아 대학교수가 되고, 이혼을 하고, 아이가 죽는다. 그럼에도 불구하고 그 여자는 행복하다.

드라마가 방영되는 동안 겨울이 지나고 봄이 왔다. 이불 속에서 웅크리고 있던 여자는 드라마를 보며 위로를 받았다. 나의 인생도 흘러가는구나, 나도 행복해질 수 있겠구나, 인생은 어쩌면 저런 것이겠구나, 어떤 명작 소설을 읽어도 이해되지 않던 삶의 모습들이 구체적으로 와 닿았다. 그렇게 드라마는 그녀의 20대 초반, 몸도 마음도 너무나 가난했던 시절에 따뜻한 위로가 되어 주었다.

그리고 10년 후 그녀는 드라마 작가가 되었다.

이선희 작가는 1992년 SBS 드라마 단막극 〈반지〉로 데뷔한 이래 20년 동안 드라마 작가로 활동해 오고 있다. 3년에 한 번씩 작품을 발표하면서 꾸준하게 드라마 작가의 길을 걸어오고 있다. 하지만 드라마 작가라는 직업이 처음부터 그녀의 마음속에 있었던 것은 아니다. 드라마를 잘 보지도 않았을 뿐더러 가끔 보더라도 드라마를 전문으로 쓰는 작가가 있다는 것조차 생각해 보지 못했다. 그랬던 그녀의 첫 직업은 화장품 회사 사보 편집 기자였다. 열아홉 재수 시절, 우연히 들어간 화장품 회사의 사보 편집국에서 일한 지 며칠 안 돼서, 사원이라고는 편집장과

그녀 혼자였던 그때 편집장이 돌연 사표를 냈다. 어쩌다 보니 어린 그
녀는 편집장이 되었고, 편집장으로서 그녀가 해야 할 첫 번째 임무가
소설가 최인호 작가로부터 원고를 받아오는 것이었다. 어찌 보면 간단
한 일이었지만 그때의 두근거림이 아직도 생생하다고 한다.

며칠 안 되어 후임 편집장이 들어왔다. 후임 편집장은 나이 어린 그
녀를 선임으로 대접해 주었다. 그녀는 그것이 고마워 편집장을 언니처
럼 따르며 다정하게 일할 수 있었다. 새로운 편집장과 함께 그녀는 한
국 최초의 민간 오페라단을 창단한 김자경 선생을 인터뷰하며 본격적으
로 기자 일을 시작했다. 인터뷰를 해본 적이 없던 그녀는 무작정 선생
을 찾아갔다. 그녀의 절실함을 느꼈던 것일까, 김자경 선생은 어린 편
집장에게 인터뷰하는 방식과 질문을 끌어내는 노하우를 알려 주었다.

그것을 시작으로 당대의 유명한 사람들을 만나 인터뷰를 하면서 잡
지를 만들었다. 잡지가 초라했으므로 내용을 알차게 꾸미기 위해 당시
에는 파격적인 원고료를 지급하며 원고를 청탁했다. 좋은 원고를 받기
위해서는 최고의 대접을 해 줘야 한다는 오기로 어린 기자는 다른 유
명한 잡지에서도 하지 못했던 일을 꿋꿋이 해 나갔다. 그래서일까. 많
은 유명인들이 원고를 써 주었고 인터뷰에 응해 주었다. 당시 인터뷰를
했던 사람들로 배우 황정순 씨와 가수 송창식 씨 등이 기억에 남는다
고 한다. 그녀는 그 일이 너무 재미있어서 재수 시절 아르바이트로 시
작했던 일을 본업으로 삼았다. 대학에 가는 대신 일을 택한 그녀는 그
곳이 아니었으면 알 수 없었을 인생과 철학을 배웠다고 기억한다.

스물넷에 결혼을 한 그녀는 7년간 충실히 결혼생활을 했다. 그리고 운명처럼 드라마 작가의 길로 들어서게 된다. 친구를 따라 갔던 문화센터. 그곳에는 드라마 작가 교육 프로그램이 있었다. 그때 드라마를 전문적으로 쓰는 작가가 있다는 것을 처음 알게 되었다. 드라마를 쓰면서 그녀는 자신이 모르고 있던 재능을 발견하게 된다. 하지만 무엇보다 재미가 있어서 꾸준히 썼다. 어렸을 때 문학소녀도 아니었고, 원고지를 메우는 충실함도 없어서 백일장에 나가 상을 받아 본 적도 없었지만 재미있는 일에 몰두하는 능력만은 누구보다 탁월했다. 문화센터에 다니기 시작하고 3개월 후 KBS 드라마 작가 워크숍에 들어가 본격적으로 드라마 작가 수업을 받게 되었다. 작가로서 아무것도 준비가 되어 있지 않았기 때문에 처음 방송국에 들어가서는 모든 것이 힘에 부쳤다. 드라마를 쓰는 것보다도 작가가 무엇인지부터 배운 시절이었다. 그때 막 '한국 드라마 작가 교육원'이 생기기 시작해서 다시 교육원에서 작가 수업을 받았다.

교육원에 다닐 무렵, 지금 생각하면 철이 없던 시절의 에피소드를 하나를 꺼내 본다. 방송국에 가면 PD를 PD님이라고 불러야 하는지, 감독님이라고 불러야 하는지 몰라 고민했으며 차를 마시면 찻값은 PD가 내야 하는지 작가가 내야 하는지도 몰랐던 그때, 어느 날 한 PD로부터 전화가 걸려왔다. 작품을 보고 싶으니 한번 만나자는 내용이었다. 그러나 그녀는 PD의 이름부터 묻고 2~3일 후에 다시 연락을 하겠다고 했다. "당신의 작품을 보고 나와 스타일이 맞는지 안 맞는지부터 확인한 후에 만날지 말지 결정하겠다고". 굉장히 거만한 사람이라고 비추어졌겠지만 작가 입장에서는 정보가 없었기 때문에 할 수 있는 말이었다. 늦게 시작을 했고, 그만큼 시행착오가 있었지만 충분히 고민하고 공부할 수 있는 시간이었기에 견딜 수 있었다. 그런 그녀는 차근차근 작품을 발표했다.

> "혹자는 작가의 욕심이 너무 많은 사람들을 고생시키는 것 아니냐고 할지도 모른다. 하지만 막무가내의 열정이 있었기에 우리가 모르던 세계를 더 많은 사람들과 공유할 수 있었다. 그것이 드라마의 힘이다."

사람들이 흔히 그녀의 것이라고 기억하는 작품으로 〈신비의 거울 속으로〉, 〈도시남녀〉, 〈모델〉, 〈에어시티〉 등이 있다. 〈에어시티〉의 경우 곧잘 〈에어포트〉와 헷갈리기도 한다. 얼마 전에는 〈가시나무 새〉를 끝냈다. 매 작품마다 힘이 안 든 작품이 없었지만 앞의 드라마들이 특히 힘들었다. 책임감 때문이었다. 그녀의 경우 드라마를 구상할 때면 늘 질문과 의문에서 출발한다. 청춘은 실패와 실연이 다반사인데 왜 해피엔딩으로 끝날까? 자식은 왜 부모를 사랑해야 하나? 공항은 왜 항상 출입국장과 면세점만 보여 주는 걸까? 이런 질문에 답하기 위해 그녀는 좀 더 치밀히 드라마를 구상하고, 그녀 곁의 많은 사람들은 도움을 주었다. 그 사람들의 도움과 노력이 헛되지 않도록 그녀는 드라마를 더욱 '지극히' 써야 한다고 생각했다.

〈신비의 거울 속으로〉라는 드라마는 롯데월드의 퍼레이드 걸을 보면
서 '그들은 어떻게 이런 직업을 택하게 되었을까?' 하는 생각에서 출발
했다. 그러다가 그들이 뮤지컬 배우를 지망하는 사람들이라는 것을 알
게 되었고, 뮤지컬 시장이 생각보다 열악하다는 것을 알았다. 그때는
지금처럼 뮤지컬이 성황한 때도 아니었고, 제대로 된 뮤지컬을 정기적
으로 공연하지도 않았다. 때문에 많은 지망생들이 뮤지컬 배우의 꿈을
포기했다. 그녀는 그들을 응원하고 싶었다. 그래서 뮤지컬 드라마를 쓰
리라 결심했다. 뮤지컬 드라마를 위해 뮤지컬 대본을 쓰기도 했다. 하
지만 극본이 완성되어도 춤과 노래를 함께 소화할 수 있는 배우를 찾
기가 힘들어 결국에는 롯데월드를 배경으로 한 직원들의 사랑 이야기
로 가야만 했다.

〈에어시티〉의 경우는 자료 조사 과정이 더 힘들었다. 처음에는 공항
데스크 여직원과 공항 경찰과의 사랑 이야기를 담은 휴먼 드라마를 쓰
려고 했다. 하지만 공항 조사는 처음부터 난항이었다. 공항 관계자들에
따르면 공항은 한 나라의 '국경'이므로 모든 것이 보안 사항이었다. 결
국 무턱대고 공항 공보실 문을 두드렸다. 3년 동안 족히 1,000명이 넘
는 사람들을 인터뷰하면서 조금씩 공항 사람들의 마음을 움직였다.

공항에는 정말 많은 사람들이 일하고 있었다. 그곳에 국정원이 일하
고 있다는 사실도 그때야 알았다. 비행기를 한 대 살 때도, 위조지폐나
마약 밀매를 검사할 때도 국정원 직원이 따라다녔다. 처음에 썼던 드라

마 극본을 대폭 수정했다. 국정원 사람들을 만나 처음부터 인터뷰를 다시 했다. 공항과 국정원의 문을 두드리는 데만 2년이 지났다. 하지만 처음에는 경계를 늦추지 않던 그들도 자기들의 이야기를 진솔한 드라마로 만들고자 하는 그녀의 의지에 마음을 움직였다. 마침내 국정원의 전폭적인 지지를 받으며 인천 공항과 국정원을 무대로 한 드라마를 만들 수 있었다. 특히 그들의 도움은 공항 활주로 촬영을 할 때 빛을 발했다. 인천 공항을 무대로 한 드라마에서 활주로가 한 번도 안 나올 수는 없는 법이었다. 그래서 활주로가 비는 틈을 타서 재빨리 찍으면 되리라 생각하고 허가를 받으려 했다. 그런데 문제는 그리 간단하지 않았다. 모든 항공기는 대체 공항을 설정해 두고 있었다. 예를 들어 김포 공항에 내릴 비행기가 악천후 등의 이유로 착륙하지 못할 경우 대체 공항인 인천 공항으로 목적지를 변경하게 된다. 이때 인천 공항은 그 항공기의 대체 공항이 되는데 이런 연결은 전 세계적으로 형성돼 있다. 때문에 인천 공항의 활주로를 사용해야 할 경우 전 세계의 공항에 연락해 이미 연결되어 있던 대체 공항의 경로를 변경해야 하는 것이다. 그 번거로운 일을 인천 공항 사람들이 해 주었다. 그럼에도 불구하고 바람이 너무 불어 촬영을 할 수가 없었다. 너무나 안타까운 일이었다. 이렇듯 많은 사람들의 협력으로 이루어진 드라마 〈에어시티〉는 "모든 것이 협력하여 선善을 이룬다"는 드라마의 주제와도 딱 맞아 떨어진 그런 드라마였다.

"한 남자가 횡단보도를 건너다가 갑자기 멈춰서는 부분이었다. 이 장면을 위해 스태프들은 차량을 준비하고 횡단보도를 건너는 보조출연자를 섭외했다. 그 한 신을 찍기 위해 보조출연자들은 몇 시간을 기다려야 했다. 〈에어시티〉도 마찬가지다. 에어사이드Air Side, A/S를 찍기 위해서 70명에 가까운 사람들이 몇 시간에 걸쳐서 심사를 받고 들어가야 했다. 그래서 드라마 한 신 한 신을 헛되게 쓸 수가 없다. 왜냐하면 그 신은 소중한 사람들의 치열한 시간이기 때문이다."

혹자는 작가의 욕심이 너무 많은 사람들을 고생시키는 것 아니냐고 할지도 모른다. 하지만 막무가내의 열정이 있었기에 우리가 모르던 세계를 더 많은 사람들과 공유할 수 있었다. 그것이 드라마의 힘이다. 〈모델〉을 쓸 때는 또 어떠했던가. 등장인물들의 감정의 변화가 넘쳤던 드라마였다. 매 회가 복수와 욕망으로 꿈틀댄 내용이었다. 드라마 작가 초년기 시절에는 사람들이 이선희 작가의 작품을 평가할 때 '일본 드라마' 같다는 말을 많이 했다. 잔잔하고 따뜻한 내용으로 조곤조곤하게 시청자들을 사로잡았다는 평가일 것이다. 하지만 〈모델〉은 전혀 다른 느낌이었다. 한마디로 이선희 작가의 성품과는 전혀 맞지 않은 모난 돌 같은 작품이었다. 어떻게 그런 작품을 쓸 수 있었을까. 그것은 '편집'의 힘(?)이었다. 대본 첫 신Scene에서부터 마지막 신까지 작가는 등장인물의 감정을 차곡차곡 쌓아 둔다. 하지만 편집은 그 과정을 과감하게 생략하고 감정의 폭발만을 보여 준다. 시청자들은 그 폭발을 보고 당혹감과 긴박감을 느끼게 된다. 자신이 쌓아 둔 감정을 편집으로 생략해 버릴 때, 작가는 속된 말로 돌아 버리는 것과 같은 심정이 된다. 하지만 드라마는 '그동안 시청해 주셔서 감사합니다'라는 자막이 뜨기 전까지 무조건 앞을 향해 달려야 한다. 때문에 그다음 회에서는 갈 데까지 가 보자는 심정으로 한 인간이 가진 모든 감정을 다 쏟아 낸다. 36부작을 쓰는 동안 단 한순간도 치열하지 않은 적이 없었다. 그렇게 고생을 해서 찍은 드라마는 시청률이 좋았지만 그다지 행복하지는 않았다. 그래서일까 이선희 작가는 드라마 시청률에 그다지 연연하지 않는다. 〈거침없는 사랑〉이라는 미니시리즈를 집필할 때였다. 그 드라마는 2002년 대한민국이 월드컵의 열기로 한창 뜨거웠을 때 방영되었다. 한국과 이탈리아의 치열했던 경기가 끝난 후, 드라마가 방송될 시간이 되었다. 타 방송에서는 경기 재방송을 돌리고 있었다. 사람들은 본 경기를 보고 또 보고 하면서 그때의 흥분을 다시 느끼고 있었다. 이때 드라마 시청률이 2퍼센트였다. 2퍼센트…… 그 숫자에 괴롭기보다는 오히려 놀라웠다. 그 2퍼센트에 해당하는 사람들은 과연 어떤 사람들일까? 어찌어찌하다가 그때의 시청자들과 만나는 자리가 있었다. 대한민국을 뜨겁게 달군 월드컵 재방송을 볼 시간에 내 드라마를 봐 준 고마운 사람들. 그 이후로도 꾸준히 그들의 결혼식과 돌잔치에 참석한다. 이 드라마의 2퍼센트는 축구 방송의 40퍼센트의 시청률과도 바꿀 수 없는 값진 숫자다.

얼마 전 작가는 기쁜 소식을 들었다. 드라마 〈아버지의 집〉이 제44회 휴스턴 국제 필름 페스티벌에서 단편 드라마 부분 대상을 받은 것이다. 이 드라마는 배우 최민수의 열연으로 화제가 되었던 작품이다. 연말 특집극으로 만들어졌지만 시청률도 꽤 높았다. 〈에어시티〉 이후 공백기를 가진 작가의 부활을 알린 작품이었다. 사실 이 드라마는 몇 년 전에 미니시리즈로 기획했던 작품인데 그것을 2부작 특집극으로 만들었으니 얼마나 꽉 찬 내용의 드라마가 되었을까. 그때 기획한 드라마의 제목이 〈불멸의 사랑〉이었다. 작가의 가슴 속에 맺힌 드라마는 〈가시나무 새〉라는 작품에서 극중의 영화배우로 나오는 한혜진의 첫 주연 작으로 썼다. 작가 본인만 알 수 있는 재미있는 에피소드다.

〈가시나무 새〉는 작년 2월부터 시작해서 3월 말까지 기획안과 대본을 썼다. 가을에 편성 회의에 냈는데 바로 통과되지 못하고 조건부 편성을 받았다. 대본을 수정하고 최종 편성에 떨어진 것이 12월 말. 그때부터 기획안을 다시 쓰고 1월 첫 주부터 매주 하나씩 대본을 탈고했다. 3월까지 여덟 개의 대본을 맞춰야 방송을 하면서 닷새에 한 편 정도 쓸 수 있는 스케줄이 됐다. 다만 아쉬운 건 만족스럽게 수정을 하지 못한다는 것이었다. 작가로서 가장 부담스러운 것은 자신이 쓴 대사 한 줄 한 줄을 배우와 스태프들이 꼼꼼히 살피고 연구할 때이다. 그런 상황에서 수정을 못한다는 것은 정말이지 괴로운 일이 아닐 수 없다. 그러나 한 가지 고마운 건, 스태프들이 작가에게 부담을 주지 않기 위해 어느 상황에서도 촬영을 할 테니 자유로운 상상력으로 글을 쓰라고 용기를 북돋아 준다는 것이다. 작가 뒤에서 든든히 받쳐 주는 스태프들. 그리고 그들을 믿고 글을 쓰는 작가. 드라마를 보는 것은 시청자들이지만 작가가 제일 듣고 싶은 말은 스태프들의 칭찬이다. "대본을 보는데, 어머니 생각이 많이 났습니다"라는 말 한마디가 작가에게 힘이 된다. 스태프 이야기를 할 때 이선희 작가의 목소리에서는 힘이 들어간다. 자신이 어떤 장면을 쓰든지 작가를 전적으로 믿고 반드시 찍어 주는 스태프들. 그녀는 스태프들과 관련된 한 가지 에피소드를 꺼내 주었다. 신인 시절, 단막을 쓸 때 횡단보도 신을 썼다. 한 남자가 횡단보도를 건너다가 갑자기 멈춰서는 부분이었다. 이 장면을 위해 스태프들은 차량을 준비하고 횡단보도를 건너는 보조출연자를 섭외했다. 그 한 신을 찍기 위해 보조출연자들은 몇 시간을 기다려야 했다. 그 한 신은 네 시간에 걸쳐서 촬영되었다. 〈에어시티〉도 마찬가지다. 에어사이드(Air Side, A/S)를 찍기 위해서 70명에 가까운 사람들이 몇 시간에 걸쳐서 심사를 받고 들어가야 했다. 그래서 드라마 한 신 한 신을 헛되게 쓸 수가 없다. 왜냐하면 그 신은 소중한 사람들의 치열한 시간이기 때문이다.

> "바보 아빠의 캐릭터를 사랑하며 글을 쓰는 것하고 단지 캐릭터를 도구로 생각하며 쓰는 것하고는 천지 차이다. 인물을 도구로 쓰지 말 것. 이것이 드라마 작가가 지켜야 할 작법 수칙이라면 수칙이다."

〈가시나무 새〉의 집필을 마치고 난 후 그녀는 병원에 다니기 바쁘다. 병이 나서가 아니라 병문안을 가기 위해서다. 이선희 작가의 말마따나 '사람 노릇'을 하기 위해서다. 드라마 작가로 사는 동안은 눈 막고 귀 막고 오로지 대본에만 몰두한다. 주위 사람들도 드라마를 쓰는 동안에는 신경 쓰이지 않도록 큰일을 쉬쉬 하기도 한다. 어머니께서는 딸이 드라마를 쓰는 동안에는 죽지도 못하겠다고 우스갯소리를 한다. 하지만 그 말이 가슴을 아프게 찌른다. 드라마를 쓰는 동안에는 신경 쓰일까 봐 노심초사하고, 드라마를 쓰지 않는 동안에는 나름대로 예민해져 있는 딸을 위해 전전긍긍하는 모습을 볼 때면 가슴 한 부분이 싸해진다.

드라마 작가로 살면서 가장 미안한 일은 작가 이선희의 모습을 버릴 수 없다는 것이다. 사실 드라마 작가가 가장 작가다울 때는 드라마를 쓰지 않을 때다. 드라마를 쓰는 동안은 글을 써 내는 노동자와 같다. 감방 안의 죄수처럼 한 공간 안에 갇혀 오로지 대본을 메우는 데 총력을 기울인다. 드라마 한 편을 끝내고 드디어 탈출을 하게 되면 아스팔트가 딱딱하게 느껴져 제대로 걸을 수 없을 정도가 된다. 그 정도로 지독한 노동이다. 그러나 드라마를 쓰지 않을 때면 작품을 구상하며 책을 읽고 여행을 한다. 오히려 가장 작가다운 때인 것이다. 그래서 드라마 작가의 옆에 있는 사람들은 외롭다.

그녀는 빚진 것이 많은 사람이다. 그 많은 빚을 갚기 위해 할 일은 오로지 재미있는 드라마를 만들어 내는 것이다. 그렇기에 드라마 작가라면 꼭 갖추어야 할 자질이 있다. 인간에 대한 예의다. 쉽게 와 닿으면서도 또 어려운 명제다. 그 자질은 어떤 식으로 키워야 할까 막막해진다. 작가는 드라마를 만들 때 캐릭터에 많은 공력을 기울인다. 그렇기에 많은 사람을 관찰하고 주위에 있는 사람들의 이야기에 귀를 기울여야 한다. 사람들을 관찰해 보면 어떤 사람은 배움에 상관없이 고상하고 기품이 느껴지는 반면에 또 어떤 사람은 많이 배우고 가졌음에도 상스럽고 격이 없다. 그것은 상대에 대한 배려가 없이 오로지 목적으로만 대하기 때문이다. 작가가 캐릭터에 접근하는 방식도 사람과 사람의 만남이라고 생각해야 한다. 자기가 그리는 인물에 대해 애정을 가지고 이해해야 한다. 그 캐릭터가 악역이어도 마찬가지다. 바보 아빠의 캐릭터를 사랑하며 글을 쓰는 것하고 단지 캐릭터를 도구로 생각하며 쓰는 것하고는 천지 차이다. 인물을 도구로 쓰지 말 것. 이것이 드라마 작가가 지켜야 할 작법 수칙이라면 수칙이다.

캐릭터를 이해하는 것은 사람을 이해하는 것과 같다. 이해는 습작을 10년 했다고 되는 것이 아니다. 살아 봐야 한다. 일단 충분히 살아 봐야 한다. 테크닉을 기르는 일은 쉽다. 그러나 살아 보는 일은 쉽지 않다. 그렇다고 드라마 작가가 환갑을 넘어야 제대로 된 작가가 된다는 뜻은 아니다. 일례로 이선희 작가는 대학에서 아이들을 가르친 적이 있다. 너나 할 것 없이 모두 못 쓰지만 그 와중에도 끌리는 작품이 있었다. 그 작품은 '솔직하게' 쓴 작품들이다. 자신이 살아 본 삶을 솔직하게 드라마로 표현한 것이다. 그 솔직함이 마음을 움직인다. 드라마는 '지극히' 써야 한다고 생각한다. '지극한' 마음은 애정과 간절함을 통해서 나온다고 생각한다. 그리고 그 애정과 간절함은 인간과 삶에 대한 예의에서 출발한다.

　친구를 따라 문화센터에 갔다가 우연히 드라마 작가 교육을 받게 된 후 제2의 인생을 살게 된 이선희 작가. 그녀의 친구는 현재 영화평론가로 활동 중이다. 같이 시작했지만 한 사람은 영화평론가, 또 한 사람은 드라마 작가가 되었다. 그녀는 자신이 드라마 작가가 된 이유가 미련해서라고 생각한다. 2박 3일 동안 앉아서 드라마 대사 한 줄 고치는 사람이기 때문이다. 드라마 대본의 전체 신을 60개라고 할 때, 그중 40개는 극 진행상 저절로 써지는 신이다. 문제는 20신이다. 그 나머지 20신은 어쩔 수 없이 쩔쩔매게 된다. 하지만 그 순간을 극복하고 나면 희열이 느껴진다. 대사를 쓸 때 문득 삶에 대한 해답을 얻을 때가 있다. 어느 장면을 쓰다가는 부모에게 받은 상처, 자신이 다른 사람에게 준 상처 등을 극복할 때도 있다. 여러 사람의 입장에서 대사를 쓰다 보니 사람을 이해하는 눈이 길러진 것 같다. 누구나 직업을 가지고 그 분야에서 열심히 하면 그 나름대로 인생의 해답을 얻게 마련이다. 그녀 또한 마찬가지로 드라마를 쓰면서 인생의 해답을 찾아간다. 대사 한 줄 한 줄이 삶에 대한 그녀의 질문이고 또 답이다. 그래서 혹자가 드라마는 상상력으로 쓰는 것인가, 아니면 기억력으로 쓰는 것인가 묻는다면 망설임 없이 기억력으로 쓰는 것이라고 말한다. 처음 기획 의도를 쓸 때는 모른다. 그러나 드라마를 한참 쓰다 보면 이건 우리 아버지 이야기네,

이건 우리 엄마 이야기잖아, 하고 깨닫게 된다. 자신이 한 상상이라고 구성해 놓았지만 결국은 모두가 아는 이야기들도 꾸며진다. 사람 사는 이야기를 쓸 때는 어쩔 수 없는 부분이다. 하지만 그때가 바로 시청자들의 반응이 가장 뜨거울 때다.

그녀의 작품은 〈아버지의 집〉 이후 〈가시나무 새〉를 거치면서 아버지, 어머니의 이야기와 같은 가족적인 이야기로 바뀌었다. 그녀 나이 또래의 많은 작가들은 이미 가족 이야기로 주말드라마를 했지만 그녀는 최근까지 트렌드 미니시리즈를 썼다. 늘 삐딱한 시선으로 다른 사람이 쓸 드라마와 내가 쓸 드라마를 분리했던 작가는 이제 그녀만이 그려 낼 가족의 이야기를 시작하고 싶어 한다. 그래도 시청률을 신경 써야 하는 주말드라마보다는 주말 아침드라마가 좋겠다고 한다. 〈한지붕세가족〉 같은 느낌의 드라마를 쓸 수 있다면 정말 잘 쓸 수 있을 것 같기만 하다. 사람들이 보기에 만만한 드라마, 위로가 될 수 있는 따뜻한 드라마를 쓰는 것이 그녀의 목표다. 시장통에서 생선을 토막 내면서, 국밥을 먹으면서 볼 수 있는 것이 드라마다. 세상의 가장 가난한 좌판에도 조그만 TV는 하나씩 있다. 그런 곳에서 보는 드라마가 〈에어시티〉는 아닐 것이다. 그렇다고 출생의 비밀이 판치는 그런 드라마를 만들고자 하는 것은 아니다. 친절하게 진행될 내용도 불친절하게 만들어 내는 작가이기 때문에 분명히 새로운 가족 드라마가 탄생할 것이다. 하지만 격식을 차리지 않고, 만만하게, 욕하면서 볼 수 있는 그런 편안한

매체를 통해 들려주는 이야기이기에 대중들의 가장 쉬운 오락이기에
그들을 위해 살고 있는 드라마 작가이기에 사람 냄새 나는 작품을 쓰
고 싶다. 그 옛날 한 편의 드라마를 보고 지친 삶을 위로 받았듯이 누
군가도 그녀의 작품을 통해 용기를 얻는 다면 그것이 드라마 작가만이
누리는 진정한 삶의 드라마가 아닐까.

박지현

데뷔: KBS 드라마게임 〈꽃을 던지고 싶다〉(1992)
주요 작품: TV 소설―은하수(1996) TV 소설―초원의 빛(1997) 사랑해 당신을(1999) 이
브의 모든 것(2000) 그대 아직도 꿈꾸고 있는가(2003) 사랑을 할 거야(2004) 내 곁에
있어(2007) 잘했군 잘했어(2009) 등

취재 및 집필
박순자

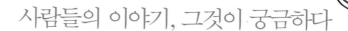

사람들의 이야기, 그것이 궁금하다

"그렇게 자식이 소중하면서 왜 나는…… 왜 우리는 그렇게 쉽게…… 그렇게 오랫동안 버릴 수 있느냐고요."

_드라마 〈내 곁에 있어〉 중에서

　그녀는 다른 날보다 두어 시간 일찍 집을 나섰다. 윤중로는 벚꽃 비가 내리고 있었다. 나이 탓일까? 만개한 벚꽃에 넋을 잃었다. 해마다 피는 꽃이지만 그때마다 볼 수 있는 게 아니었다. 작품을 쓸 때는 꽃구경은커녕 계절이 바뀌는 것도 몰랐다.

　벚꽃 사이로 교복 차림의 남학생 둘이 보였다. 일란성쌍둥이인지 거울을 둔 것처럼 닮아 있었다. 한 명은 바쁘게 사진을 찍고 있었고 다른 하나는 팔짱을 낀 채 시큰둥한 표정이었다. 한날한시에 태어나고도 반응이 다른 둘에게 자꾸만 눈길이 머물렀다. 저들은 어떤 사람일까? 병처럼 궁금증이 일었다.

작가가 되기 훨씬 이전부터 사람에게 관심이 많았던 그녀였다. 무남 독녀로 자라서인지 형제자매가 많은 집이 호기심의 대상이었다. 사람 들은 그녀가 외동딸이라는 것을 알고는 '외롭겠다'라든가 '사랑을 독차 지해 좋겠다'라는 반응을 보였다. 하지만 그들의 생각을 이해할 수 없 었다. 형제자매가 있다가 없어진 게 아니라서 그런 감정은 애초부터 그 녀에게 존재하지 않았다.

그때부터였다. 대부분 사람이 자신의 관점으로 타인을 바라본다는 것을 알았다. 상대방을 객관적으로 볼 수는 없을까 고민하기 시작했다. 고민을 해결하려면 무엇보다 사람들을 아는 게 중요했다. 무엇이든 아 는 만큼 보이게 마련이니까.

대학에 들어가면서 그녀가 택한 방법은 미팅이었다. 남자 형제가 없 던 그녀에게 남자는 가장 궁금한 대상이었다. 친구들은 애프터 신청을 받았는지 아닌지에 관심을 뒀지만, 그녀에게 있어 그런 일은 중요하지 않았다. 주말마다 새로운 사람과 만나고 그들을 알아 간다는 것만으로 도 즐거웠다. 친구들은 졸업할 무렵까지 애인이 없는 그녀를 의아하게 생각했다. 미팅의 목적이 달랐던 그녀인지라 어쩌면 당연한 결과였는 지 모른다. 하지만 그녀가 의도했던 대로 사람을 보는 안목은 한층 넓 어졌다.

"아예 돗자리를 깔아라."

친구들이 그녀에게 곧잘 하던 말이다.

지현은 소재를 모아 두는 인물 바구니에 방금 본 쌍둥이 학생을 넣기로 했다. 가던 길을 멈추고 사람들을 살피는 일은 이제 습관처럼 굳어진 일상이었다.

"또 드라마 생각이야?"

누군가 머릿속을 헤집어 본다면 핀잔할지도 모를 일이었다. 햇살 같은 휴식 속에서도 끊임없이 일을 생각하고 있었다. 그녀에게 있어 드라마란 아이 같은 존재였다. 지긋지긋한 출산의 고통도 아이를 보며 금방 잊고 마는 어미의 심정과 유사했다. 내려앉은 꽃잎을 손바닥으로 쓸어 내고 의자에 걸터앉았다. 모처럼 여유를 즐기자니 집필할 때의 일상이 떠올랐다.

새벽 다섯 시, 방 안에 내려앉은 어둠을 헤치고 컴퓨터 앞에 앉았다. 손가락이 자판 위를 움직이기 시작하면 작가 박지현은 사라지고 없었다. 그녀가 드라마 속 인물이 되고 연기자가 되는 순간이었다. 드라마가 시작되고 끝날 때까지 매일 A4 용지로 열다섯 장씩, 일주일에 80장 정도의 원고를 써 내야 했다. 등장인물이 빙의하지 않으면 결코 할 수 없는 일이었다.

그녀는 아무리 바빠도 밤새워 원고를 쓰지는 못했다. 날이 밝으면 PC를 켜고 어두워지면 끄는 생활을 반복했다. 18년 동안 열두 편의 드라마를 쓰는 다작을 할 수 있었던 이유는 오로지 규칙적인 생활 습관 때문이다.

오후 일곱 시, 서재의 방문을 닫으면 비로소 퇴근이었다. 한 편의 드라마가 시작되면 끝날 때까지 서재는 감옥이고 그녀는 수인囚人이 되었다. 집필실이 외부에 있지 않은 그녀가 외출하는 날은 드라마를 시작한 며칠과, 대본 연습실과 촬영장을 찾을 때뿐이었다.

드라마는 작가와 배우와 제작진이 함께 만든다. 서로 신뢰하고 이해하지 않으면 좋은 작품이 나오기 어려운 구조다. 그녀는 배우가 가진 감성과 장점을 세심하게 파악하여 각자 능력을 최대한 발휘하도록 돕는다. 그러자면 그녀가 만든 인물과 똑같이 연기하라고 요구하기보다는 배우에게 맞는 인물을 그려 내는 일이 우선이었다.

그녀의 목적은 자신이 만든 인물과 배우와의 틈을 좁히는 데 있었다. 인물과 배우가 하나가 되면 더는 촬영장에 나가지 않았다. 드라마가 종영될 때까지 미친 듯 원고만 썼다. 작품을 시작하고 끝나기까지 계절이 바뀌는 것도 느끼지 못했다.

"신고 나가고 싶다."

글을 쓰다 지칠 때며 신발장 문을 열고 중얼거리는 한마디가 그녀가 자신에게 할 수 있는 유일한 위로였다.

방송을 끝내고 서너 달은 컴퓨터와 원수라도 진 것처럼 멀리하고 살았다. 작품으로부터 온전히 벗어나고 싶어 메일도 읽지 않았다. 심지어 TV나 라디오 소리도 듣기 싫었다. 그녀의 마음과는 아랑곳없다는 듯 TV를 보는 딸이나 남편이 밉기까지 했다. 그만큼 일이 옥죄는 힘이 컸다. 끝이 정해지지 않았다면 해낼 수 없는 일이었다.

"학창 시절 내내 백일장을 나가거나 소설 한 편 써 본 적이 없었던 그녀인지라 새롭게 시도한 길도 만만하지 않았다. 5년간 각종 공모에 도전했지만 쉼 없이 떨어지기를 반복했다. 빈 라면 상자가 넘치도록 쌓인 원고를 보면서 끝이 보이지 않는 길을 가는 것 같은 막막한 생각이 들었다. 친구들은 이미 취직을 했거나 결혼을 해 진로를 개척하고 있었다."

벚나무 사이로 한 쌍의 남녀가 걸어왔다. 20대로 보이는 그들은 간간이 날리는 꽃잎을 손으로 받고 있었다. 누가 많이 받는지 놀이라도 하는 모양이었다. 저들은 부부일까? 애인일까? 친구일까? 무슨 일을 하는데 평일 오후 한가롭게 꽃구경을 나온 것일까? 그들 뒤로는 50대로 보이는 여자들의 수다가 한창이었다. 동네 친구일까? 여고 동창일까? 생각이 꼬리에 꼬리를 물고 이어졌다.

어느새 국회의사당의 돔이 보였다.

"지현이는 국회로 보내야 해. 대변인이 되면 좋겠어."

여고 때 선생님과 친구들이 한 말이 떠올랐다. 윤리 시간이었던가, 한 가지 주제를 정해 놓고 견해를 발표하는 과제가 있었고 그녀가 최고점을 받았다.

"상대를 설득하는 능력이 뛰어나구나."

선생님의 칭찬에 막연하게 생각하던 언론인의 꿈을 구체적으로 계획하기 시작했다. 생각해 보면 여러 사람 앞에서 말하는 것은 어릴 때부터 즐겨 하던 일이었다. 친구들은 그녀가 들려주는 이야기를 재미있어 했다. 똑같은 이야기일지라도 그녀의 입을 통해서 흘러나온 이야기는 그녀만의 독특한 색깔이 있었다. 진부한 이야기는 감칠맛 나게, 장황한 이야기는 조리 있게 바뀌었다.

대학 때는 학보사에서 일하면서 기자라는 직업을 꿈꾸었다. 졸업을 하고 원하던 신문사에 입사하자 모든 일이 그녀 뜻대로 풀리는 듯싶었다.

"지현 씨 기사는 너무 감정적이야. 진로를 바꿔 보는 건 어때?"

가장 큰 문제는 옳고 그름보다는 좋고 싫음으로 표현하는 그녀의 어투였다. 고민하는 그녀를 지켜보던 신문사 선배는 방송작가 교육원을 알려주었다. 자의 반 타의 반으로 작가 공부를 시작했다. 얼마간의 시간이 흐르자 그녀가 정말로 잘하고 좋아하는 일이 무엇인지 알게 되었다.

학창 시절 내내 백일장을 나가거나 소설 한 편 써 본 적이 없었던 그녀인지라 새롭게 시도한 길도 만만하지 않았다. 5년간 각종 공모에 도전했지만 쉼 없이 떨어지기를 반복했다. 빈 라면 상자가 넘치도록 쌓인 원고를 보면서 끝이 보이지 않는 길을 가는 것 같은 막막한 생각이 들었다. 친구들은 이미 취직을 했거나 결혼을 해 진로를 개척하고 있었다.

스스로 선택한 길이기에 서른 살까지만 전력을 기울여 보자고 다짐했다. 다행히도 스물아홉 살 되던 해 드라마게임 공모에 〈꽃을 던지고 싶다〉가 뽑혀 등단했다.

　국회로 들어가지는 못했지만, 국회의사당 앞을 자주 오가는 그녀의 모습을 선생님이나 친구들이 봤다면 어떤 표정을 지을까 상상해 보았다.

　한국방송작가협회 간판이 보였다. 일주일에 한 번 교육원에서 강의하는 날이었다. 다른 날보다 일찍 집을 나선 덕분에 벚꽃 구경을 실컷 할 수 있었다. 볼 수 있을 때 실컷 봐 두는 것도 괜찮은 일이라 생각했다. 여유가 있을 때 즐기고 바쁠 때는 바쁜 일에 전력을 기울이는 것이 그녀의 신조였다.

　시계를 보니 강의 시간이 30여 분이나 남아 있었다. 찻집에 들러 모과차 한 잔을 시켰다. 환절기면 늘 목감기에 시달리는 까닭에 모과차를 즐겨 마신다. 향긋한 내음과 새콤달콤한 맛이 혀끝을 맴돌았다. 주머니에서 휴대전화기 진동이 느껴졌다.

　"죄송해서 어떡하죠? 지금 병원인데 수업을 못 갈 것 같아요."

　"어디가 많이 아프세요?"

　"제가 아니고 아이가요. 감기 기운이 있었는데 갑자기 열이 많이 나네요. 웬만하면 가려고 했는데 도저히 안 되겠어요. 제 합평인데 어떡하죠?"

　"아이가 아픈데 어쩌겠어요. 수업은 알아서 할 테니 걱정하지 말고 아이나 잘 돌보세요."

일과 육아를 병행하며 작가 수업을 듣는 학생이었다. 평소에는 강단이 센 사람인데 얼마나 당황했는지 목소리에 떨림이 느껴졌다. 동분서주로 허둥거렸을 학생의 처지를 생각하니 마음이 아팠다. 너무 애쓰며 살지 말라는 말이 목젖까지 올라오는 걸 간신히 삼켰다. 지나고 보면 이런 경험도 글 쓰는 데 밑거름이 될 수 있으리란 생각 때문이었다.

그렇지 않아도 이번 합평 시간에는 평범한 일상 속에서 진정성을 포착해 내는 일의 중요성을 강조하려던 차였다.

"드라마 작가는 상황을 말하는 사람이죠. 밥상을 차려 놓고 생각하는 게 아니라 뒤집어엎고 나가야 합니다. Doing or not doing. 하거나 하지 않거나 바로 결정해야 해요. 망설이지 마세요. 간혹 톡톡 튀는 감각이 가장 중요하다 믿는 사람들이 있어요. 대사가 주±인 대본에서 감각적인 언어는 무시할 수 없는 부분이기는 하죠. 그래도 그게 다는 아니에요. 드라마는 사람들의 이야기이기 때문이죠. 그 속에는 온갖 인생이 녹아 있어요. 다양한 인생의 깊이를 이해하고 내 것으로 만들지 못한다면 진정성이 살아나지 못해요. 진정성이 없다면 시청자를 설득시킬 수 없을 것이고 이야기는 공허한 울림으로 남을 거예요."

그녀도 처음 작품을 쓸 때는 사회적으로 쟁점이 되는 사안에 주안점을 두었다. 초기 단막극의 소재는 사회면에서 큼직하게 다뤄진 사건들이었다. 첫 작품인 〈꽃을 던지고 싶다〉를 쓰게 된 동기도 존속살해 사건을 다룬 사회면 기사의 한 토막이었다. 시간이 지날수록 그녀의 이야기가 달라지기 시작했다. 평범한 삶 속에서 발생하는 문제가 사람들과 더 많이 공감할 수 있다는 것을 알았기 때문이다.

망설이던 결혼을 결심한 것도 소소한 일상을 경험하고 싶어서였다. 일과 결혼생활 둘을 병행할 때 발생하는 문제들은 일단 선택한 다음에 헤쳐 나가기로 마음먹었다. 진정성이란 만들어지는 것이 아니라 가슴으로 느낄 때 나타나는 것이기 때문이다. 그녀가 생각하는 작가란 일상에서 발생한 이야기를 극대화시켜 갈등을 만드는 사람이었다.

가끔 준비하는 과정을 무시한 채 결과에만 연연하는 습작생을 보면 안타깝기 짝이 없었다. 글에 대한 열정이 닳아 없어지기라도 할 것처럼 조급하게 굴다가 실망하고 포기하는 사람들을 종종 보았기 때문이다. 글을 쓰는 사람들이 우선으로 해야 할 것은 자신의 창고 안에 다양한 이야기를 채워 넣는 일이다. 그러다 보면 생명체가 자라듯 이야기도 자랄 것이고 때가 되면 아기를 출산하듯 원하는 이야기를 쏟아낼 수 있다. 그녀가 그들에게 하고 싶은 말은 조급해하지 말라고 지금 할 수 있는 일부터 하라는 것이었다.

10여 년 전만 해도 그녀도 아이 문제에서 벗어날 수 없었다. 일하랴 아이 키우랴 언제나 전전긍긍 노심초사였다. 시모가 듣는다면 화낼 일이지만, 그때는 가장 어렵고 눈치 보이는 사람이 아이를 봐 주는 아주머니였다. 아주머니의 기분에 따라 그녀의 기분도 바뀌었다. 아주머니의 기분만 좋다면 어떤 선물을 주어도 아깝지 않았다. 그녀가 안심하고 일할 수 있게 아이를 맡아 줄 사람이 무엇보다 절실했기 때문이었다. 하지만 아이가 아프기라도 한 날이면 이유 없이 죄인이 되어야 했다.

"이것아, 자식 가진 에미는 아파서도 안 되는 존재여."

〈잘했군 잘했어〉에서 수희가 남자친구와 헤어진 아픔으로 앓고 있을 때 친정 엄마가 건네는 대사다. 그 말에 누구보다 공감하면서도 한편으로 반박하고 싶은 게 그녀의 속마음이었다. 따지고 보면 여성도 남성과 마찬가지로 하나의 성별일 뿐이다. 그런데도 모성의 문제가 얹히는 순간, 여성에게 요구되는 책무의 기준점은 가파르게 상승한다. 윤리적으로 숭고해야 하고 일상에서 무한 희생을 기꺼이 감수해야 한다. 여성이라고 해서 얄팍하지 않고 모성이라고 해서 전부 위대한 것도 아닌데 말이다.

이렇듯 삶에서 느끼는 문제의식은 또 다른 드라마에서 녹아 나왔다.

"산부인과는 다른 과에 비해 발전이 더딘 분야예요. 남성 중심 사회에서 여성의 일이기 때문인지도 모르지요. 자연분만이나 모유 수유가 최고라는 것은 문화적으로 여자들에게 가해지는 압력인지도 몰라요."

취재차 만났던 산부인과 의사의 말이었다. 순간 지현은 뇌에 불이 켜지는 것 같았다. 다양한 사람이 있듯 모성의 형태도 다양할 것이라는 게 그녀의 생각이었다. 문제는 모성이라 하면 일반적으로 위대하고 전지전능한 영역으로 치부하는 데 있었다. 숭고한 모성뿐만 아니라 나약하고 비뚤어진 모성도 공존하고 있는 게 현실인데 말이다.

2007년에 방영된 아침 드라마 〈내 곁에 있어〉는 이러한 모성에 대한 이야기였다. 자신이 낳은 아이를 버리는 여자, 딸의 행복을 위해 딸에게 아이를 버리라고 강요하는 친정 엄마, 자신이 배 아파 낳은 자식이 아니지만, 끝없이 베풀고 사랑하는 여자, 각기 다른 세 가지 경우를 그렸다. 어떤 사연이면 아이를 버릴 수 있을까? 버림받은 아이는 엄마를 용서할 수 있을까? 이런 의문에서 시작된 이야기는 특별한 사람만이 나약하거나 비뚤어진 모성을 가지는 게 아니라는 데 마침표를 찍었다.

합평이 어긋나는 바람에 수업은 그녀의 작품 분석으로 바뀌고 말았다. 학생들의 질문 공세가 이어졌다.

"선생님께서 쓰신 작품 속에서 가장 애착이 가고 사랑하는 인물은 누구인가요?"

"〈사랑해 당신을〉에서 봉선화 같은 여자예요. 망설이지 않고 사는 여자지요. 자신이 선택한 부분에 대해 온 힘을 다하는 그런 사람 말이에요."

그녀는 어떤 일을 선택하면서 옳은 것 그른 것은 없다고 생각한다. 단지 자신이 선택한 일에 전력을 기울일 뿐이다. 그래서 그런지 봉선화라는 인물에 애착을 뒀던 만큼이나 아쉬움이 많았다. 봉선화가 결혼 후 책임과 대가를 치르느라 고군분투하며 사는 모습을 보여 주고 싶었다. 하필 밀레니엄에 걸려 방송이 단축되는 바람에 계획했던 걸 못 보여 준 게 내내 아쉬웠다.

"봉선화가 결혼생활 20년쯤 지난 후에도 자신의 선택을 후회하지 않을까요?"

아이들이 다 크고 나서야 자신의 꿈을 찾아 교육원을 오게 되었다는

40대 중반의 학생이었다.

"글쎄요. 최선을 다해 살았다면 스스로 만족하는 게 있지 않겠어요."

"저는 온 힘을 다해 20년을 살았지만 뭔가 허전하게 남더라고요."

"자신이 선택한 길이 후회되셨어요?"

"후회보다는 이제야 겨우 하고 싶은 일을 찾았는데, 남편과 아이들이 배려하고 인정해 주지 않는 게 섭섭하고 야속하지요. 남편은 왜 쓸데없는 일을 해서 스트레스를 받느냐고 닦달하고 아이들은 그 나이에 무슨 작가냐고 시큰둥한 반응이에요."

그녀의 말처럼 가족이란 이름을 내세우면 개인의 선택은 아무것도 아닌 게 되기 일쑤다. 사랑한다면서 왜 인간에 대한 기본적인 예의조차 갖추지 않는지 모르겠다.

2009년에 방영한 〈잘했군 잘했어〉에서 지현은 그 이야기를 하고 싶었다. 사별 후 아이를 키우며 20년을 홀로 산 수희를 시어머니로만 살게 하는 것은 폭력이라 생각했다. 제2의 인생을 여자라는 이름으로 선택하게 해 주고 싶었다. 갱년기는 사형 선고가 아니라 자신을 위해 자유 선언을 할 수 있는 시기라고 생각했다.

미혼모 강주 또한 마찬가지였다. 한때는 사랑해서 아이까지 낳았지만, 현재 그녀가 사랑하는 사람은 아이의 아빠가 아니었다. 아이를 위해서가 아닌 진정으로 사랑하는 남자를 선택하게 하고 싶었다. 우리 사회는 그런 선택을 쉽게 용납하지 않는 추세다. 강주가 주변 사람들을 불편하게 하면서까지 선택한 사랑에 대해 현실의 많은 사람도 불편해

했다. 사람들은 사랑 만들기보다 가족 만들기를 원했다. 여자라는 인간보다는 엄마라는 타이틀에 무게가 더 실리고 있었다. 강주가 사랑하는 승현을 선택하는 것으로 매듭지었지만, 시청률 저조라는 아픔을 맛보아야만 했다. 지현은 언젠가 이 이야기를 다시 해보리라 마음먹었다.

　학교에서 돌아온 딸아이가 불쑥 원고를 내밀었다. 작가가 꿈인 방송반 친구가 있는데 한번 봐 줄 수 있느냐고 물은 적이 있었다. 한가한 시간에 가져오면 봐 주겠노라 대답했던 것이 떠올랐다.
　"어때요? 괜찮아요?"
　저녁 식사를 끝내자마자 딸아이는 호기심이 가득한 눈빛으로 쳐다보았다.
　"감각은 있구나."
　"인터넷 소설도 쓰는 친구거든요. 졸업하고 대학 가서 엄마처럼 5년 정도 죽으라고 습작하면 작가가 되겠죠?"
　"습작도 중요하지만, 지금은 고전을 많이 읽으라고 해라."
　"드라마 쓰는 데 재미없는 고전이 왜 필요해요?"
　"따분하고 재미없는 고전의 묘사력을 읽어 내는 힘, 그 힘이 나중에 장문도 단문도 쓰는 힘이 되거든. 요즘 애들은 너무 책을 안 읽는 게 문제야."
　"고전이라……."
　딸아이는 고개를 갸웃거렸다.

"희곡도 많이 읽으면 좋겠다. 10대에 읽는 셰익스피어와 20대, 30대에 읽는 셰익스피어는 느낌이 다르니까."

"대본을 쓰는 일인데 드라마나 영화를 더 많이 봐야 하는 것 아니에요?"

"활자로 된 것을 읽는 것이 우선이야. 특히 너희 나이에는 무조건 많이 읽어야 해."

단호한 그녀의 어조에 딸아이는 더 말을 붙이지 못하고 방으로 들어갔다.

인생이 다사다난하다는 걸 알지 못할 나이에 사람에 대해 얼마나 깊이 이야기할 수 있겠는가. 지금은 책을 통해서라도 인생을 알아 가는 일이 무엇보다 중요하다고 생각했다. 탁자 위에 놓인 책을 펼쳐 드는데 휴대전화기의 조명이 반짝거렸다.

'이번 여행 같이 갈 거죠?'

한 학기 수업을 같이 듣던 예술대학원 친구의 문자였다. 끼 많고 활기찬 그녀들을 떠올리자 저절로 기분이 좋아졌다. 달력을 보았다. 사람들과 어울리기 좋아하는 그녀는 벌써 가슴이 뛰었다. 그녀들과 한바탕 놀고 나면 에너지도 배가 될 것이다.

열 시, 잠자리에 들 시간이었다. 보던 책을 덮고 자리에 누웠다. 당신의 꿈은 무엇인가요? 책 속에서 읽은 한마디가 눈앞에 어른거렸다. 상상하고 그려 내는 일에 마침표를 찍는 날 그녀가 하고 싶은 일을 떠올려 보았다. 머리로 그리는 사람이 아닌 진짜 사람들 속으로 들어가고 싶었다. 세계 도처에는 아프고 힘든 사람들이 있을 것이고 그중에는 그녀를 필요로 하는 사람도 있을 것이다. 그때는 글이 아니라 직접 다가가 손을 잡아 주고 싶다. 그것이 그녀가 꾸는 또 다른 꿈이다.

최완규

데뷔: MBC 베스트극장 〈재미없는 사랑, 재미있는 영화〉(1993)
주요 작품: 종합병원(1994) 그들의 포옹(1996) 야망의 전설(1998) 허준(1999) 상도
(2001) 올인(2003) 폭풍 속으로(2004) 러브 스토리 인 하버드(2004) 주몽(2006) 바람
의 나라(2008) 태양을 삼켜라(2009) 마이더스(2011) 등

취재 및 집필
김재영

짐승처럼 살아온 이야기꾼

"그분은…… 그분은 땅 속을 흐르는 물 같은 분이셨지. 태
양 아래서 이름을 빛내며 살기는 쉬운 법이란다. 어려운 것
은, 아무도 모르게 땅속을 흐르며 목마른 사람의 가슴을 적
시는 거지. 그분은 그런 분이셨다. 진심으로, 진정으로 병자
를 사랑한…… 심의셨어."

_드라마 〈허준〉 중에서

사람은 이야기를 먹고 산다. 사람이 사는 곳에 이야기가 있으며, 삶
이 있는 곳에 이야기가 있다. 천일야화에서 세헤라자데는 이야기를 통
해서만 삶을 유지할 수 있었다. 우리나라 옛이야기에서 호랑이에게 잡
혀간 사내 역시 이야기 한 자루씩 들려주면서 겨우 목숨을 건진다. 이
야기의 중단, 즉 서사의 부재는 곧 죽음이었다.

'이야기를 들려다오.'

최첨단 전자 장비를 소지한 21세기 현대인들 역시 이야기에 목마르기는 마찬가지다. 전쟁 같은 치열한 경쟁, 실현되지 않는 소망, 메마르고 지루한 일상, 끝나지 않는 사랑의 갈등…… 그러므로 다시 힘든 인생의 고비를 건너야 하는 이 시대의 사람들은 꿈속처럼 빠져들 수 있는 새로운 이야기를 요구한다.

여기, 한여름 오랜 가뭄에도 마르지 않는 찬 우물처럼, 끊임없이 이야기를 만들어 내는, 그리하여 메마르고 황폐한 현대인들에게 오아시스와도 같은 휴식을 제공하는 사람이 있다.

드라마 작가 최완규.

사람들은 그를 마이스터라 칭하기도 한다. 그가 집필한 드라마는 대부분 폭발적인 인기를 끌었다. 〈종합병원〉, 〈허준〉, 〈상도〉, 〈올인〉, 〈주몽〉, 〈태양을 삼켜라〉 등 이름만 들어도 그 내용이 쉽게 떠오르는 드라마다.

그의 드라마는 강한 서사와 남성 판타지가 특징이다. 그는 드라마를 크게 두 가지로 나눈다. 개성적인 캐릭터로 승부 보는 드라마와 서사의 힘으로 재미를 끌어내는 드라마. 그는 자신을 서사의 힘이 성공을 좌우하는 드라마에 강한 편이라고 자부한다. 그의 말대로 많은 사람들이 이미 그의 실력과 공로를 인정하고 있다. 각 방송사로부터 TV 부문 극본상과 공로상을 받았으며, 2007년에는 제43회 백상예술대상을 받았다. 그리고 지난 2010년 2월, 그는 서울 잠실학생체육관에서 진행된 제1회 서울문화예술대상 시상식에서 드라마 작가 대상을 수상했다.

화려한 무대와 빛나는 배우들 사이에서, 그는 유독 눈에 띄었다. 검은색 점퍼 차림에 무심한 듯 흔들리지 않는 눈빛, 그리고 겸손하면서도 소박한 수상 소감. 그것이 오히려 그를 도드라지게 했고, 숨겨진 내면의 깊이를 드러나게 했다. 그의 손에는 황금빛 트로피와 붉은 꽃이 부끄러움을 타는 양 아래를 향해 아무렇게나 들려 있었다. 스스로 뽐내지도, 자축하지도 않는 듯 보이는 모습에서 어떤 결연한 의지가 느껴졌다. '아직 갈 길이 멀다, 아직 못 다한 이야기가 많다'라고 그는 말하고 싶은 걸까. 그는 어떤 작가이기에 그토록 큰 상 앞에서조차 의연할 수 있는가.

1964년 경상북도 울진의 죽변에서 한 사내아이가 세상에 나왔다. 경찰관이던 아버지 최돈승과 '동양상회'라는 건어물 가게를 운영하던 어머니 이옥주는 여섯 번째로 태어난 아이의 이름을 완규라 지었다. 완규는 성격이 과감하고 활달해 쉽게 길들일 수 없는 아이였다. 3남4녀를 키우던 부모님은 늘 막내아들 완규의 강한 성격을 염려했다. 완규가 초등학교 3학년이 되던 해, 아버지가 급작스레 중풍으로 쓰러지면서 가세가 기울기 시작했다. 생활이 곤란해지자 어머니는 가족들을 데리고 강원도 탄광촌으로 이사를 갔다. 아버지는 결국 그가 중학생이 되던 해에 돌아가셨다. 그가 중학교 3학년 때, 어머니는 짐을 꾸려 서울의 중랑천 뚝방 동네로 삶의 터전을 옮겼다.

서울에서 고등학교 생활을 하는 내내 그는 평범치 않은 학생이었다. 철학, 문학, 역사서 등 온갖 종류의 책을 닥치는 대로 읽느라 학교 공부는 늘 뒷전이었다. 국민학교 5학년부터 소설가의 꿈을 가지고 있던 그에게는 책이 전부였다.

어느 날, 그는 청계천 헌책방 거리를 돌아다니다가 이상의 자화상이 겉표지를 장식한 《문학사상》 창간호를 사게 되었다. 그 책을 읽는 것을 계기로 그는 《창작과 비평》, 《문학과 지성》 등 문예지만 600여 권을 읽었다. 청소년 시기에 미친 듯이 읽어댄 한국 중단편 소설은 나중에 드라마 작가로 활동하게 된 뒤 훌륭한 자양분 역할을 했다.

문학을 통해 어른들의 세계를 일찌감치 엿본 그는 또래 친구들에겐 불온한 생각을 전하는 특별한 존재였다. 사춘기의 통과의례로 가출까지 시도했던 그가 어머니의 눈에는 앞날이 걱정되는 위태로운 아들이었다. 인천대학교 영어영문학과에 진학한 뒤에도 그는 전공에는 전혀 관심을 두지 않고 여전히 문학에만 빠져 지냈다. 급기야 1학년 학기말 시험에서 학사 경고를 받고서는 군대를 도피처 삼아 입대하게 된다. 지금에 와서야 그는 다음과 같이 회고한다.

"7남매 중에서 여섯째인 저는 집안의 유일한 근심거리였어요. 어머니는 물론 다른 형제들도 저의 끝없는 방황 때문에 속을 끓였습니다. 수재였던 큰형은 서울대학교 공과대학을 졸업해 장래가 보장되어 있었고, 작은형은 일찌감치 생활 전선에 뛰어들었어요. 저만 대책 없이 세월을 낭비하는 동안 작은형이 번 돈으로 공부도 하고 용돈도 썼죠. 형에게 늘 마음의 빚을 안고 있었습니다. 드라마 〈야망의 계절〉, 〈폭풍 속으로〉의 촬영지를 죽변으로 정한 것도 그 마음의 부채를 조금이나마 갚자는 생각 때문이었어요. 저의 방황을 묵묵히 인내해 준 가족들에게 바치는 작은 선물이었지요."

제대 이후 그는 다시 복학하지 않았고 책 읽기와 TV 보기로 하루하루를 보냈다. 학교에서 나온 그는 더 이상 가족의 도움을 받을 수 없었다. 백수 생활 끝에 먹고 살기 위해 반월 공단과 인천 지역의 작은 공장을 전전했다. 그는 자신의 경험이 언젠가 반드시 소설 쓰는 밑거름이 될 거라고 생각하며 그 시절을 지냈다. 공장 생활을 하던 그에게 커다란 충격을 준 것은 소설가 방현석의 노동소설들이었다. 「새벽 출정」, 「지옥선의 사람들」, 「내일을 여는 집」 등은 무엇을 쓸까 고민하던 그에게 밝은 빛으로 다가왔다. 열심히 소설을 써야겠다고 생각한 그 무렵은, 그러나 이미 80년대의 열기가 잦아들고 90년대라는 새로운 현실이 펼쳐질 때였다. 노동소설은 인기를 잃어 가고 있었다. 새로운 시선으로 문학에 접근해야 하는데 그게 잘 되지 않았다. 백수로 살아온 20대가 그렇게 어이없이 저물었다.

서른이 된 어느 날, 그는 우연히 방송을 보다가 MBC 베스트극장 현상 공모 소식을 접하게 되었다. 생애 처음으로 써 본 드라마 극본 〈재미없는 사랑, 재미있는 영화〉를 방송사에 보냈다. 얼마 뒤 당선 소식을 듣고 그는 처음엔 믿을 수 없었다. 그것은 운명이었을까. 오랜 시간 흠모해 온 소설 대신 드라마가 그의 앞에 다가왔다.

"너무 쉽게 당선이 되었지만, 당선 뒤에는 꽤 힘든 시간을 보내야 했어요."

최완규 작가 얼굴에 잠시 흐린 미소가 어린다. 이른 봄의 실내 공기는 다소 서늘한 편이다. 작업실 의자에 앉아 이야기를 시작한 그는 따끈한 커피를 마시며 한동안 침묵한다. 의자 깊숙이 몸을 기댄 그는 좀 더 깊이 과거 속으로 빠져든다. 이야기가 다시 이어진다.

"어느 의사는 취재에 몰두한 저를 '짐승처럼 산다'고까지 표현했으니까. 뭔가 인생의 변화를 꿈꾼다면 어느 한 순간은 미친 듯이 살아야 가능하지 않을까요? 지금도 제 노하우는, 아니 저뿐만 아니라 좋은 작품을 쓰는 작가들의 노하우는 '취재'라고 말하고 싶어요. 많은 사람들이 그 중요성을 말하지만, 더 많은 작가들이 자기 감각만 믿고 쓰지요."

드라마 공부라고는 전혀 해보지 않은 상태라 그에게는 모든 것이 낯설었다. 공모전 당선자들을 모아 1년 동안 드라마 작법을 가르치는 방송사 교육과정에서 내내 좋지 않은 점수를 받았다. 게다가 처음으로 만난 연출가와 작품 보는 성향이 달라 크게 애를 먹어야 했다.

한동안 일이 없었다. 다시 백수와도 같은 생활, 원점으로 돌아온 그에게 어느 날 안면이 있는 PD가 취재를 도와달라는 부탁을 했다. 메디컬 드라마를 기획하는데 보조 작가가 너무 바빠서 진행이 안 된다며 시놉시스를 써 보라고 했다. 그는 자신이 가지고 있는 재능을 최대한 발휘해 보려 애썼다. 그 결과 여러 작가들이 제출한 시놉시스 중에 그의 것이 채택되었다. 이번에는 신촌 세브란스 병원으로 달려가 무작정 취재를 시작했다. 오랜 백수 생활 끝에 얻은 게 있다면 사람에게는 '일'이 중요하다는 것이었다. 그는 처음 주어진 일에 최선을 다 했다. 매일 병원을 찾았고, 응급실 구석에서 종일 상황을 지켜보았다. 애쓰는 그가 가여웠던지 인턴 레지던트들을 관리하는 수련부장이 뜻밖의 호의를 베풀어 주었다. 병원 이야기가 밖으로 나가면 피곤한 일만 생긴다며 꺼리던 당시 병원 관계자들과는 달리, 그 수련부장은 이왕 병원 이야기를 할 거면 제대로 쓰라면서 세밀하게 취재할 수 있게 해 주었다. 그렇게 시작된 응급실 생활은 수개월 동안 이어졌다. 창고 바닥에 약품 박스를 깔고 쪽잠 자기를 수없이 했다.

첫 방송이 임박해져 갈 즈음, 갑자기 〈종합병원〉을 집필하기로 한 유명한 드라마 작가에게 사정이 생겼다. 비상사태였다. 드라마 자체가 폐기될 상황이었다. 그때, 담당 PD가 거의 물에 빠져 지푸라기 잡는 심정으로 그에게 집필을 제안을 해 왔다. 그동안 누구보다 열심히 취재했으니 그 드라마를 쓸 수도 있을 것 같다면서.

그는 고민 끝에 첫 대본을 써서 제출했다. 그런데 대본을 본 의사들은 재미있어 한 반면 연출진들은 하나같이 인상을 구겼다. 취재가 오히려 발목을 잡은 것이었다. 그는 다시 쓰기 시작했다. 취재로 얻은 사실 자체만으로는 재미있는 이야기를 가져오기 힘들다는 걸 깨달았다. 드라마는 취재해서 얻은 자료를 기초로 '이야기'를 만들어 내야 한다는 사실, 그리고 그 이야기가 실제 상황에 맞는지 확인하는 작업이 필요할 뿐이라는 걸 알게 되었다. 그 뒤로 그는 열심히 취재하되, 취재 자체에 발목이 잡히지 않으려고 애쓰게 되었다.

다시 쓴 대본이 배우들에게 돌려지고, 드디어 첫 방송이 나갔다. 디테일이 살아 있는 사실적인 병원 이야기와 주인공들의 로맨스가 적절히 균형을 이루었다. 시청자들의 반응이 나쁘지 않았다. 감격을 뒤로한 채 그는 다시 취재와 집필을 이어 갔다. 시간이 지날수록 〈종합병원〉은 큰 인기를 끌게 되었다. 그는 2년여에 걸친 취재와 집필, 그 힘든 강행군을 견뎌냈다. 보람된 시간이었다. 드라마가 끝날 때는 이미 인기 작가가 되어 있었다.

그는 입가에 웃음을 머금고 말한다.

"굉장히 열심히 살았던 시기예요. 당시 어느 의사는 취재에 몰두한 저를 '짐승처럼 산다'라고까지 표현했으니까. 뭔가 인생의 변화를 꿈꾼다면 어느 한 순간은 미친 듯이 살아야 가능하지 않을까요? 지금도 제 노하우는, 아니 저뿐만 아니라 좋은 작품을 쓰는 작가들의 노하우는 '취재'라고 말하고 싶어요. 많은 사람들이 그 중요성을 말하지만, 더 많은 작가들이 자기 감각만 믿고 쓰지요. 당시 영향력 있는 문예지에 글을 쓴 한 문학평론가가, 제 드라마를 특이하다고 평했던 게 떠올라요. 사실 저는 기존의 드라마 작법을 잘 몰라서 그렇게 특이하게 썼거든요. 그런데 요즘 신인 작가들은 작가 양성 기간 동안 스테레오타입이 되어 버려요. 좀 더 자유롭고 다양한 접근이 아쉽네요."

그는 담배 불을 새로 붙인다. 여의도에 있는 그의 작업실이 담배 연기로 차오른다. 봄비 내리는 월요일 저녁, 창 밖에는 벚꽃이 막 피어나고 있다.

그의 노력은 〈종합병원〉에서 끝나지 않았다. 아니, 그것은 시작에 불과했다. 그는 한국 드라마 사상 처음이라 할 수 있는 새로운 스타일의 사극을 쓰기 시작했다. 〈허준〉이 그것이다. 이전까지의 사극은 노인들이나 좋아하는 장르, 혹은 궁중 야사에 기반을 둔 여성들의 암투극이 전부였다. 그러나 〈허준〉은 왕족이나 영웅적 인물이 아닌 중인 출신의 의원이 주인공이다. 일반 백성을 돕는 참된 의원이 되고자 노력한, 의술을 통한 구도적 삶을 살다 간 한 의원의 이야기였다. 이 드라마는 남녀노소 구분 없이 온 국민이 좋아했다. 폭발적인 인기를 얻으며 국민 드라마라는 수사가 붙기까지 했다. 그는 결국 양방에 이어 한방에서도 명예의사 자격증을 땄다.

다음으로 그가 쓴 드라마는 〈상도〉다. 〈상도〉 역시 그에게는 특별한 사극이었다. 처음으로 경제 드라마를 썼는데, 후기 자본주의 사회에서 이익만을 추구하는 기업인들에게 바람직한 경제 활동의 귀감을 보여주려 했고, 그것을 통해 우리 기업의 풍토가 조금이나마 더 건강해지도록 도움을 준다면 좋겠다는 바람이 반영되어 있었다. 사실 그것은 작가 자신만의 바람이 아닌, 어찌 보면 이 시대를 살아가는 대다수 서민들의 바람이기도 했다. 그렇다고 그가 '의미'를 앞세워 '재미'를 소홀히 한 건 아니었다. 그는 드라마는 우선 "재미있어야 한다"고 강력하게 주장하는 사람이다. 그래서 재미를 주기 위해 애썼지만 〈허준〉에 비해 시청률이 높지는 않았다. 그렇다고 저조한 편도 아니었다. 〈상도〉는 그도, 연출가도 맘에 들어 한 작품이었다.

"사실 경제 이야기를 다룬 드라마는 쓰기도 어렵지만 시청자를 끌어들이기도 쉽지 않아요. 경제 드라마 〈마이더스〉가 시청률 때문에 고전한 원인 중 하나이기도 하지요. 주된 시청자 층인 30대, 40대 주부들은 대개 멜로 드라마를 좋아하잖아요. 원래 드라마 검열 기준이 '열네 살 소녀가 보면서 부끄러움을 느끼지 말아야 한다'인데, 그 말은 열네 살 소녀가 이해할 수 있을 정도여야 한다는 뜻으로 해석될 수도 있거든요. 〈주몽〉 시청률이 크게 올랐던 이유 중 하나는 스토리가 이해하기 쉽다는 점도 있을 거예요."

촬영을 앞둔 대본을 만지작거리며 그는 조금 민망한 표정으로 변명 아닌 변명을 한다. 그의 말대로 복잡한 후기 자본주의 경제, 그 구조와 모순을 잘 드러내는 드라마를 쓴다는 것은 매우 어려운 일이다. 소설이나 영화에서조차 제대로 그려진 작품이 드물다. 그만큼 장악하기 힘든 소재이다. 그럼에도 그는 자신의 도전에 후회하지 않는다고 말한다. 그에게 마이더스는 20년 전부터 꼭 써 보고 싶었던 소재였다. 20년 전에 본 〈월스트리트〉라는 영화를 몹시 좋아했던 데서 촉발된 거였다.

"하지만 제가 예전만큼 충분히 취재하지 못한 상태에서 드라마 극본을 썼다는 자책감이 드는 건 사실이에요. 새로운 영역을 개척한다는 점에서 나름대로 의미는 있지만 좀 더 폭넓게 소화하고 썼으면 하는 아쉬움이 있어요. 〈올인〉을 쓸 때에는 갬블러의 세계를 이해하기 위해 직접 미국 현지에 가 취재하면서 엄청 많은 돈을 쏟아 부었어요. 실제 갱들의 위협을 받은 적도 있고. 그래서인지 실감나는 드라마라는 평을 받았고, 인기도 대단했지요."

시청률 50퍼센트를 넘긴 인기 드라마 〈올인〉 외에도 〈폭풍 속으로〉, 〈태양을 삼켜라〉, 〈러브스토리 인 하버드〉 등 수많은 작품들이 시청자들의 사랑을 받았다. 그런 그도 요즈음 스스로 타성에 젖은 느낌이 든다면서 다시 새로운 각오로 작품에 임해야겠다고 말한다. 그러면서 동료 작가들의 작품들도 질적으로 좀 더 나아지기를 바란다는 말을 덧붙인다. 소위 '막장' 드라마가 판치는 세태를 안타까워한다. 70퍼센트, 아니 50퍼센트만이라도 발로 뛰고 나머지를 작가적 상상력으로 채우면 좋은 드라마 쓸 확률이 높은데, 요즘 몇몇 작가들은 그런 노력 없이 자극적인 소재로 시청자들을 흥분시키려고만 든다면서.

"저는 드라마가 대중적 장르이기 때문에 대단한 지식과 철학을 담아야 한다고 보지는 않아요. 저 역시 얄팍한 지식과 철학으로 작가 생활을 해 왔지요. 무엇보다 드라마는 '재미'가 있어야 해요. 그리고 드라마가 순기능은 못해도 사회적 역기능은 하지 말아야 해요. 어떤 드라마는 시청자들의 정서를 해치는 나쁜 기운이 느껴지기도 하지요. 그래서 저는 적어도 말이 되는 드라마, 그리고 최소한 역기능을 하지는 않는 드라마를 쓰려고 해요."

"〈종합병원〉이 종영하고 나서 얼마쯤 지나 미국 메디컬 드라마 〈ER〉을 보게 되었어요. 너무 재미있었고, 또 수준 높은 드라마였어요. 그런데 알고 보니 그 드라마를 위해 30여 명의 작가들이 공동 작업을 했다더군요. 나 혼자서 그 어려운 메디컬 드라마를 썼다는 데 자부심도 생겼지만, 한편으로는 그들의 시스템이 부럽더군요."

드라마 작가로 살아오는 동안 그에게 전범이 되어 준 작품들이 몇 있었다. 86년에 제작된 김수현의 〈사랑과 야망〉, 김운경의 〈옥이 이모〉, 김정수의 〈전원일기〉, 정성주의 〈아줌마〉 그리고 미국 드라마인 어윈 쇼의 〈야망의 계절rich man, poor man〉 등이었다.

그는 좋은 드라마를 쓰려면 작가들이 무엇보다 책을 많이 읽어야 한다는 말도 잊지 않는다. 좋은 문학 작품을 읽어야 한다는 것은 아무리 강조해도 모자람이 없다고 재차 강조한다. 문학적, 문화적 소양이 부족한 작가들이 결국 전체 드라마의 질을 떨어뜨리는 경우가 많다고 지적하면서.

"드라마가 우리 사회에 엄청난 영향력을 가진 장르라는 걸 이제 인정해야 할 때라고 봐요. 그래서 문학 하는 분들도 진지하게 이 장르에 대해 관심 가져 주길 바랍니다. 그리고 문화콘텐츠 사업이 활성화되어 좋은 스토리를 공급해 준다면 좋을 거라는 생각도 해보았어요."

그가 좋은 드라마를 만들기 위해 여러 방면으로 고민해 왔다는 것이 느껴지는 말이다. 실제로 2005년부터 최완규 작가에게는 공들여 추진해 온 사업이 한 가지 있다. '에이스토리'가 그것이다.

"〈종합병원〉이 종영하고 나서 얼마쯤 지나 미국 메디컬 드라마 〈ER〉을 보게 되었어요. 너무 재미있었고, 또 수준 높은 드라마였어요. 그런데 알고 보니 그 드라마를 위해 30여 명의 작가들이 공동 작업을 했다더군요. 나 혼자서 그 어려운 메디컬 드라마를 썼다는 데 자부심도 생겼지만, 한편으로는 그들의 시스템이 부럽더군요."

여러 드라마 작가들이 서로 힘을 합해 공동 작업을 한다면, 더 질 높은 작품을 만들어 낼 수 있다고 생각한 끝에 그는 2005년에 미국식 집단 작가 시스템을 표방한 '에이스토리'를 만들었다. 그의 시도는 그러나 기대처럼 쉽지 않았다.

처음 '에이스토리'가 만들어질 때는 전문 장르 드라마를 주도할 발전적 모델로서 방송계에 반향을 일으킨 적도 있었다. 실제로 대형 프로젝트 드라마가 '에이스토리' 이름으로 해마다 제작되었다. 그러나 결과적으로는 그는 자신이 원하는 수준의 시스템 구축을 하지 못했고, 실행 과정에서도 많은 시행착오를 겪었다. 그의 이름이 크리에이터creator로 명시된 작품이 더러 있지만, 그가 손을 많이 댔으면서도 이름을 올리지 않은 경우도 있었다. 그런 사정들은 때로 그를 구설수에 오르게 했고,

때로 그를 지나치리만치 바쁘게 만들기도 했다.

"우리나라는 아직 작가들이 개별 크리에이터로 일하는 걸 선호하는 편이에요. 시스템 속의 여러 집필자 중 한 명으로 일하는 것보다는. 하지만 앞으로는 공동 작업을 통해 더 질 높은 드라마를 만들어 내는 날이 올 거라고 봅니다. 우리 드라마도 이제 아시아를 넘어 유럽에까지 비싼 값에 팔려 가는 상황이잖아요. 그러니 더욱 잘 써야지요."

소설과 달리 드라마는 공동 작업이 가능한 장르이다. 하지만 공동작업 시스템을 구축하고 실행하기란 쉽지 않은가 보다. 그는 짧게 한숨 쉰다. 그러고는 담배 연기로 이미 뿌연 작업실 창가에서 새 담배에 불을 붙인다. 집필의 중압감에 시달릴 때마다, 혹은 이러저러한 고민이 몰려올 때마다 피우던 버릇이 쉬 없어지지 않는가 보다.

"내 글에 대한 확신, 자신감이 많지 않은 편이에요. 늘 나의 부족함 때문에 자신 없어 하지요. 때로는 더 바닥이 드러나기 전에 일을 그만두어야 하지 않을까 하는 생각이 드는 순간도 있어요. 그렇지만 여전히 소망을 버리지 못해요. 언젠가는 열정적으로 취재하고 집중력을 가지고 집필한 작품을, 그래서 나도 만족하고 시청자들도 만족하는 작품을 써 내고 싶다는 소망……."

사실 그는 꽤 오랜 시간 글 감옥에 갇혀 지내야 했다. 그러한 사정은 지금까지도 그다지 나아지지 않았다. 힘들게 끌어 온 드라마 종영을 코앞에 두고 있지만, 바로 다음 작품을 준비해야 하는 상황이다. 그는 한동안 삶의 회의가 밀려와 힘든 적이 있다고 고백한다.

"어느 날, 다큐멘터리 〈인간극장〉을 보다가 눈물 흘렸어요. 지리산 자락에 들어가 적은 수입으로도 행복하게 사는 가족 이야기였는데, 갑자기 나는 왜 이리도 힘들게 사는가, 라는 자문과 함께 설움과 회의가 밀려오더군요. 그동안 너무 많은 일을 했고, 그래서 몹시 지쳐 있었던가 봐요. 좋은 작품을 쓰려면, 그리고 내 삶의 목적과 계획대로 살려면 일의 양과 속도를 조절해야 하는데, 쉽지 않네요."

엄청난 시청률을 자랑하며 방송계의 거물로 자리 잡은 작가가 실제로는 얼마나 힘든 시간을 견뎌야 하는지 아는 사람은 많지 않을 것이다. 그는 존경과 안쓰러운 감정을 동시에 불러일으키는 작가다. 그런 어려움을 겪으면서도 그는 왜 계속 드라마를 쓰려고 하는 걸까. 작가 이외의 직업을 생각해 본 적이 있느냐는 질문에, 그는 드라마 쓰기가 힘들 때, 막연히 꿈꿔 본 적은 있지만 구체적으로 상상해 본 적은 없다며, 짧게 웃는다. 심각할 정도로 드라마에 빠져 있다. 아니, 드라마에게 온 삶이 장악당한 느낌마저 준다. 어떤 거역할 수 없는 운명적 힘이 그를 여기로 데려왔을까. 아직 독신인 그에게 행복은, 좋은 드라마를 쓰고자 몸부림치는 여정, 그리고 그 하나의 이야기를 끝낸 뒤에 찾아오는 짧고 달콤한 휴식과 성취감이었나 보다. 그 중독과도 같은 기쁨을 잊지 못해 여기까지 걸어온 게 아닐까.

"내 글에 대한 확신, 자신감이 많지 않은 편이에요. 늘 나의 부족함 때문에 자신 없어 하지요. 때로는 더 바닥이 드러나기 전에 일을 그만 두어야 하지 않을까 하는 생각이 드는 순간도 있어요. 그렇지만 여전히 소망을 버리지 못해요. 언젠가는 열정적으로 취재하고 집중력을 가지고 집필한 작품을, 그래서 나도 만족하고 시청자들도 만족하는 작품을 써 내고 싶다는 소망……."

그렇게 말할 때 그의 길고 가느다란 눈은 달빛처럼 서늘하게 빛난다. 작가란 본래 길을 묻고 또 물을 때, 제대로 자기 길을 갈 수 있는 게 아닐까. 길을 묻지 않는 자는 길을 잃은 자이다. 자신 없어 하는 그의 모습이 오히려 믿음직스럽다.

시인 황지우가 시에서 고백한 것처럼 그는 집필 기간 동안 커다랗게 부푼 자신의 육체를 버거워한다. 건물 밖에도 한번 나가 보지 못한 채 원고에 매달린 지 보름이 넘었다던가. 그런 그를 밖으로 불러내어 함께 윤중로 벚꽃 길을 걸었다. 봄비 내린 뒤 제법 차가워진 밤공기 속에서 오랜만에 그는 가슴을 펴고 깊은 숨을 쉰다. 꽃과 하늘에 시선을 둔다. 눈가가 촉촉하게 젖는다. 그는 너무 오래 드라마의 포로가 되어 있었던 게 아닐까. 하지만 드라마 작가 이외의 다른 삶은 생각해 본 적도 없다는 그. 재미있는 드라마를 기다리며 일주일을 보내는 수많은 시청자들을 위해 '이야기' 엮기를 멈추지 않을 것처럼 보이는 작가 최완규. 21세기의 이야기꾼인 그의 말을 드라마 작가를 꿈꾸는 이들에게 전하고 싶다.

"뭔가 인생의 변화를 꿈꾼다면 어느 한 순간은 미친 듯이 살아야 가
능하지 않을까요?"

권인찬

데뷔: SBS 드라마 공모 〈그들만의 산타〉(1994)
주요 작품: 해빙(1995) 구하리의 전쟁(1997) 승부사(1998) 좋아 좋아(2000) 매직키드
마수리(2002~2004) 마법전사 미르가온(2005) 등

취재 및 집필
신은정

아름다운 마법, 드라마

"인간들에겐 마법보다 위대한 사랑이란 감정이 있어."

_드라마 〈매직키드 마수리〉 중에서

완성된 작품을 독자 앞에 내놓는 문학과 달리 드라마는 시청자와 한 회 한 회 호흡하며 만들어 가는 장르이다. 드라마에 대한 시청자의 반응이 작가에게 미치는 영향도 그만큼 클 수밖에 없다. 드라마가 끝날 때까지 작가들은 엄청난 부담감에 시달린다. 하지만 권인찬은 단 한 번도 자신이 선택한 드라마 작가라는 직업을 후회해 본 적이 없다. 소통의 즐거움 덕분이다.

시청자들이 자신의 드라마를 통해 잃어버린 추억을 되찾았다거나, 감동을 받았다고 이야기할 때 드라마 작가는 무엇보다 큰 보람을 느끼게 마련이다. 드라마는 대중 예술이고, 그런 만큼 시청자와의 소통이 중요시되는 장르이기 때문이다. 〈매직키드 마수리〉(이하 〈마수리〉)의 예전 시청자들과 우연히 만나게 될 때마다 〈마수리〉의 추억을 꺼내 놓으며 반가워하는 그들이 작가 또한 반가운 것은 그래서이다. 그중 어떤 미술 치료사는 〈마수리〉를 매개로 자신이 맡았던 자폐 소년과 가까워질 수 있었다며 권인찬에게 직접 고마움을 전하기도 했다. 이것은 그의 드라마가 작가와 시청자를 뛰어넘어 시청자들끼리도 서로 소통하게 만들었다는 점에서 무엇보다 각별한 에피소드이다.

"예전에 연극을 하면서는 잘 몰랐던 소통의 중요성을 드라마를 쓰기 시작하면서부터 알게 되었다고 할 수도 있을 것 같아요."

그러나 대학로에서 연극 연출을 하다가 드라마 작가로 전향한 특이한 이력의 소유자답게, '소통'은 드라마 데뷔작인 〈그들만의 산타〉 때부터 지속적인 관심 주제였다. 강원도의 한 폐광촌으로 캠핑을 오게 된 서울 아이들이 의도치 않게 광산에 고립되고 폐광촌 아이들과 갈등을 빚다가 점점 서로를 이해하고 화해하게 된다는 소통과 화해의 스토리는, 이후 권인찬의 작품에서 서로 다른 인물과 소재로 자주 변주되어 온 하나의 커다란 패턴이다. 제4회 미국 찰스턴 국제 영화제에서 TV 드라마 부문 금상을 차지한 〈구하리의 전쟁〉 같은 경우도 샛강을 사이에 둔 남촌과 북촌의 갈등과 화해를 6·25를 중심으로 풀어낸 작품이었다. SBS 미니시리즈 〈해빙〉 역시 남남북녀의 사랑 이야기를 통해 이데올로기 대립으로 인한 갈등과 화해를 다룬 드라마다.

이처럼 소통을 중요하게 여기는 작가의 태도는 〈마수리〉를 집필하던 당시의 창작방법론에서도 찾아볼 수 있다.

"저는 어린이 드라마와 일반 드라마의 차이를 두지 않아요. 그래야 드라마가 자연스러워지거든요. 문학에서도 아동문학과 성인문학의 선을 긋는 것은 옳지 않다고 봅니다. 아이가 보는 것을 어른도 봐야 한다고 생각하거든요."

권인찬은 드라마의 대상 시청자가 어린이라는 이유로 무엇을 가르치거나 설명하려 들지 않았다. 다른 드라마를 쓸 때와 마찬가지로 그저 시청자와 대화하려 했을 뿐이다. 만약 〈마수리〉가 어른의 시각에서 '아이들이 재미있게 볼 만한 이야기'를 억지로 지어낸 이야기였다면? 엄마와 할머니가 아이와 함께 〈마수리〉를 즐겁고, 재미있게 보는 일은 아마도 불가능했을 것이다.

> "아버지의 사랑을 받으며 자란 그는 중고등학생 시절 방대한 독서 편력을 쌓을 수 있었다. 그는 매주 헌책방에 가서 양손 가득 헌책을 들고 집으로 돌아왔다. 상상 속에서 자유로웠던 만큼 현실에서도 자유로웠다. 스스로를 '장래희망이 없는 게으른 어린이'였다고 회상하는 작가에게 처음으로 하고 싶은 일이 생긴 것은 고등학교 때였다."

홀로 오랜 기간 습작을 하다 데뷔한 드라마 작가들 중 몇몇이 자신이 원하지 않는 방향으로 이야기가 흘러갈까 불안해하며 끊임없이 연

출에 간섭하는 것과는 달리 권인찬은 드라마 제작 과정에서 자신에게
주어진 역할이 무엇인지 정확하게 인지하고 있다.

"작가가 모든 것을 다 하려 들면 힘들어질 수밖에 없습니다. 연출자
와 스태프를 믿지 못하면 말입니다. 작가가 연출자를 비롯한 스태프들
에게 믿음을 지녀야만 그들이 각자 맡은 바 최선을 다 하도록 만들어
줄 수 있다고 생각합니다. 물론 그 과정이 쉽지만은 않지만, 그럼에도
불구하고 서로에 대한 믿음은 꼭 필요하다고 할 수 있습니다."

여기서 권인찬이 말하는 믿음이란 결코 방치가 아니다. 작가가 드라
마의 아버지라면 연출은 어머니이기 때문이다. 드라마라는 한 아이를
제대로 키우기 위해서는 작가와 연출의 상호 이해와 소통이 필수적이
다. 한 명의 어린이가 제대로 자라기 위해서는 어른들의 지속적인 관심
과 애정이 필요하듯이, 좋은 드라마가 만들어지기 위해서는 작가와 연
출이 서로 믿고 존중하며 끊임없이 의견을 주고받아야 하는 것이다.

그런 의미에서 15퍼센트의 시청률로 우리나라 어린이 드라마의 신화
가 된 〈마수리〉는 그야 말로 좋은 부모 밑에서 잘 자란 아이와 다름없
다. 말 그대로 화기애애했던 〈마수리〉의 촬영 현장은 아역 배우들을 포
함한 출연진 및 스태프들이 아직까지 1년에 한 번 이상 정기적으로 모
임을 가지게 만든 원동력이다. 400회 가까운 연장이 가능했던 것도 만
드는 사람들 간의 팀워크에 힘입은 바가 컸다. 작가와 연출자를 포함
전 스태프와 배우가 서로를 믿고 존중했기에 가능한 일이었다.

그는 〈마수리〉와 함께한 3년여가 즐겁지 않았다면 그 오랜 시간 동

안 집필할 수는 없었을 것이라고 말한다. 자신의 삶 전반이 그랬다는 것이다. 5남매의 막내였던 그에게 부모님은 아무것도 요구하지 않았다. 어릴 적 그는 유달리 예민하고 몸이 약했는데, 그를 진찰한 의사가 부모님께 아이에게 절대로 스트레스를 주어선 안 된다고 말하기도 했다. 그래서일까 그의 부모님은 그를 그저 자유롭게, 하고 싶은 것 다 하며 자라날 수 있도록 지원해 주었다.

"그런 유년 시절이 있었기에 지금 제가 제한 없이, 자유롭게 창작 활동을 해 나갈 수 있는 것 같아요."

그러나 그렇다고 유년의 그에게 부모님이 무관심했던 것은 결코 아니다. 공무원 아버지와 전업주부 어머니 사이에서 자유롭지만 안정적으로 자라난 권인찬에게 특히 기억에 남는 유년의 에피소드는 아버지에 관한 것이다. 매주 일요일이면 막내인 그만 데리고 목욕탕에 갔던 아버지는 목욕이 끝나면 항상 전기 구이 통닭을 사 주셨다. 다른 형제들에겐 말하지 말라며 신신당부했다. 아버지는 낙천적이고 쾌활한 자신의 성격을 쏙 빼닮은 막내아들이 열 손가락 중에 가장 예쁜 손가락이었나 보다.

아버지의 사랑을 받으며 자란 그는 중고등학생 시절 방대한 독서 편력을 쌓을 수 있었다. 그는 매주 헌책방에 가서 양손 가득 헌책을 들고 집으로 돌아왔다. 상상 속에서 자유로웠던 만큼 현실에서도 자유로웠다. 스스로를 '장래희망이 없는 게으른 어린이'였다고 회상하는 작가에게 처음으로 하고 싶은 일이 생긴 것은 고등학교 때였다. 연극을 하는 선배에게 받은 초대권을 들고 연극을 보러 간 것이 계기였다. 막이 오르기 전, 선배를 만나러 분장실에 갔다가 무대 뒤편의 열기를 먼저 경험한 그는 '나중에 대학에 가면 꼭 연극을 해야지' 결심했다. 처음부터 연극을 업으로 삼았던 것은 아니지만 대학 입학 후 동아리 활동을 하면서부터 더 큰 욕심이 생겼다. 동아리 활동만으로는 도저히 자신의 창작욕을 충족시킬 수 없는 탓이었다. 결국 작가는 대학 졸업 후 중앙대학교 연극영화과에 다시 입학했다.

"그게 큰 결단이라고는 생각하지 않았어요. 단지 하고 싶은 일을 하려고 했을 뿐입니다."

그때도 역시나 부모님은 아무런 말씀도 하지 않으셨다. 생활고만 해결되었다면, 어쩌면 권인찬은 여전히 대학로에서 연극을 연출하고 있을지도 모른다. 하지만 생활을 유지하기에 연극 연출가의 삶은 너무나 힘들고 고단했다. 결혼을 하고 아이가 태어난 뒤로는 더했다. 한 편의 연극은 또 한 무더기의 빚더미를 의미했다. 작가의 고민은 큰아이가 자라남과 동시에 더욱 깊어졌고 권인찬은 다시 한 번 결단을 내릴 수밖에 없었다. 연출을 하며 희곡을 썼던 경험을 살려 드라마 작가가 되기로 한 것이다.

1년여의 습작 끝에 1994년 SBS 드라마 공모에 당선이 된 권인찬은 이후 〈해빙〉, 〈승부사〉와 같은 미니시리즈를 통해 성공적으로 드라마 작가의 삶에 안착했다. 어쩌면 1년이라는 시간이 드라마 작가가 되기에는 지나치게 짧은 시간일 수도 있을 것이다. 그러나 권인찬은 드라마 습작 이전에 희곡 집필과 연극 연출의 경험을 통해 이미 드라마라는 극 장르의 본질을 이해하고 있었다. 이야기가 공허해지지 않으려면 시청자와 진정한 교감이 가능해야 한다는 '소통'의 본질 말이다.

> "한 명의 인간이 온전한 어른이 된다는 것 어떤 의미일까? 그것은 바로 그 사람이 타인을 이해하고 배려하며, 즐겁게 소통할 수 있게 된다는 뜻일 것이다. 그 과정을 도덕 교과서에서는 '사회'화라 말하고 〈마수리〉에서는 '인간'화라 말한다."

권인찬이 어린이 드라마에 관심을 가지기 시작한 것은 1997년 6 · 25 특집 2부작 드라마 〈구하리의 전쟁〉을 쓰고 난 다음이다. 〈구하리의 전쟁〉을 통해 아이의 시선에 비친 한국전쟁을 묘사한 그는 이 작품 이후 본격적으로 '아이의 시선에 비친 어른들의 이야기가 쓰고 싶다'는 생각을 하기 시작했다. 마침 큰아이가 초등학교 6학년, 작은아이가 유치원생이었다. 생활 속의 에피소드를 얻는 것은 어렵지 않았다.

하지만 〈마수리〉에서 아이의 눈에 비친 어른, 또는 어른의 눈에 비친 아이를 구분하는 것은 무의미한 일이다. 드라마 안의 모든 등장인물이 자신만의 생명력을 지닌 채 웃고 떠들며 활개치고 있기 때문이다. 게다가 권인찬은 "어른과 아이의 구분을 두는 것은 무의미하다"고 생각하는 사람이다. 그는 순수하기 때문에 오히려 아이가 어른보다 더 많은 것을, 빨리 느낄 수 있다고 생각한다. 〈마수리〉의 등장인물들 중 아이 같은 어른을 많이 찾아볼 수 있는 것은 이 같은 작가의 생각에서 비롯된 것이다. 아이와 어른을 굳이 구분하지 않기에 그 경계가 불필요했던 셈이다.

"모든 드라마는 캐릭터가 80퍼센트 이상을 좌우해요. 결국은 캐릭터의 예술이라고도 할 수 있죠."

작가는 드라마를 쓸 때 등장인물 하나의 성격뿐만 아니라 그 인물과 다른 캐릭터와의 궁합도 생각해야 한다고 말한다. 그런 의미에서 어린 아이 같은 성격의 작은 할아버지 마패는 또래보다 어른스러운 마수리의 짝꿍 캐릭터였다고 말할 수 있다. 끝없이 떼를 쓰고, 앙탈을 부리는 마패를 바라보며 마수리가 성장하는 만큼, 철없는 마패의 캐릭터는 부각되었다.

〈마수리〉에서 애초에 마수리의 가족이 인간 세계로 내려오게 된 이유는 마법사들의 이기적인 마음으로 마법 세계가 혼란에 빠졌기 때문이었다. 할아버지부터 초등학생 마수리까지 다양한 연령대로 구성되어 있는 마수리의 가족들은 자신들보다 열등함에도 불구하고 조화롭게 살아가는 인간들의 비밀을 알아내기 위해 인간 세상에 파견된 염탐꾼이었다.

사랑과 배려, 이해가 무엇인지 모르는 그들은 다양한 연령대에도 불구하고 하나같이 어린아이 같은 면을 지니고 있다. 옆집의 이슬이 아빠가 치는 허풍을 그대로 믿고 받아들이는 마수리 아빠 마풍운이나 이슬이 엄마의 행동을 고스란히 따라하는 마수리 엄마 안지니는 우리가 흔히 말하는 아이 같은 특징들을 지닌 캐릭터이다. 아이가 어른들을 보고 따라하며 어른이 되어 가듯이 마풍운과 안지니는 옆집 사람들을 보고 따라하며 인간이 되어 가는 것이다.

한 명의 인간이 온전한 어른이 된다는 것 어떤 의미일까? 그것은 바로 그 사람이 타인을 이해하고 배려하며, 즐겁게 소통할 수 있게 된다는 뜻일 것이다. 그 과정을 도덕 교과서에서는 '사회'화라 말하고 〈마수리〉에서는 '인간'화라 말한다. 아이가 어른이 되고 싶어 하듯이, 〈마수리〉의 마법사들은 인간이 되고 싶은 존재들이다. 인간들처럼 서로를 배려하고 이해하며 사랑하고 싶은 그들의 '인간화'란 '성장'의 다른 이름이라고도 할 수 있을 것이다.

마법전사의 후예인 미르와 가온이 마음을 모아 마법 도구를 합체해야만 마법 세계를 구할 수 있다는 설정의 〈미르가온〉을 작가는 '마수리 시즌 2'라고 칭한다. 〈마수리〉와 〈미르가온〉의 세계관이 같기 때문이다. 내년 초 방영 예정인 그의 세 번째 어린이 드라마 역시 〈마수리〉, 〈미르가온〉의 세계관을 이어받을 예정이다. 이 드라마는 '마수리 시즌 3'라고 봐도 무방할 것이다.

'마법 세계로 넘어간 인간들의 이야기'라는 점에서 전작들과 구별되는 마수리 시즌 3을 위해 작가는 현재 스토리 테마파크를 준비 중이다. 〈마수리〉의 마법 세계를 토대로 오픈 스튜디오를 짓고, 그 오픈 스튜디오를 기반으로 다시 시즌제의 어린이 드라마를 집필할 생각인 것이다.

이것은 시청자와 보다 깊고 의미 있는 교감을 나누기 위한 권인찬의 새로운 시도라고도 말할 수 있다.

이미 그는 애니메이션부터 만화, 동화, 뮤지컬까지 〈마수리〉와 〈미르가온〉을 대상으로 '원 소스 멀티 유즈'의 새롭고 다양한 시도를 모색하고 실천해 왔다. 어른과 아이 사이에 차이나 차별을 두지 않듯이, 장르에도 차이나 차별을 두지 않고 지치지 않는 개척 정신으로 새로운 것에 도전해 온 것이다. 그가 〈마수리〉 이후 국경을 넘어서도 작품 활동을 전개할 수 있었던 원동력도 바로 이러한 도전 정신에 있었을 것이다. 그중 베트남에서 그 나라에 어울리는 어린이 드라마로 다시 태어난 〈마수리〉는 우리나라에서와 마찬가지로 많은 시청자의 사랑을 받았다. 희곡을 집필했던 경험이 드라마 습작을 할 때 도움이 된 것처럼, '드라마는 곧 시청자와의 대화'라는 작가의 철학이 국경을 넘어서도 통한 것이다.

어린 시절 그랬듯이 여전히 자유로운 삶을 살고 있는 권인찬은 '작가가 되기 위해 가장 중요한 것'으로 '다양한 경험'을 꼽는다. 혼자만의 세계에서 '만들어 낸 이야기'로는 절대로 작가가 될 수 없다는 것을 알기 때문이다. 사람의 마음을 울리기 위해서 작가는 많은 것을 경험하고 생각해야만 한다. 그렇게 다양한 경험을 쌓은 사람만이 편견 없는 시선으로 세상을 묘사할 수 있을 테니까 말이다.

권인찬은 '좋은 드라마'란 시청자가 현실의 아름다움을 깨닫고, 느낄 수 있게 만들어 주는 드라마라고 말한다. 삶이 아무리 팍팍해도 인생의 아름다움을 느낄 수 있는 여지는 어디서나 찾을 수 있다는 것이다. 그래서 그는 극단적이고 잔인한 이야기를 그다지 좋아하지 않는다. 그런 이야기로는 그가 생각하는 진정한 삶의 진실을 전달할 수 없기 때문이다.

작가는 아이의 눈에 비친 어른의 이야기를 쓰고 싶어 〈마수리〉를 집필하기 시작했지만, 〈마수리〉와 그 후속작인 〈미르가온〉을 집필하면서 그보다는 마법 세계에 비친 현실의 이야기를 시청자와 나누는 데 집중했다. 두 작품 모두 판타지라는 장르를 채택한 것과는 별개로 우리가 사는 '지금, 이곳'의 이야기를 하고 있는 것은 그래서이다.

"그게 바로 〈마수리〉와 〈미르가온〉 둘 다 판타지이지만 휴머니즘으로 이야기를 끝맺는 이유입니다."

〈마수리〉의 극중 마수리가 어린아이 같은 마패를 바라보며 스스로를 돌아보고 성장할 수 있었듯이 〈마수리〉의 시청자들이 마패를 비롯한 마풍운, 안지니 등의 어른 마법사들을 보며 같이 성장했을 것이라 짐작하는 것은 그리 어려운 일이 아니다. 〈미르가온〉의 시청자들도 미르와 가온이 서로를 이해하고 진정한 소통을 시작하는 모습을 보며 소통이란 무엇인가에 대한 의문을 갖고 고민하게 되었을 것이다.

권인찬은 자신이 정말 이야기하고 싶었던 것이 우리의 현실이었다고 말한다. 때로는 이기적이고 때로는 실수를 저지르지만 그래도 이 세상에는 나쁜 사람보다 착한 사람들이 더 많고, 그렇기에 오늘 날 우리가 살고 있는 이 세상이 완벽하진 않아도 살 만한 곳이라고 이야기하고 싫었다는 것이다. 작가에게 오늘, 우리의 시청자란 서툴고 모자라도 아름다운 세상을 만들기 위해 노력하는 바로 그 사람들이기 때문이다.

작가에게 마법이란 꿈의 다른 이름이다. 간절히 바라면 이루어진다는 믿음을 버린 적이 없는, 권인찬은 소박하고 평범하지만 아름다운 우리 이웃의 이야기를 계속 써 내려갈 것이다. 그는 자신의 드라마로 인해 시청자들이 조금 더 많이 웃으며 팍팍한 현실을 견디는 힘을 얻게 되길 바란다.

다시 시청자들과 더불어, 그래도 세상은 살만한 곳이라는 생각의 영토를 넓혀 가는 그의 드라마가 기다려진다.

홍진아

데뷔: KBS 〈신세대 보고서—어른들은 몰라요〉(1995)
주요 작품: 나(1997) 레디고(1997) 학교 3(2000) 반올림(2003) 떨리는 가슴—바람
(2005) 태릉선수촌(2005) 메모리(2005) 오버 더 레인보우(2006) 베토벤 바이러스
(2008) 등

취재 및 집필
서성란

당신의 어깨를 토닥이는
행복 바이러스

"꿈? 그게 어떻게 니 꿈이야? 움직이지 않는데. 그건 별이
지. 하늘에 떠 있는, 가질 수도 없는, 시도조차 못하는, 쳐
다만 봐야 하는…… 누가 지금 황당무계 별나라 얘기 하재?
니가 뭔가를 해야 될 거 아냐? 조금이라도 부딪치고, 애를
쓰고, 하다못해 계획이라도 세워 봐야 거기에 니 냄새든 색
깔이든 발라지는 거 아냐? 그래야 니 꿈이라 말할 수 있는
거지."

_드라마 〈베토벤 바이러스〉 중에서

클래식과 오케스트라, 지휘자 이야기는 한국 드라마에서 보기 드문
낯선 소재이다. 시청률과 제작 여건을 생각한다면 다소 모험적이라고
할 수 있는 소재로 18부작 드라마에서 재미와 작품성까지 담아낸 〈베

토벤 바이러스〉는 실패한 사람들에게 위로와 희망을 전하는 드라마다.

꼬인 성격에 지독한 에고이스트인 지휘자를 비롯해 카바레 연주자, 문제아 여고생, 치매에 걸린 노인, 주부 등 나이와 학력과 출신이 제각각인 오케스트라 단원들이 갈등하고 부딪히고 싸우면서 이해와 사랑을 발견하는 과정을 그린 이 드라마는 기존의 드라마 문법에서 벗어난 새롭고 독특한 소재와 형식, 주제로 호평을 받았다.

10여 년 동안 청소년 드라마를 썼던 홍진아, 홍자람 작가는 국가 대표 운동선수들의 이야기를 담은 〈태릉선수촌〉과 가수와 댄서를 꿈꾸는 젊은이들의 이야기를 그린 〈오버 더 레인보우〉, 도무지 희망이 보이지 않는 사람들이 오케스트라 단원이 되어 각자의 꿈을 찾아가는 이야기로 감동과 화제를 낳았던 〈베토벤 바이러스〉까지 함께 대본 작업을 했다.

"사탕발림으로 하는 위로가 아니라 현실에 바탕을 둔 진심에서 우러난 위로를 하고 싶었습니다. 드라마를 쓸 당시 개인적으로 힘든 일을 겪었는데, 그때 누가 '다 잊어버리고 힘내라'고 건성으로 말했다면 오히려 화가 났을 겁니다. 그것보다는 '현실은 팍팍하고 힘들지만 그래도 힘내자'라는 말이 진짜 위로가 될 거라고 생각합니다. 그래서 드라마에서도 실제와 비슷한 팍팍하고 고단한 현실을 바탕으로 깔았고, 제가 건넬 수 있는 최고의 위로를 담았습니다."

꿈을 향해 달려가던 사람들이 현실의 벽에 부딪혀 좌절하는 모습을 사실적으로 보여 주면서, 당신만 그렇게 힘든 게 아니라고 위로를 보내는 이 드라마는 노력해서 성공한 사람보다 다수를 차지하는 실패한 사람들에게 보내는 응원가, 희망가라고 할 수 있다.

공동 작업의 시스템은 두 사람이 함께 주요 에피소드와 대사를 잡고 그 내용을 바탕으로 홍진아 작가가 신 구성을 하고, 홍자람 작가의 의견을 들은 후 수정을 한다. 대본은 두 사람이 반씩 나눠 쓰거나, 한 부씩 나눠서 쓰지만 상황에 따라 달라지기도 한다.

홍진아 작가는 공동 작업의 장점으로 실험성을 꼽는다.

"혼자서는 못했던 일을 상대를 믿고 (상대가 긍정해 준다면) 밀어붙일 수 있어요. 긍정적인 투톱은 실험적인 것까지 담보할 수 있다고 봅니다."

"아버지는 소설가로서 자기 세계가 확고해야 한다고 생각하셨습니다. 독설까지는 아니지만 항상 꼿꼿하게 바른 소리를 잘 하셔서 남긴 작품에 비해 상대적으로 저평가를 받으신 면이 있다고 생각합니다. 강마에도 그런 비정치적 성향 때문에 음악계에서 저평가받는 것으로 묘사했습니다."

홍진아 작가가 글쓰기를 두려워하지 않고 즐길 수 있었던 것은 늘 글을 쓰고 있는 아버지를 보고 자랐기 때문이다. 『흔들리는 땅』, 『남과 북』, 『먼동』 등의 소설을 쓴 소설가 홍성원 선생이 홍진아, 홍자람 자매의 아버지다. 홍진아 작가는 평생 전업 작가로 살았던 아버지 홍성원 선생(2008년 타계)을 "세월 속에서 둥글어져 가는 것을 끊임없이 경계하고 세상과 타협하지 않았던 소설가"로 기억하고 있다.

어린 시절 자매는 주말 저녁이 되면 가족과 함께 안방에 둘러앉아 텔레비전으로 영화를 보았다. 영화가 끝나면 아버지와 딸들은 밤늦도록 오순도순 이야기를 나눴다. 남들과 다르게 사물을 보고 생각해야 한다, 생각을 비틀어 보아야 한다, 오직 너만이 쓸 수 있는 그런 글을 써야 한다. 아버지는 추석날 밤을 깎다가, 차를 타고 가다가, 산책을 하다가, 포장마차에 데리고 가서 국수를 사 주면서 무심한 듯 낮은 목소리로 그렇게 말했다.

홍성원 선생은 단편소설 한 편을 쓰기 위해 대학노트 몇 권을 가득 채울 만큼 철저히 취재를 한 소설가다. 그는 가난한 집안 출신으로, 그 결핍을 메우고자 소설을 쓰기 시작했고, 생활이 편해지면 작품이 느슨해진다는 생각으로 전업 작가의 길을 고집했다.

가난한 소설가였던 아버지는 딸들을 물질적으로 풍족하게 키울 수 없었지만 자유롭게 상상하고 미래를 꿈꿀 수 있도록 도와주었다. 아버지의 서재에 빽빽이 꽂혀 있던 책을 읽고 영화를 즐겨 보았던 자매는 자신들이 가장 잘할 수 있는 일을 찾았고 그것은 드라마 작가였다. 아버지는 드라마 작가가 된 딸들을 지지하고 응원해 주었다. 외로운 예술가의 삶을 살았던 아버지의 모습은 딸들의 드라마에서 카리스마 넘치는 캐릭터로 투영되어 나타났다.

"아버지는 소설가로서 자기 세계가 확고해야 한다고 생각하셨습니다. 독설까지는 아니지만 항상 꼿꼿하게 바른 소리를 잘 하셔서 남긴 작품에 비해 상대적으로 저평가를 받으신 면이 있다고 생각합니다. 강마에도 그런 비정치적 성향 때문에 음악계에서 저평가받는 것으로 묘사했습니다. 이 부분은 40년 동안 봐 온 아버지의 모습을 그대로 강마에에게 적용한 것입니다. 강마에의 음악에 대한 평가로 '긴장의 미학'이라는 이야기가 나오는데 이것은 저희 아버지가 소설가로서 받았던 평가를 적용시킨 것입니다. 강마에는 건우와 루미를 끊어 내면서 음악에만 몰두합니다. 좋은 자리를 마다하고 한국의 소도시 시향 지휘자로 있는 것도 스스로에 대한 채찍질이기도 합니다. '난 여유가 있으면 치열해질 수 없어'라는 말이 대사로 나옵니다."

홍성원 선생은 2008년 5월 1일 암으로 세상을 떠났다. 4월 한 달 동안 홍진아, 홍자람 작가는 번갈아가며 아버지의 병상을 지키면서 대본을 썼다.

"4월에 아버지가 위독하셨습니다. 저와 동생은 완전히 넋이 나가 있었고, 엎친 데 덮친 격으로 대본까지 급히 수정해야 했습니다. 그때 저와 동생은 결정을 내렸습니다. 앞으로 10년 동안 작가 일을 못 한다고 해도 좋다, 지금은 아버지가 중요하다, 아버지 곁에 있기로 하자. 대본 집필을 그만두기로 했습니다. 그때가지 써 놨던 대본 여덟 개와 시놉시스를 다른 작가에게 넘겨도 아무런 아쉬움이 없었어요."

이재규 감독을 만나 자신들의 뜻을 전했을 때 뜻밖에도 한 달을 쉬라는 답이 돌아왔다. 한 달을 쉬면 드라마 제작이 불가능하다는 사실을 누구보다 잘 알고 있었던 홍진아, 홍자람 작가는 진심이 담긴 감독의 배려에 감동했고 결국 대본 집필을 그만두지 못했다.

"아버지가 돌아가시기 나흘 전에 휴가를 냈습니다. 상을 치르고 다음 날부터 다시 대본을 썼어요."

홍진아 작가는 1995년 KBS 교양국에서 제작한 〈TV 교육위원회〉에서 30분 분량의 드라마를 쓰면서 드라마 작가 생활을 시작했다. 그 후 2년여 간 〈신세대 보고서 어른들은 몰라요〉 등에서 매달 두 편씩 60분 분량의 대본을 썼다. 시청률에서 자유롭고 간섭도 적은 교양국에서 제작하는 프로그램에서 50편 남짓 드라마를 쓰면서 기초를 다질 수 있었다.

"청소년 드라마 〈나〉를 쓴 후 캠퍼스 드라마 〈레디고〉를 썼는데 8회 만에 조기 종영 되었어요. 조기 종영 자체가 힘든 게 아니라, 스스로에 대한 환멸이 컸습니다. 정말 너무 못 썼거든요."

홍진아 작가는 드라마 작가로 살면서 가장 힘들었던 당시의 기억이 지금도 생생하다고 털어놓는다.

"7, 8회 대본을 쓸 때였어요. 당장 새벽 다섯 시에 촬영에 들어가야 하는데, 잡아 놓은 이야기가 마음에 들지 않았습니다. 그런데 대안은 없고, 시간도 없고…… 그때 '죽지 않을 만큼만 다치면, 이 책임을 면할 수 있지 않을까' 하는 생각이 들었어요. 그 순간 저는 과도를 들고 있었어요. 찌를 곳을 찾아보면서 말이죠. 동생이 말려서 그렇게 하지 못했어요."

조기 종영 된 후 홍진아 작가는 1년 동안 폐인과 같은 생활을 했다. 밖에 나가지 않고 온종일 술을 마셨다. 스스로에 대한 환멸과, 이대로 작가로서 끝이라는 초조감과 두려움에 사로잡혀 있었다.

"그 일로 저는 교훈을 얻었어요. 절대 무슨 일이 있어도 급하게 작품에 들어가지 않고 내가 원하는 것, 쓰고 싶은 것을 써야 한다는 사실입니다. 지금도 이것은 반드시 지키려고 노력하고 있어요."

청소년 드라마 〈나〉, 드라마시티 〈메모리〉 등 단독으로 드라마 대본을 썼던 홍진아 작가는 〈학교 3〉을 시작으로 〈반올림〉, 〈태릉선수촌〉, 〈오버 더 레인보우〉, 〈베토벤 바이러스〉까지 동생 홍자람 작가와 공동 작업을 했다. 성격이 다른 자매는 서로의 장점과 단점을 누구보다 잘 알고 있고 그것이 함께 작업을 하는 데 큰 힘이 되었다.

홍진아, 홍자람, 권기정 작가가 공동 작업을 한 드라마 〈학교 3〉과 〈반올림〉의 경우 기본 방향과 캐릭터를 함께 잡은 뒤 홍진아 작가가 격주로 대본을 쓰고 홍자람, 권기정 작가가 한 달에 한 편씩 썼다. 〈태릉선수촌〉의 경우 초반에 홍진아 작가 혼자 1~8회까지 이야기를 잡았다가 홍자람 작가의 도움을 받아 주제와 시놉시스와 주요 대사를 정했다. 그 후 홍진아 작가가 대본을 쓰고 홍자람 작가가 아이디어와 수정 방향을 내놓았다.

"〈베토벤 바이러스〉는 저와 동생이 함께 시작했는데, 제가 낸 기획이 동생의 생각과 조금 차이가 있었어요. 동생은 성격이 비판적이고 현실적인 성향이고 저는 낙관적이고 긍정적인 편이에요. 그전까지는 각자의 장점이 시너지 효과를 가져왔는데, 이번에는 동생이 애를 먹었어요. 그래서 중간에 타협을 보았어요. 제가 메인으로 드라마를 주도적으로 이끌어가고 동생은 보조적 역할을 하기로 했습니다. 제가 신 구성을 하고 메인 선을 쓰면 동생이 서브 선을 쓰는 형식으로 작업을 했습니다."

홍자람 작가는 언니 홍진아 작가가 세상을 따뜻하고 긍정적인 시선으로 바라보는 작가라고 말한다.

"언니는 독특하고 입체적인 캐릭터를 만드는 데 강합니다. 〈태릉선수촌〉의 김별이 그렇고 〈반올림〉의 옥림이, 〈베토벤 바이러스〉의 강마에도 사실 언니의 작품이라고 해도 과언이 아닙니다. 언니는 세상을 따뜻하고 긍정적인 시선으로 바라봅니다. 자극적인 사건이나 장치 없이도 사람의 마음을 울릴 수 있는 소박한 에피소드와 대사를 잘 만들어 냅니다. 그리고 가장 부러운 점은 깔끔한 구성력입니다."

홍진아 작가는 동생 홍자람 작가를 아이디어가 좋고 주제를 깊이 파고드는 작가로 평가한다.

"생각하지도 못했던 것을 들고 와서 드라마에서 훌륭하게 녹여 내는 재주가 있습니다. 일상의 디테일과 재미가 살아 있고 작품을 크게 보는 눈도 있습니다."

공동 작업의 장점은 드라마를 객관적으로 거리를 두고 바라볼 수 있고 서로가 힘이 되어 준다는 점이다. 반면에 두 사람의 의견이 충동할 때는 시간이 하염없이 흘러간다는 단점이 있다. 특집극 〈신 견우직녀〉의 대본을 쓸 때 두 사람은 '그냥 웃는다', '살짝 웃는다'라는 지문 하나로 며칠 동안 의견을 좁히지 못했다. 그 뒤로 같은 문제가 생기면 감독에게 조언을 구한다. 〈베토벤 바이러스〉의 경우 이재규 감독과 홍진아 작가가 호흡이 잘 맞아서 10회 이후부터 홍진아 작가가 최종 결정권을 가지고 대본 작업을 했다.

홍진아 작가는 일상의 소소한 것들에서 드라마의 소재를 얻는다. 사건 사고, 뉴스, 음악과 책, 미술, 영화와 만화 등. 일상에서 접하는 모든 것이 드라마의 소재가 될 수 있다.

"배우 황정민 씨가 어느 프로그램에서 이런 말을 했습니다. 친구가 죽었는데, 그래서 울고 있는데, 그 모습을 그 감정을 나중에 연기하는 데 써먹으려고 기억하려는 자신을 보면서 배우란 참 잔인한 직업이라고 느꼈다고요. 작가도 마찬가지입니다. 작가는 아, 슬프다 하는 감정에 빠지기보다 어떤 슬픔인가 깊이 생각해 보아야 합니다. 깊고 예리하게 파고드는 생각이 필요합니다."

홍진아 작가는 드라마 캐릭터를 만들어가는 과정을 조각에 비유한다.

"캐릭터를 끌어내기 위해 저는 인물이 자라 오면서 겪었을 일들을 비망록 형식으로 만들어 봅니다. 어디서 태어났을까, 부모는 누굴까, 가난할까, 부자일까, 어렸을 때 부모를 크게 놀라게 만든 것은 무엇이었을까, 처음으로 기억하는 강렬한 기억은 무엇일까 등등을 그려 가다 보면 내 안에서 그 사람의 손과 발이 무릎이, 팔꿈치가 가슴이 심장이 드러나기 시작합니다. 내 안의 또 다른 나와 대면하는, 정말 신기하고 재밌고 짜릿한 작업입니다."

그는 그렇게 몇 십 장의 비망록을 만들고 그것의 대부분은 인물의 밑그림으로 들어간다.

홍진아 작가는 〈베토벤 바이러스〉 대본을 쓰면서 이야기가 잘 풀리지 않으면 피아노를 쳤다. 어렸을 때부터 피아노를 쳤기 때문에 악보를 읽고 클래식 용어를 이해하는 데 어려움이 없다고 한다.

"저희는 클래식과 오케스트라를 소재로 보았습니다. 하고 싶은 이야기가 먼저 있었고, 구도를 잡고 등장인물을 만들었죠. 이것을 한 그릇에 담아야 하는데 어떤 그릇이 좋을까 생각하다가 오케스트라를 떠올렸어요. 사람들이 살아가는 이야기이고, 그들이 부딪치면서 이루어 내는 것. 이 이야기를 담기에 더 적합한 것이 있었다면 주저하지 않고 다른 그릇을 택했을 겁니다."

취재는 두어 달 동안 이루어졌다. 한 달은 이곳저곳 돌아다니면서 연습 장면을 보고, 오케스트라 단원들을 만나서 취재했다. 그 후 자료를 수집하고 음악을 들었다. 홍진아 작가는 취재 과정에서 바이올린 강습을 받기 시작했고 기획, 시놉시스 등에 필요한 것들을 메모했다.

"취재는 많이 하면 할수록 좋다, 단순하게 생각하면 그럴 수도 있습니다. 그런데 내가 무엇 때문에 취재를 하는가, 그 목적을 놓치지 말아야 한다고 생각합니다. 저는 클래식이라는 소재를 통해서 '인간의 보편성'을 보여 주고자 했습니다. 〈태릉선수촌〉에서는 네 명의 선수들을 통해 그들만이 겪는 특수한 얘기가 아니라, 옆집 형이나 내가 겪을 수 있는 평범한 고민을 끄집어내려고 했습니다. 보편성을 중심에 놓고 생각하면, 선을 넘는 취재는 오히려 작품에 방해가 될 수도 있습니다."

홍진아 작가는 취재의 선을 넘어서 깊이 빠지다 보면 드라마와 상관없는, 그 분야만의 특수성에 호기심이 생기면서 함정에 빠질 수 있다고 말한다. 때문에 그는 일정한 선을 유지하면서 필요한 부분은 전문가들의 조언과 감수를 받았다.

홍진아 작가는 오후 두 시가 되면 작업실로 출근해서 새벽 네 시에 귀가한다. 그는 2011년 하반기에 방영 예정인 드라마 대본 집필을 위해 취재와 기획 회의 등으로 바쁜 일정을 보내고 있다.

"방송이 나갈 때는 집에 들어가지 못합니다. 작업실에서 지내면서 먹고 쓰고 먹고 쓰고, 세 시간만 자고 다시 씁니다. 전쟁이죠."

하루 한 번 비타민 알약을 먹는 것이 유일한 체력 관리라고 말하는 그는 슬럼프가 온다고 해도 빠져 있을 틈이 없다.

홍진아 작가는 매번 방송 전 8회까지 대본을 써 놓고 들어간다. 일주일에 70분 분량의 대본 두 편을 써야 하는 우리나라 드라마 제작 시스템이 낳은 결과인 '쪽대본'을 그는 이제껏 내 본 적이 없다.

"우리나라 드라마 현실에 비하면 비교적 여유 있게 들어가는 편이지만 저 역시 방송 나갈 때는 허덕입니다. 초고를 쓰는 데 최소 일주일이 걸리는데, 두 달 만에 나머지 여덟 편을 다 써야 하는 겁니다. 초고로 방송이 나가는 게 아니라 수정 시간이 필요한데 수정할 시간이 없는 거죠."

20회 중 16회까지 대본을 쓰고 들어가기 위해 계획을 짜고 있다는 홍진아 작가는 이번 드라마는 동생과 떨어져서 혼자 작업을 한다. 이제껏 동생과 따로 또 같이 작업을 해 왔던 그는 단독 집필이 각자의 발전을 위한 좋은 기회가 될 거라고 말한다.

홍진아 작가에게 드라마는 대중과 합일점을 찾아가는 과정이며 자신이 가장 잘할 수 있는 일이다. 작품 구상을 하고 취재를 하고 초고를 쓰는 틈틈이 그는 피아노를 치고 바이올린을 켜면서 숨고르기를 한다. 〈베토벤 바이러스〉 취재 때 배우기 시작한 바이올린은 쳇바퀴처럼 돌아가는 생활에서 '살아서 보통사람처럼 무언가를 하고 있다'는 여유를 느낄 수 있게 해 준다고 한다.

드라마는 작가와 감독, 배우가 함께 어우러져서 만들어 내는 공동 작품이다. 좋은 드라마를 만들기 위해서는 혼자만의 생각이 옳다는 아집에서 벗어나야 한다고 홍진아 작가는 말한다.

"마찰을 줄이기 위해서는 먼저 감독과 '드라마 톤'에 대해 합의해야 합니다. 세세한 것들에 철저하게 합의를 하면 마찰을 줄일 수 있습니다. 감독은 배우와 드라마 톤에 대해 캐릭터에 대해 합의를 해야 하죠."

작가와 감독과 배우가 드라마에 대해 합의를 하면 마찰을 줄일 수 있을 뿐만 아니라 시너지 효과가 생겨 완성도를 높일 수 있다고 한다.

드라마 작가를 꿈꾸는 사람들에게 그는 남들이 다 하는 뻔한 생각에서 벗어나서 사물의 이면을 발견할 줄 아는 생각을 하라고 조언한다. 드라마 작가 교육원 등에 들어가기 위해 자기 소개서를 쓰거나 면접을 볼 때 "저 정도는 나도 쓰겠다는 생각이 든다"는 말은 절대 하지 말아야 한다. 별것 아닌 것 같아 보이지만 '저 정도'가 결코 쉽지 않다는 것은 대본 습작을 한 번만 해봐도 알 수 있기 때문이다.

"'저 정도는 나도 쓰겠다'는 말은 '나는 대본 습작을 한 편도 안 해봤다'는 말과 똑같이 들립니다. 세상을 보는 눈이 좁고 자만심이 크다는 말밖에 안 됩니다. 목표를 높게 세우되 자만하지 말아야 합니다."

드라마를 통해 이 세상 대다수를 차지하는 실패한 사람들에게, 당신도 다시 시작해 보라고, 이번에는 꼭 할 수 있을 거라고 속삭여 주고 싶었다는 홍진아 작가는 '꿈이 있다면 당장 그 꿈을 위해 아주 작은 무언가라도 시작해 보라. 그래야 당신이 행복할 수 있다'고 말한다.

그것이 만일 드라마를 쓰는 것이라면 그의 말에 귀 기울여 볼 일이다.

홍진아

노희경

데뷔: MBC 베스트극장 〈세리와 수지〉(1995)
주요 작품: 세상에서 가장 아름다운 이별(1996) 내가 사는 이유(1997) 거짓말(1998) 우
리가 정말 사랑했을까(1999) 바보 같은 사랑(2000) 화려한 시절(2001) 고독(2002) 꽃
보다 아름다워(2004) 굿바이 솔로(2006) 기적(2006) 그들이 사는 세상(2008) 등

취재 및 집필
강남애

내가 사는 세상

"난 신이 가장 무서운 존재인 줄 알았어. 그런데, 아니야. 세상에서 가장 위험하고 무서운 건…… 사람 마음이야. 신 앞에서 한 맹세도 마음 한번 바꿔 먹으니까 아무것도 아니잖아."

_드라마 〈거짓말〉 중에서

노희경의 재주

1998년 3월의 어느 날, 미니시리즈 〈거짓말〉의 시청자 게시판. 방송 이후 올라오기 시작하는 시청 소감을 보던 제작진은 눈을 의심했다. '한 편의 영화를 보는 것 같다', '사랑에 대해 다시 생각해 보게 한다'와 같은 제목의 글이 줄줄이 이어졌다. 한 편의 에세이 같기도 하고, 고백 같기도 한 장문의 소감들은 시청자 게시판을 조용하고도 빠르게 채워

나갔다. 등장인물인 성우와 준희, 은수의 심리에서부터 촬영 기법, 배경음악에 이르기까지 장면 하나하나를 분석한 리뷰는 칼날처럼 예리했고 '사랑은 무엇인가', '어떻게 해야 하는가'를 묻는 철학적인 질문과 답변이 꼬리를 물고 이어졌다.

같은 시각, 작가 노희경은 방송사 엘리베이터 안에 있었다. 죽다 살아난 여배우는 노희경을 향해 악을 써댔다. 드라마 작가가 자기 드라마의 배우에게 달려들어 목을 조르다니. "연기를 제대로 하란 말이야!"라며 소리치던 작은 여자가 노희경, 놀라고 분한 눈으로 쏘아보던 여자는 〈거짓말〉의 주연 배종옥이었다. 엘리베이터 안에 함께 있던 윤여정도 깜짝 놀라긴 마찬가지, 방송가에서 일어나는 웬만한 일에는 눈길도 안 줄 만큼 산전수전 다 겪은 그녀였지만 이런 괴상한 광경은 처음이었다.

거짓말 같은 1998년. 미니시리즈 〈거짓말〉이 시청률과 관계없이 열혈 지지를 받았고, 윤여정이 '배종옥 목 졸린 사건'이라고 부르는 그 웃지 못할 일이 일어난 해. 지금도 방송가에서 기막힌 일로 회자되는 이 두 사건의 중심에 노희경이 있었다.

"그때 표민수 감독하고 한 얘기가 있었어요. 세상에 적응 안 되는 게 세 가지가 있는데 사랑, 뱀, 배종옥이라고."

만만치 않은 성격의 둘은 드라마 초반부터 만나기만 하면 시비가 붙기 일쑤였다. 〈거짓말〉의 '성우' 역은 원래 황신혜를 생각했다가 배종옥에게 넘어갔는데 도회적인 역할만 하던 그녀가 진지한 멜로 연기를 할 수 있을까 걱정도 되고 못 미덥기도 했던 것. 우는 연기를 할 때 안약을 넣지 말라고 했더니 황당해하던 그 얼굴도 잊을 수가 없다.

제작진과 배우들 모두 고군분투하며 이 드라마를 찍었다. 노희경은 밥도 못 먹고 링거를 맞으며 대본을 썼다. 원래 40킬로그램를 왔다 갔다 하는 그녀는 32킬로그램까지 살이 빠졌고, 주변에서는 이거 쓰다 죽지 않겠느냐고 했다. 배우들은 배우들대로 감정 지문이 유난히 많은 대본에 힘들고 낯설어 했다. 배종옥은 눈물이 너무 나서 머리가 아프다고, 이성재는 철학 개론을 보는 것 같다고 했다. 그러나 드라마 초반 머리를 쥐어뜯던 배우들이 횟수가 늘어 갈수록 인물에 몰입해 갔다. 예민하게 서로 상처를 주고받던 노희경과 배종옥의 관계도 변화하기 시작했다. 연기가 안 된다며 손가락을 물어뜯으며 고민하는 그녀가 이해되기 시작했고, 어느덧 마음을 터놓는 친구가 되었다.

"알고 보니 저랑 성격이 비슷했어요. 좋고 싫고가 확실한 반면 뒤끝이 없고 담백한 사람이더라고요."

지금은 절친이자 든든한 동료가 되었지만 그때는 이상하게 마주치면 불이 붙었다. 아마도 노희경에게는 배포가 맞는 상대를 알아보는 재주가 있었던 모양이다.

그렇게 시작한 〈거짓말〉 첫 방송. 시청자 게시판에는 언니 예뻐요, 재밌어요가 아닌, 작가 못지않은 글발로 써 내려간 진지한 감상평들. 시청률이 지상 최고의 가치라고 믿던 방송사 간부들은 이 '거짓말' 같은 반응에 황당했다. 제작진 또한 어리둥절했다. 그러거나 말거나, 이 열혈 시청자들은 드라마가 끝난 그 밤부터 다음 주를 기다리며 그들만의 리그를 계속했다. PC통신 채팅방으로 자리를 옮겨 못다 한 감상을 나누었고, 결국 최초로 공식 드라마 동호회를 결성하기에 이르게 된다. 이제는 역사 속으로 사라져 버린 PC통신 시절, 간 떨리는 통신 요금과 TV 수신기를 이용한 캡처의 불편에도 아랑곳하지 않고 그들은 종영 이후까지도 활동을 계속해 나갔다. 〈거짓말〉의 열기는 다음해 방영된 〈우리가 정말 사랑했을까〉(이하 우정사) 이후 더 거세졌는데, 〈우정사〉 동호회는 국내 각 지역에 지부를 두고 해외 지부까지 만들 만큼 맹렬한 활동을 펼쳤다. 그들이 이토록 열광했던 이유는 무엇일까. 드라마 작가 노희경은 누구인가.

"안으로만 향해 있던 시선을 끄집어내야만 했다. 사람들의 이야기를 보고 듣고 관심을 가지기 시작한 건 그래서였다. 내 안의 상처만큼, 남들도 꼭 그만큼의 아픔이 있을 거다, 자신만의 드라마가 있을 거다, 그녀는 세상에 귀를 기울이기 시작했다."

노희경은 1995년 베스트극장 단막극 〈세리와 수지〉로 데뷔, 특집극 〈세상에서 가장 아름다운 이별〉로 이름을 알렸다. 이후 〈내가 사는 이유〉로 미니시리즈에 데뷔하여 〈거짓말〉, 〈우리가 정말 사랑했을까〉를 거쳐 〈바보 같은 사랑〉으로 이른바 '금지된 사랑 3부작'을 이어 갔다. 〈화려한 시절〉, 〈꽃보다 아름다워〉 등으로 2000년대 초반까지 가족의 이야기를 계속 다루었고 〈굿바이 솔로〉와 〈그들이 사는 세상〉을 통해 젊은이들의 일과 사랑을 그렸다.

단막극과 특집극을 포함해 1년에 두 편 내외의 작업을 하는 그녀는 40퍼센트 이상의 소위 '대박' 시청률을 낸 적이 없다. 그러나 늘 그녀의 새 드라마는 화제가 된다. 뛰어난 작가들이 그러하듯 노희경 역시 자신만의 독특한 화법으로 뻔한 소재를 뻔하지 않게 풀어낸다. 무엇보다 그녀는 드라마를 위한 신세계를 창조하지 않는다. 세상 속에 이미 존재하는 드라마 같은 순간을, 드라마 같은 정서를 표현해 낸다.

작가 스스로는 '살아 내기의 팍팍함'이라고 표현하는 이 정서는 드라마 안에서 다양한 직업을 가진 사람들에 의해 드러나는데 술집 작부, 깡패, 봉제 공장 재단사 등에서부터 배우, 의사, 방송국 간부에 이르기까지 광범위한 계층을 망라한다. 잘살든 못살든, 젊든 늙었든 간에 그들은 모두 치열하게 일을 하고 사랑을 하며 살아가고 있다. 그들에겐 드러내 놓은, 혹은 숨겨 놓은 상처가 있다. 그리고 주변 사람들로부터 위로를 받고 성숙해진다.

재미있는 것은 그들을 성장하게 만드는 주변 사람들 역시 같은 방식으로 자신의 상처를 치유한다는 점이다. '나는 아니지만 너는 그럴 수 있겠구나'라며 서로를 위로하고 어루만진다. 그리하여 이를 바라보는 시청자들로 하여금 자신과 이웃을 한 번쯤 되돌아보게 만든다. 이것이 그녀의 드라마의 특징이고, 작가 노희경의 진짜 재주다.

화려한 시절

1993년의 겨울, 그녀는 마포 본가에서 나와 불광동의 반지하방에 살고 있었다. 대학 졸업 후 봉제 공장, 포장마차를 거쳐 출판사에 근무한지 7년, 더 이상은 미룰 수 없겠다 싶어 회사를 그만두고 작가 교육원에 등록했지만 등록비 60만 원이 없어 은행 대출을 받아야 했다. 일주일 용돈 2만 원으로 여의도를 오가며 수업이 끝나면 누가 부를세라 집으로 달려가기 바빴던, 유일한 여가는 책 몇 권과 비디오 빌려 보기가 전부였던 그때.

"뭐 하나 되는 일이 없었어요. 글을 썼지만 엉망이라는 소리만 듣고, 지독한 연애를 한 후에 상처만 남았지요. 평생을 착하게 살아온 엄마는 암에 걸렸다는 통보를 받고……."

드라마를 쓰고 싶었지만 두려웠다. 내가 세상에 할 말이 있을까, 인간을 제대로 알고 있을까, 하는 질문을 하루에도 수십 번 되뇌었다. 풀리지 않는 의문들, 사회 부적응자일지도 모른다는 자책, 시도 때도 없이 터지는 눈물, 오지게도 추운 반지하방의 구들장…… 노희경은 자신의 20대를 그렇게 생생한 촉감으로 기억한다.

항상 배가 고팠지만 글을 쓴다고 생각하니 별로 서러운 일은 아니었다. 현실이 처절할수록 창작에 대한 욕구는 거세졌다. 대학 시절 시와 소설을 썼지만 드라마는 훨씬 어렵게 느껴졌다. 안으로만 향해 있던 시선을 끄집어내야만 했다. 사람들의 이야기를 보고 듣고 관심을 가지기 시작한 건 그래서였다. 내 안의 상처만큼, 남들도 꼭 그만큼의 아픔이 있을 거다, 자신만의 드라마가 있을 거다, 그녀는 세상에 귀를 기울이기 시작했다. 동네에서 만나는 사람들, 구멍가게 앞의 풍경, 그런 것들이 서서히 드라마 속으로 들어왔다. 가난한 동네에는 소재거리가 많았다. 골목에서는 늘 싸움이 벌어졌고, 남자들은 쩨쩨했으며, 여자들은 극악하게 덤벼들었다. 그리고 나이 든 사람들은 이 모든 것을 감싸 주었다. 이때 달동네에서 보고 들은 경험들은 이후 〈내가 사는 이유〉, 〈화려한 시절〉 등의 배경이 되었다.

출판사를 그만두고 2년, 그녀는 단막극 〈세리와 수지〉로 꿈에 그리던 작가가 되었다. 짧은 투병 생활을 마치고 엄마는 돌아가신 후였고, 아버지와는 아직 화해를 하지 못하고 있던 터라 기쁨보다는 서글픔이 먼저 밀려왔다. 작가가 되겠다던 딸이 작가가 되는 걸 끝내 보지 못하고 세상을 떠난 엄마를 마음에서 내려놓을 수가 없었고, 부모가 자식에게 한이 될 수도 있다는 걸 그때 알았다. 어머니 이야기를 드라마로 쓰고 싶었던 건 그 한을 풀기 위한 작업이었는지도 모른다. 마침 MBC에서 창사특집극을 준비하고 있었고, 그녀에게 일이 맡겨졌다.

"처음에 방송사에서 요구한 건 '아버지 이야기'였어요 어머니 이야기를 하겠다고 고집을 부렸더니 그럼 하지 말라고 하더군요."

마땅한 작가를 찾지 못했는지 며칠 후 다시 의뢰가 들어왔고, 그녀는 보름 만에 4부작 〈세상에서 가장 아름다운 이별〉을 완성했다. 대본을 본 배우들은 '경악스럽다'라는 표현을 했다. 나이 서른의 작가가 어떻게 이런 표현을 할 수 있었을까, 그녀에게 한으로 남은 엄마는 어떤 사람이었을까.

노희경의 작품을 유심히 본 사람이라면 그녀의 드라마 안에서 엄마는 꼭 '엄마'로 부른다는 것을, 아버지는 아빠가 아닌 '아버지'로 부른다는 것을 알 수 있다. 보통 그 '엄마'들은 순하고 마음이 여리고, 그 '아버지'들은 아내에게 무심하거나 바람둥이 혹은 철없는 가장이다. 그녀의 대표작 중 하나인 〈꽃보다 아름다워〉에는 이런 가족사가 고스란히 반영되어 있다.

극 중 영자는 길가에 핀 꽃 한 송이에 감동하는 한없이 순하고 정 많은 여자다. 그런데 지랄 맞은 세상이 그녀를 가만 놔두지 않는다. 평생 정 안 주던 남편은 '니가 여자냐?'며 기어이 딴 집 살림을 차려 나갔고, 성질 못돼먹은 큰딸은 이혼해서 친정에 들어앉았다. 똑 부러져 걱정 안 끼치던 둘째딸은 유부남이 좋다고 지 엄마 가슴에 대못 박는 소릴 하고, 아들 하나 있는 건 구치소를 들락거린다. 어찌 저리 살까 싶은데 살다 보니 아픈 줄도 모르겠고 가끔은 웃을 일도 있다. 어눌한 말투에 모자란 듯한 영자는 노희경의 어머니를 많이 닮았다.

이 드라마의 원래 제목이 '울엄마는 바보'였다는 걸 아는 사람은 몇 되지 않는다. 바람둥이 아버지에게 온갖 구박을 받으면서 무지랭이 노인이 되어 갔던, 환갑도 넘기지 못하고 암에 걸려 세상을 떠난 엄마.

살아 있는 동안 자신을 이해하지 못했던 못난 딸에게 뒤늦게 연민을 안겨 주고 떠난 엄마를 그녀는 〈세상에서 가장 아름다운 이별〉의 인희로, 〈꽃보다 아름다워〉의 영자로 그려 냈다. 그렇게 조금씩 마음속에서 엄마를 내려놓을 수 있었다. 그러나 남은 숙제가 있었다. 아버지와의 화해였다.

젊은 시절 아버지는 가족을 나 몰라라 하고 여러 차례 딴 살림을 차렸고, 엄마 아닌 이에게서 자식도 보았다. 겨울이면 왕처럼 방 안에서 세수를 하고 면도를 했고 혼자만 몰래 영양제를 챙겨 먹는 사람이었다. 드라마 〈내가 사는 이유〉의 극 중 아버지는 집에 올 때마다 피곤하다며 약봉지를 들고 오는데 걱정이 된 엄마가 약국에 가서 알아보자 전부 영양제인 것으로 밝혀진다. 그녀는 유년 시절부터 줄곧 아버지를 죽기 살기로 미워했는데, 인생이 드라마 같은지라 엄마가 돌아가시고 난 후 폐암 선고를 받은 아버지를 자신이 모시게 되었다.

가방 두 개를 든 병든 아버지가 그녀의 집으로 들어오던 날부터, 수양 삼아 하던 백팔배를 세 배씩 늘려 가며 절을 했다. 그러나 수양은커녕 원망만 커졌고, 끓는 마음을 어쩌지 못하고 소리치며 울기가 수백 날, 드라마를 쓴답시고 사람들을 다 이해한다고 믿었던 자신이 부끄러워졌다. 아버지 한 사람도 받아들이지 못하는데, 속으로는 미워하면서 내키지 않는 병수발을 해봐야 자신을 속이는 일밖에 안 되겠다는 생각이 들었다. 그녀는 아버지를 이해하고 싶었다. 용서하고 싶었다. 그래서 두 사람은 함께 텃밭에서 함께 상추를 심고, 장미를 심었다. 말없이 차를 마시고, 마침내 어색하게나마 손을 잡을 수 있게 되었다. 그리고 어느 날 아버지는 느닷없는 고백으로 마지막 남은 한 줌의 미움마저 가시게 했다. "나는 살면서 해볼 것은 다 해봤다, 단 하나 못 해본 건 너희들에게 잘해 주지 못한 거다." 이 말을 마지막으로 아버지는 눈을 감았다. 3년 반의 투병 생활, 처음으로 아버지를 소재로 쓴 드라마 〈기적〉이 첫 방송 되던 2006년 12월 9일의 일이었다.

〈화려한 시절〉에서 철진은 좋아하는 여자인 연실에게 이렇게 말한다. "난 하늘에 맹세하고 가족하고 널 선택하라면, 가족을 선택한다. 남녀는 좋을 땐 좋고, 싫을 땐 싫지만, 가족은 그런 게 아냐. 막말로 부부는 살다 찢어지면 남이지만, 찢어질래야 찢어질 수도 없는 게 가족이야! 알어?"

그녀에게 가족은 그런 의미다. 연인끼리 입 맞추고 손잡고 하는 것도 좋지만 부모 형제와 같이 뒹굴고 웃는 행복도 참 좋다고, 그런 기억들은 오랫동안 잊히지 않는다고 말한다. 무슨 짓을 해도 이해하고 용서가 되는 가족이기에, 가족과 함께한 어려웠던 시절은 아픔이라기보다 그리움으로 남는다.

콤비 플레이

그날을 잊을 수 있을까, 〈바보 같은 사랑〉 첫 회가 드라마 역사상 가장 낮은 시청률을 기록하던 날, 애국가보다 낮다는, 잊을 수도 없는 숫자 1.6, 시청률에 초연해지자고 다짐했던 그였지만 그날만큼은 서글픈 마음을 감출 수가 없었다.

시청률 블랙홀, 노희경을 지겹게 따라다니는 수식어다. 이번에도 대진운이 좋지 않았다. 국민 드라마로 칭송받는 〈허준〉이 동시간대에 방영되고 있었다. 자신을 믿고 편성해 준 방송사에 면목이 없었고, 밤을 새워 토론하던 표 감독의 얼굴이 떠올랐다. 지금쯤은 출근해서 시청률을 확인했을 터이고, 아마 잠시 후면 전화가 걸려와 위로를 건넬 것이다. 그리고 이번에도 두 사람 모두 누구를 원망하지도, 탓하지도 않을 것이다. 작가와 감독은 성공과 실패를 나란히 짊어져야 하는 사람들이라는 것을 너무도 잘 알기 때문이다.

노희경과 표민수, 지금까지 여섯 작품을 함께하면서 수도 없이 밤을 지샜고 수도 없이 부둥켜안고 눈물을 쏟은 사이, 같이 작품을 할 때나 하지 않을 때나 서로를 지지하는 열렬한 팬이자, 때로는 혹독하게 지적을 해 주는 무시무시한(?) 관계이기도 하다. 서로를 '아저씨'와 '희경씨'로 부르며 숱하게 애인이 아니냐는 오해를 받았던 사이. 이제는 너무도 유명해진, 작가와 PD 콤비의 대명사로 불리는 이름.

"노희경에게 드라마 현장은 재미있는 놀이터다. 작가가 그려 놓은 캐릭터에 색칠을 하고 살아 움직이게 하는 그곳에는 가족보다 자주 만나고, 애인보다 의리 있는 동료들이 있다."

두 사람이 처음 만난 것은 1996년, 나문희 선생의 소개였다. 노희경
은 표민수의 첫인상을 이렇게 기억한다.

"너무 깔끔해서 나랑은 안 어울릴 것 같았어요 그런데 입을 열자마
자 경상도 사투리가 쏟아져 나와서 안심했죠. 알고 보니 수다스런 사람
이었어요."

까랑까랑하던 노희경에 비해 표민수는 조곤조곤하게 제 할 말을 다
하는 스타일이었다. 둘 다 갓 데뷔한 신인이었고 젊었기에 그들은 금세
의기투합했다. 처음 만나서 차 한 잔을 앞에 두고 무려 여섯 시간을 이
야기했는데 이 이야기는 다음 해 〈아직은 사랑할 시간〉이라는 단막극
으로 제작되었다. 이후에도 두 사람은 공원에서, 거리에서, 카페에서,
만나기만 하면 몇 시간이고 말을 쏟아냈다. 〈바보 같은 사랑〉 때는 결
말에서 상우를 옥희에게 보내야 할지, 영숙에게 보내야할지를 놓고 불
꽃 튀는 논쟁을 벌였고, 〈거짓말〉 때는 '유부남을 만나서는 안 되는 세
가지 이유'를, 〈고독〉 때는 '죽음을 이기는 세 가지 방법'을 놓고 입에
침이 마를 때까지 토론을 했다. 이야기하다 보면 해가 뜨고 사람들이
출근하는 모습을 보며 헤어진 것도 몇 번이었다. 대본도 쓰고 삶에 대
한 진지한 고민도 함께 했으니, 그녀에게는 이런 파트너가 있다는 것이
얼마나 든든했는지 모른다.

운 좋게도 노희경은 지금까지 줄곧 좋은 감독들을 만났다. 표민수는
물론이고 함께 작업한 이들은 겸손하고 따뜻한 사람들이었다. 그들은
작가와 감독이 사람 위에 군림하거나 가르치려 들지 않고, 시청자의 입

장에서 똑같이 고민할 때 좋은 드라마가 나온다는 것을 알고 있었다. 방구석에 있는 작가는 평면적일 수밖에 없다고, 그걸 입체적으로 살리는 것은 배우와 스태프들의 몫이라고 노희경은 말한다. 그들이 작가와 감독의 정신과 육체를 대변하는 사람들이고, 드라마는 이들의 성실한 플레이로 결실을 맺는 아름다운 작업이라고.

〈그들이 사는 세상〉은 그런 의미에서 일종의 '헌사'와도 같은 작품이다. 2년간의 기획, 세 명의 인원이 6개월간 자료 조사를 거쳤고, 노희경 자신은 1년여를 현장에서 스태프들과 함께하며 취재를 했다. 죽기 전에 100퍼센트 완작을 하자는 바람도 이루어졌다. 촬영이 들어가기 전 16부작 원고를 완성했다.

드라마국을 배경으로 펼쳐지는 이야기, 라고밖에 설명을 할 수 없을 정도로 이 드라마는 뚜렷한 줄거리가 없다. 다만 감독과 작가, 스태프들, 배우들이 함께 드라마라는 공동의 목표를 향해 가는 '과정'이 있다. 극중 준영과 지오의 사랑이 큰 줄기를 이루고 있기는 하지만 그 역시 드라마 제작 현장을 벗어나지 않는다. 한마디로 '드라마의, 드라마에 의한, 드라마를 위한' 드라마가 바로 〈그들이 사는 세상〉이다.

함께 일하는 동료에 대한 그녀의 애정 어린 시선은 드라마 안에서 등장인물들을 대하는 방식에서도 느껴진다. 〈굿바이 솔로〉 이후 두 번째로 다중 스토리 구조를 택한 이 드라마에는 여러 주·조연들이 분량을 골고루 나누어 차지하고 있다. 자칫 산만해질 수도 있는 복잡한 스토리 구조는 극 중 제작되는 드라마를 매개로 정교하게 짜여져, 적절하게 극의 긴장과 재미를 만들어 낸다.

50여 명의 배우들과 70여 명의 스태프들, 124일의 촬영, 〈그들이 사는 세상〉을 함께하는 동안 '그들'은 이번에도 멋진 플레이를 보여 주었다. 현장에서 넘어지고 구르며 결과에 상관없이 자기 인생의 드라마를 만들어 갔다. 이 드라마를 통해 어떤 이는 데뷔를 하고, 누군가는 연애를 하고, 또 어떤 이는 취직을 했을 것이다. 작가 노희경은 비록 시청률이라는 벽 앞에서 또 한 번 쓰디쓴 고배를 마셨을지언정(평균 시청률 6퍼센트를 기록했다) 또 다시 털고 일어나 새로운 작품을 준비할 것이다.

노희경에게 드라마 현장은 재미있는 놀이터다. 작가가 그려 놓은 캐릭터에 색칠을 하고 살아 움직이게 하는 그곳에는 가족보다 자주 만나고, 애인보다 의리 있는 동료들이 있다. 〈그들이 사는 세상〉은 그 고마운 드라마에 대한 수줍은 연서이자, 함께 뛰어 주는 동료들에 대한 열렬한 찬가다.

드라마, 위대한 밥벌이

'문 씨 아저씨 앉아 있다', '할머니 상추 뜯는다.'

그녀는 이런 표현을 좋아하고 자주 쓴다. 지문으로만 써 놓으면 재미없고, 연기로 봐야 맛이 난다. 나이 든 배우들이 저 단순한 지문을 기가 막히게 표현할 때, 탁 하고 무릎을 친다. 구부정한 자세로도, 짧은 한숨 한 번으로도 서글퍼지고 짠해지게 만드는 내공이 노배우들에게는 있다.

스무 편 내외의 드라마를 하면서 수백 명의 캐릭터들과 만나고 헤어졌다는 노희경, 그중에서도 제일 좋아하는 캐릭터는 할머니들이란다. 〈내가 사는 이유〉의 바보 할머니 숙자나 욕쟁이 할머니를 특히 좋아하는데, 아무하고나 붙여 놔도 그림이 되고 몰입하게 된다고. 대사가 많지 않아도 맛깔나고 자연스럽게 쳐 주시는 그분들을 보면 고개가 절로 숙여진다. 〈거짓말〉의 성우도, 〈세상에서 가장 아름다운 이별〉의 인희도 너무 좋다는 그녀는 모든 캐릭터가 다 기억에 남는다. 작품을 할 때면 캐릭터에 대한 과도한 애정 때문에 곤욕을 치르는데, 이는 아마 드라마 작가의 숙명 같은 직업병일지도 모른다.

"재호야 잘 잤니? 신영이 밥 먹었어?"

〈우정사〉를 집필할 당시, 아침에 일어나 제일 먼저 하는 일은 재호와 신영에게 인사를 건네는 일이었다. 책상머리에 붙여 놓은 재호와 신영의 사진 앞에서 대화를 하고 밥을 먹는 그녀를 주변에서는 정신 나간 사람으로 볼 정도였다고.

〈굿바이 솔로〉를 끝내고 나서는 또 어떤가, 밥을 먹는데 사람들이 '미영이 할머니처럼 먹는다'고 해서 웃었더니 '민호처럼 웃는다'고 했다. 극중 미영 할머니가 죄지은 사람마냥 밥을 먹는 모습이나 민호가 아이처럼 웃는 모습이 자신에게 고스란히 옮겨져 있었던 까닭이다. 작품을 끝내고 한동안은 주인공들의 환영이 따라다니고, 육체적으로는

편해졌지만 정신적으로는 여전히 헤어 나오지 못하는 것을 보면서 그
녀는 드라마 작가가 얼마나 힘든 직업인가를 매번 느낀다.

"〈그들이 사는 세상〉에서 지오는 드라마를 살풀이로, 규호
는 성공의 기반으로, 준영은 세상에서 가장 재미있는 놀이
로 생각한다. 노희경에게 드라마는 그녀가 사는 세상이다."

　노희경은 아침부터 저녁까지 여덟 시간 정도 글을 쓴다. 노동자의 근
무 시간 여덟 시간을 지키고, 규칙적으로 글을 쓰려고 노력한다. 호떡
장수가 호떡을 매일 굽듯이 하루도 빠지지 않고 글을 쓰면 누구든 작
가가 될 수 있다고 그는 생각한다. 재주 없던 자신도 해냈으니 누구든
할 수 있다고, 재능보다 노력을 믿어야 한다고 말한다. 하루에 한 시간
도 글을 쓰지 않으면서 작가가 되고 싶다고 말하면 안 된다. 생각만 하
지 말고 일단 써야 된다, 시작하면 끝이 나고 쓰다 보면 는다고, 글쓰
기도 밥 먹듯이 매일 해야 된다고 생각한다.
　"제 글이 안 좋다면 제 삶에 문제가 있는 거 같다고 반성해요. 삶이
고스란히 드라마에 묻어나게 되니까 말입니다."
　자극적인 드라마보다는 순한 된장국 같은 드라마가 좋다는 그녀는
다시 태어나도 드라마 작가를 할 거라고 망설임 없이 말한다. '사람만
이 답이다'라고 생각하는 그녀가 끊임없이 가족을, 이웃을, 다른 이들
을 사랑하는 방법을 찾게 해 주는 통로가 바로 드라마이기 때문이다.

"누가 돈 받고 이렇게 사랑에 관해 고민을 해보겠어요. 드라마로 인생도 배우고 밥도 먹고 사니 이보다 더 좋은 일이 없지요."

세상에서 밥이 제일 신성하다는 노희경, 허허실실 웃으며 이야기하지만 농담이 아니다. 지독히 가난한 시절을 보냈던 그녀는 한 끼의 소중함을 누구보다 잘 알기 때문이다.

그녀는 종종 거리에서 모금을 한다. 멋쩍고 무안할 만도 한데 관심마저 인색한 사람들에게 생글생글 웃기도 잘 웃고 인사도 잘 한다. 모금함과 전단지를 두 팔로 끌어안고 비오는 거리에서 우산도 못 받치고 서서 그래도 좋다고 웃는다. 그녀는 제3세계 아이들과 북한 어린이들을 돕는 구호단체 JTS에 소속되어 있다.

노희경이 이런 활동을 여러 해 동안 해 오고 있다는 것을 아는 사람은 많지 않다. 에세이며 대본집이며 여러 권의 책들을 출판하는 것도, 인터넷에 연재 소설을 올리는 것도, 배고픔에 고통받는 아이들에게 작은 보탬이라도 될까 해서 시작된 일이라는 것을. 인세의 전부 또는 일부가 기부되고, 인도며 필리핀의 오지 마을에 구호 활동을 다닌다는 사실을 말이다. 글이나 쓰지 체면 없게 거리에서 사진이나 찍고 책이나 판다고 눈 흘기며 보는 사람들도 있고, 만나서 술이나 마시며 시간을 보내느니 잘됐다며 봉사에 동참하는 이들도 있다. 어느 쪽이든 고맙다. 작가라는 직업을 고상하게 대접해 주는 세상에 고맙고, 기꺼이 자신의 시간과 노력을 내 주는 사람들의 마음에 고맙다. 그리고 무엇보다 자신이 누군가에게 도움이 되는 사람이라는 것에 고맙다.

"오지 마을에 우리가 뭘 보내 주면 아이들이 좋아서 춤을 막 춰요. 근데 그게 불쌍해 보이지 않고 너무 이뻐요."

더 춤추게 해 주고 싶고, 더 웃게 해 주고 싶다는 노희경, 배고파 본 사람이 먹었을 때의 행복을 더 절절히 안다. 밥의 신성함을 알기에 그녀는 '나 같은 사람도 밥 먹고 살게 해 주는' 드라마가 그래서 더없이 고맙다.

〈그들이 사는 세상〉에서 지오는 드라마를 살풀이로, 규호는 성공의 기반으로, 준영은 세상에서 가장 재미있는 놀이로 생각한다. 노희경에게 드라마는 그녀가 사는 세상이다. 그녀는 사랑할 때는 성우(〈거짓말〉)처럼 머뭇거렸고 이별 앞에서는 미리(〈굿바이 솔로〉)처럼 저돌적이었다. 엄마를 보고 가슴이 무너지는 미옥(〈꽃보다 아름다워〉)이자, 아버지를 이해하지 못했던 지오(〈그들이 사는 세상〉)이기도 했다. 드라마 때문에 아팠고 서러웠지만 또 드라마는 그녀를 살게 했다. 엄마에 대한 연민을 놓게 해 준 것도, 아버지와 화해하게 해 준 것도 드라마였으며 그녀의 이름을 알려지게 된 것 역시 드라마 덕분이었다.

노희경이 사는 그 드라마 속 풍경은 어떨까. 그곳에는 고뇌하는 청춘들과 욕쟁이 할머니와 철없는 아버지, 모든 걸 다 감싸 주는 엄마가 있다. 죄 없이 고개 숙인 동성애자도, 하루하루가 불안한 건달과 술집 작부도 있다. 그들은 매일같이 싸운다. 자신과, 사람들과, 세상과 싸우고 상처를 입는다. 사람 때문에 상처를 받지만 또 사람 때문에 위로를 받는다. 사랑도 인생도 마음대로 되지 않지만 그래도 희망은 있고, 감싸 주고 편들어 주는 가족이 있으니 아직은 살 만한 것도 같다. 어디로 가는지는 모르지만 열심히 살다 보면 뭔가 답이 나올지도 모른다. 그대들은 아는가? 모든 드라마의 끝은 해피엔드다.

박계옥

데뷔: 삼성 시나리오 공모 〈너무 많이 본 사내 이야기〉(1995)
주요 작품: 줄리엣의 남자(2004) 건빵선생과 별사탕(2005) 투명인간 최장수(2006) 카인과 아벨(2009) 천하무적 이평강(2009)

취재 및 집필
임현숙

나는 드라마가 참 좋다

"그 사람 욕하지 마, 언니. 오늘까지만 울면 돼. 오늘까지만
울고 내일부터 안 울 거야. 우리 장수 씨 데리고 와야 하니
까. 오늘까지만……."

_드라마 〈투명인간 최장수〉 중에서

늙정이.

국어사전을 펼쳐 놓고 보고 있던 그의 눈에 단어 하나가 비집고 들
어왔다. 노인을 낮춰 부르는 속어다. 흥미로운 놀이를 발견한 것처럼
눈이 번쩍 뜨였다. 그는 한참을 생각하다 '늙정이'라는 단어에 대해 떠
오르는 영감을 시로 써서 숙제로 제출했다. 중학교 2학년 때였다. 시
를 쓴 이유는 국어 선생님의 독특한 채점 방법 때문이었다. 선생님은
아무리 시험을 잘 봐도 최고 점수는 90점 이상을 주지 않았다. 나머지

10점은 작문 노트를 제출해서 점수를 받게 되었다. 작문 노트에 기행문이나 시를 쓰게 했다. 선생님은 그 작문 노트를 한 달에 한 번 검사했다.

그의 시를 본 국어 선생님이 시를 써 보라고 했다. 그때까지 시에 대한, 아니 시인에 대한 아무런 흥미와 동경을 품어 본 적이 없던 그로서는 생경한 칭찬이었다.

"시요?"

선생님의 입에서 나온 '시'라는 단어는 참으로 서늘하고 가슴 떨리는 말이었다. 드라마 작가 박계옥의 학생 시절 이야기다.

박계옥. 이름만 들으면 여자의 이미지가 물씬 풍기는, 한때 위키 인물 백과사전에 여자 작가로 표기된 적도 있었던, 그러나 분명 주민등록 뒷자리의 첫 숫자가 '1'로 시작하는, 누구보다 같은 남자의 마음을 잘 아는, 남자 이야기를 구구절절 잘 쓰는, 그는 대한민국에 많지 않은 남자 드라마 작가 가운데 한 명이다.

그는 자신을 초등학교 6학년 때까지 혼자 운동화 끈도 잘 매지 못했던 '늦깎이'라고 말한다. 8남매 중 막내이다. 누나에게 등짝을 맞아 가며 운동화 끈을 매는 것을 배웠지만 늘 서투르고 허술했다. 그래도 운동과 싸움질은 다른 사내아이들에게 지지 않았다. 기죽고 자존심 상하는 일을 견디지 못하는 그의 성격 탓이었다.

그의 유년 시절은 집에 운전기사를 둘 정도로 유복했다. 많은 형제, 부모님이 직접 키운 소나무로 지은 한옥, 그리고 엄한 아버지가 그가 떠올리는 유년의 기억이다. 전주에서 고등학교까지 마치고 서울에 있는 대학에 원서를 넣었다. 자신의 실력보다 조금 높은 학교를 지망하고 떨어졌다. 재수를 하기로 결심하고 서울로 올라왔다. 처음으로 상경한 것이다.

재수 생활 1년 동안 새로운 서울 친구들을 사귀었다. 여기에서도 사람 좋아하는 그의 성격이 드러난다. 샌님처럼 공부만 하는 친구부터 나쁜 짓만 골라하는 악동들까지 가리지 않고 사귀었다. 경계 없이 사람을 사귀고 어울리는 그의 '사람 좋아함'은 고등학교 때도 마찬가지였다. 전교 1등 하는 친구부터 전국 꼴찌 수준의 친구, 권투를 하는 터프한 친구, 자존심 강한 친구, 부끄럼을 잘 타는 친구까지 모두 아홉 명이 똘똘 뭉쳐 의리를 과시했다. 공통점이 없으면서도 묘하게 잘 어울리던 친구들이었다. 만남은 마흔이 넘은 지금도 이어지고 있다. 가끔 그의 시나리오에 불쑥불쑥 고개를 내밀고 들어와 '한 인물'로 자리하는 친구들도 있다.

1년 재수 끝에, 동국대학교 국어국문학과에 원서를 넣겠다고 하자 어머니는 시큰둥하게 반응했다. 힘들게 재수해서 국어 선생님이나 하려는 막내아들이 못마땅한 표정이었다. 낙방한 대학이나 그보다 더 좋은 학교에 가기를 기대했던 것이다. 고등학교 때부터 사고뭉치였던 그를 어머니는 '부끄러운 자식'이라고 몰아세웠다. 형들처럼 상대를 나와 사업을 하든지 대기업에 들어가라고 말했다. 그런 어머니에게 사실 시를 쓰고 싶어 국문과에 간다는 말은 입 밖에도 내지 못했다. 국어 선생님도 성에 안 차는데 시인이 되겠다고 말하면 대학 진학이고 뭐고 당장 보따리 싸라는 불호령이 떨어질 것 같았다. 문득 아버지의 근엄한 얼굴이 떠올랐다. 아버지가 살아계셨다면 어떤 반응이었을까, 궁금했다.

그의 아버지는 그가 고3 때 돌아가셨다. 어머니는 아버지를 떠올릴 때마다 자식 네 명을 합쳐도 아버지 하나만 못하다고 종종 말했다. 아버지는 엄하고 원칙을 중요시하는 사람이었다. 성품이 강직하고 예의를 중요시했다. 그런 아버지 앞에서 그는 늘 무릎을 꿇고 앉았다. 가끔 친구들이 집에 찾아오면 성이 뭔지 묻고 본과 파를 따져 물었다. 그런 질문을 받은 친구들은 삐질삐질 땀을 흘렸고 이를 지켜보던 그는 곤혹스러웠다. 그러나 이런 아버지 덕에 친구들과 나쁜 짓을 하다가도 이내 마음을 고쳐먹고 제자리로 돌아왔다. 등 뒤에서 아버지가 자신을 지켜보고 있다는 생각이 늘 그를 긴장시켰다. 그에게 아버지는 보이지 않는 단단한 울타리였는지도 모른다.

동국대학교 국어국문학과 89학번인 그는 대학 시절을 회상할 때면 시와 술, 그리고 학우들과 치열하게 문학에 대해 토론을 벌이던 열정의 시간들이 먼저 떠오른다. 시에 미쳐 200여 편의 시를 줄줄 외우고 다니던 시절이었다. 노동자도 시를 쓰던 시절, 언제부턴가 학생의 신분으로 시를 쓴다는 게 마치 다다를 수 없는 거대한 무엇인가를 흉내 내고 있다는 자괴감으로 다가왔다. 88 서울 올림픽이라는 거대한 잔치를 치

른 한국은 화려하게 변해 갔지만 그의 내면은 혼란으로 가득했고 미래
는 불투명하게 느껴졌다. 습작생인 그는 문학에 대한 회의로 우울한 나
날을 보냈다. 그런 그가 영화에 눈을 돌린 것은 군 복무를 하던 때였다.

흑백 무성영화를 보던 그의 눈에 비친 영화의 마지막 장면이 섬광처
럼 뇌리에 박혀 들었다. 필름에 틴팅을 입혀 사회주의를 상징하는 국기
가 조금씩 붉게 물들어 가는 장면이었다. 이상하게 시에서 멀어져 가던
마음이 걷잡을 수 없이 영화 쪽으로 쏠렸다. 숨죽이고 본 영화 한 편이
새로운 세계로 들어가는 설레는 문처럼 그 앞에서 빗장을 풀어헤친 것
이었다. 문학에 품었던 열정과 순수가 '영상'이라는 매체를 만나 겁 없
이 흘러갔다.

대학을 졸업해 국어 교사라도 하기를 기대했던 어머니께 영화를 하
고 싶다는 말이 쉽게 떨어지지 않았지만 고백하고 말았다. 어머니는 그
의 용돈을 끊는 것으로 대답을 대신했다. 그는 과감하게 휴학했다. 집
으로부터는 겨우 월세 방 얻을 돈을 받았다. 텔레비전을 하나 샀고 비
디오를 잔뜩 빌려 영화에 빠져들었다. 지독했다. 생활을 위해 신문을
돌렸다. 영화를 하겠다는 그를 사람 취급하지 않은 것은 친구들도 마찬
가지였다. 문학의 순수한 영역을 더럽혔다고 손가락질도 받았다. 넓은
의미에서 보면 같은 길을 걷는 것이라는 변명은 하기 싫었다. 등록금을
대겠다며 복학을 권한 친구가 있었다. 시에 대해 열정적으로 토론하던
친구였다. 그러나 그가 시를 포기하고 영화를 하기로 결심했다고 하자
친구는 그를 딴따라 취급했다. 그것도 모자라 술자리에서 그의 얼굴에

침을 뱉었다. 마치 변심한 애인에게 상처받은 표정으로 말이다. 그래도 분이 풀리지 않았는지 문학에 대한 순결을 짓밟았다고 그를 몰아세웠다.

"시나 소설, 드라마 작가나 영화 시나리오작가, 그들의 공통점은 모두 이야기꾼이라는 거야. 결국 네가 하고 싶은 얘기를 어떻게 잘 전달하느냐, 공감을 이끌어 내느냐의 문제 아니겠어?"

그는 스물여섯 살 때 〈너무 많이 본 사내 이야기〉로 1994년 캐치원 주최 시나리오 공모에 당선되었다. 상금으로 1,000만 원을 받았다. 제법 큰돈이었다. 좋아서 집에 전화했더니 형이 전화를 받았다. 그가 기대했던 축하의 말보다는 형은 영화하겠다는 동생을 걱정하는 말을 먼저 했다.

드라마보다는 시나리오작가로 처음 관객들과 인연을 맺은 그는 〈돈을 갖고 튀어라〉의 각색을 맡으면서 본격적으로 영화판에 뛰어들었다. 〈댄서의 순정〉(2005), 〈나두야 간다〉(2004), 〈휘파람 공주〉(2002), 〈행복한 장의사〉(1999), 〈투캅스 3〉(1998), 〈남자 이야기〉(1998), 〈짱〉(1998), 〈미스터 콘돔〉(1997), 〈박대박〉(1997), 〈스카이 닥터〉(1997), 〈깡패 수업〉(1996) 등이 그가 쓴 작품들이다. 1998년에 쓴 〈댄서의 순정〉은 우여곡절 끝에 2005년에 상영되었다.

80년대 이후로는 다작을 하는 작가가 많지 않은 충무로 현실을 보면 그는 분명 짧은 기간 동안 많은 작품을 발표한 운 좋은 시나리오작가다. 툭하면 뒤집고 엎어지는 영화판에서 그 많은 작품을 올리기는 쉽지 않았을 것이다.

빠른 데뷔, 운 좋은 작가라는 수식어가 늘 그를 따라다녔다. 그러나 그가 시나리오작가가 되기 위해서 보이지 않는 곳에서 얼마나 노력하고 공부했는지 아는 사람은 그리 많지 않다. 그는 대학 시절 영화 동아리인 '디딤돌' 회원이었고 대학교를 졸업한 후에는 영상작가 전문교육원에 다녔다. 그때 쓴 습작 시나리오를 들고 일일이 영화사들을 찾아다니며 프로듀서와 감독들에게 작품을 보이는 열성도 마다하지 않았다.

누가 그에게 인생의 황금기인 20대로 돌아가고 싶으냐고 묻는다면 그는 주저 없이 노, 라고 대답하겠다고 한다. 20대를 떠올리면 참혹한 기억뿐이기 때문이다. 마치 눈 오는 날 이리저리 뛰노는 강아지처럼, 자신이 무엇을 잘하는지, 무엇을 알고 있는지도 모른 채 쓰고 각색하고 미친 듯이 뛰어다니던 시절이었기 때문이다. 시나리오작가라고 말하기도 부끄러웠다. 충무로에서 시나리오작가의 위상이라는 것이 너무도 협소했을 때였다. 잘나가는 일급 작가가 작품 당 2,000만 원을 받고, 보통 수준이면 1,500만 원, 각색료는 500만 원 수준이었을 때였다. 1년에 한 편씩 올리기도 힘든 현실이었다. 그런 열악한 충무로의 작업 환경을 참지 못해 그는 툭하면 사람들과 부딪쳤다. 센 놈에게는 세고, 부당한 것은 그냥 지나치지 못하고, 군림하지 않는 그의 성격 탓이었다. 그는 주연들보다는 조연들과, 감독이나 연출가보다는 뒤에서 묵묵히 일하는 스태프들과 더 친했다. 결국 사람들은 그를 충무로 시나리오 작가 개런티 올리는 '피곤한 박계옥', '충무로 진상'이라고 불렀다.

그런 그가 드라마에 눈을 돌리기 시작했다. 자체 검열 수위가 높은 공중파 방송에 관심을 갖게 된 것은 우연이었다. 그의 영화와 시나리오 대본을 본 모 방송사 PD가 드라마를 한번 해보자는 제의로 시작된 일이었다. 2000년 〈줄리엣의 남자〉가 그의 첫 드라마 작품이다. 이후 이 드라마는 일본에서 소설로 출판되었다.

그는 이야기 속에 깡패, 트랜스젠더, 탈북자 같은 사람들의 이야기를 끌어들이길 마다하지 않는다. 소외된 자들에 대한 따뜻한 시선과 사람과 사람들 사이에서 경계가 없는 그의 성격 때문이다. 부당하고 비겁한 것을 견디지 못하는 그의 품성은 드라마 인물들에 그대로 투영되어 안방극장을 찾아간다. 폐암을 선고받은, 알츠하이머에 걸린 30대 가장 형사의 가족애를 그린 〈투명인간 최장수〉, 아버지로 인하여 두 형제의 운명이 달라지는 〈카인과 아벨〉을 보더라도 박계옥의 드라마 속 인물에는 그다지 악인다운 악인이 없다. 드라마 속 인물들에 대한 그의 고른 애정 때문이리라.

"날것 그대로를 표현하고 싶었죠."

마초 같은 남자 인물들의 등장에 대해 그가 하는 말이다.

일본을 시작으로 드라마 한류 열풍이 거세다. 우리 드라마가 한국 안방을 넘어 미국, 일본, 대만 등으로 퍼져 나간다는 사실을 생각해 보면

'문화 수출'이라는 말을 떠올리게 한다. 박계옥의 가장 최근에 SBS에서 방영된 20부작 미니시리즈 〈카인과 아벨〉도 일본을 선두로 지난 5월 스타 TV를 통해 대만 전역에서도 방영되었다. 드라마 한 편으로 촬영 장소가 명소가 되고, 드라마 속 주인공들의 사진이 찍힌 티셔츠들과 기념품들은 불타나게 팔렸다. 명대사들은 사람들의 입에 오래 회자되고, OST는 히트곡이 되었다. 하나의 이야기가 드라마 한 편으로 끝나지 않고, 상품으로 또는 문화 전도사로 그 영역이 깊고 넓어진 것이다.

"영화는 관객이 적극적으로 개입해서 읽지만, 드라마는 오히려 조금은 관조적이라고 할 수 있지요. 훨씬 더 감정에 기대는 장르이고."

영화와 드라마를 넘나든 그의 말이다.

"영화와 드라마의 차이? 글쎄, 사람들마다 다르겠지만 제 생각으로는 영화는 하고 싶은 얘기를 하고, 드라마는 하고 싶지 않은 얘기까지 해야 하는 차이라고나 할까요? 한 인간의 바닥까지 들여다보는, 인성을 드러내기엔 드라마가 더 강하다는 생각입니다."

여기에 덧붙이자면, 영화가 사건을 중심으로 돌아간다면, 드라마는 감정의 움직임이 중심이 된다는 것이 그가 생각하는 드라마의 특성이다. 우선 드라마는 여자들이 주요 시청자들이다. 그러므로 같은 여성 드라마 작가들이 상대적으로 유리할 수밖에 없다.

그의 작업실은 수색에 위치해 있다. 북한산과 가깝다는 이유가 작업실을 그곳에 정한 이유 중에 하나이다. 자연경관을 보고 감흥을 느끼는 일보다 사람들과 부딪치며 일상을 기웃거리는 일에 더욱 흥미를 느끼는 그에게 산행은 색다른 즐거움이다.

작업실에서 한가한 시간이 생기면 배낭 하나를 둘러메고 산에 오른다. 그런 기회가 자주 오지는 않지만, 작업을 끝내고 산에 오르는 기쁨은 좋은 사람과 대화를 나누며 술을 마시는 기쁨에 못지않다. 장시간 의자에 앉아 컴퓨터 자판기만 두드리던 몸을 알싸한 산 공기가 품어 주면 다시 기운이 솟는다.

작업실로 향하던 그는 방향을 돌려 동네 재래시장으로 간다. 노인네들이 쪼그리고 앉아 볕을 쬐고 있는 문구점 앞을 지나 시장에 들어선다. 분주하게 움직이는 사람들의 표정을 살피고 평범한 사람들의 일상을 기웃거리는 일은 그의 오랜 버릇이다. 이야기로 가득한 그의 머릿속은 늘 분주하다. 걸으면서도 작품을 구상하고 생각을 정리하는 것이 언제부턴가 습관이 되었다.

드라마 대본 쓰는 것 말고 그가 관심을 갖고 잘하는 일이 또 있다. 요리다. 이 둘은 묘한 공통점이 있다. 창의력을 가지고 만들어 내고 그 결과물은 사람들을 즐겁게 해 준다는 것이다.

무슨 요리를 할까? 재래시장으로 향하는 그의 머릿속엔 요리 생각으로 가득하다. 작업실에 있는 보조 작가들을 위해 점심 준비를 할 생각이다. 음식 솜씨가 뛰어난 어머니 덕에 어깨 너머로 배운 요리가 이제 취미가 되었다. 웬만한 한식 요리는 다 할 줄 안다는 그는 요리가 글쓰기 못지않게 즐겁다. 그는 물 좋은 생선을 고르고 각종 야채를 잔뜩 사들고 작업실로 향한다. 시장에서 세세하게 물건을 고르는 그가 드라마 작가 박계옥이라는 것을 아는 사람은 없다.

> "주인공 직업이 의사면 드라마가 끝날 때까지 자신도 의사가 되고, 형사가 되면 형사로, 변호사가 되면 또 변호사의 마음으로 몇 개월을 보내게 되는 것이 드라마 작가의 생활이고 운명이라고 말한다."

작업실은 13층에 위치해 있다. 현관문을 열고 들어서자 회의용 테이블이 놓인 거실이 눈에 들어온다. 보조 작가 둘과 그가 머리를 맞대고 조사한 자료들을 분석하고 토론을 하는 장소다. 그는 가방을 내려놓기 무섭게 주방으로 향한다. 실내가 조용하다. 보조 작가 최와 권은 그가 왔는지도 모르고 각자의 방에서 일에 열중이다. 모든 집필은 그가 직접 하지만, 방대한 자료 조사는 보조 작가들의 몫이다. 다음 작품에 필요한 자료 조사를 맡긴 보조 작가들과 회의도 하고 서로의 의견을 교환하는 것이 그가 오늘 작업실을 찾아온 이유다.

수돗물을 소리 나지 않게 틀고 야채를 먼저 씻는다. 생선을 씻어 채반에 얹어 놓고 물기가 빠지길 기다린다. 싱싱한 쑥갓과 상추는 식초와 참기름, 그리고 간장을 넣어 버무리고 냉이는 된장을 풀어 국을 끓일 생각이다. 생선은 기름을 두른 프라이팬에 굽고 냉장고에 넣어 둔 밑반찬만 꺼내면 식사 준비는 다 마친 셈이다.

음식 냄새를 맡고 방에서 나온 보조 작가 최가 화들짝 놀란다.

"와, 냄새 죽이는데요."

최가 코를 벌름거린다. 그녀는 드라마 공모전에 당선되고 나서 보조 작가로 일한 지 1년이 되어 간다. 단막극이 사라지고 나서 공모에 당선된 신인 작가들의 운신의 폭이 대폭 줄었다. 분당 시청률까지 나오는 판에 경험도 없는 신예 작가에게 단독으로 드라마 각본을 맡긴다는 것은 제작사나 방송국 입장에서는 위험성이 높은 결정이기 때문이다. 시청자가 보는 드라마와 제작사나 방송국이 바라보는 드라마는 분명 큰 차이가 있다.

"권도 나오라고 해, 먹으면서 얘기하자."

그는 준비한 음식을 테이블위에 차려 놓는다. 자신이 봐도 제법 그럴싸하다.

"자장면이나 시켜 먹을까 했는데 웬 호강!"

권이 의자를 빼고 앉으며 젓가락을 든다.

"그래, 뭐 좀 있어?"

그는 궁금증을 참지 못하고 묻는다. 최와 권이 그의 말에 고개를 끄덕인다.

"역사적인 배경까지 들춰 봐야 해. 그 당시 나온 신문 기사도 좀 더 조사해서 보강해 보고."

그는 권과 최가 내민 자료들을 빠르게 훑어보면서 말한다.

숟가락을 놓기 무섭게 바로 그 자리에서 자료 분석에 관한 토론이 벌어진다. 드라마가 방영되기 2개월 전부터 촬영에 들어가는 것이 보통이다. 미리미리 준비해 놓지 않으면 자료를 분석할 여유가 없다.

"요즘 시청자들 무섭다고. 금방 밝혀져. 뭐든지 대강 조사하면 오히려 창피당해. 정보가 넘쳐 나는 이 시대에 슬쩍 겉만 핥는 식의 자료 조사로는 드라마가 빛나지 않는다는 얘기야."

그의 말에 최와 권이 고개를 끄덕인다.

"이번 드라마도 코믹하게 풀 건가요?"

권이 묻는다.

"겉만 코믹 코드지. 선배님 작품은 휴먼 드라마 쪽이야. 인간에 대한 따뜻함과 희망을 말하고 싶은, 맞죠?"

조금 오래 일을 같이 한 최가 그의 작품성을 다 알고 있다는 듯 말한다.

"아예 비평가로 나서라. 아무튼, 이번 작품은 한국 놈도 일본 놈도 아닌, 그 중간. 경계에 선 한 인물을 진솔하게 그리고 싶은 게 다야. 아웃사이더의 이야기지만 다큐로 풀지 않고 드라마로 푼다는 것을 잊지 말아야 해. 드라마니까 우선 재미있어야겠지. 시청자들에게 외면당하지 않으려면 말이야. 그 드라마를 어떻게 받아들이느냐, 그건 결국 시청자들의 몫이야."

요즘은 다음 작품에 필요한 자료를 모으고 분석하는 일에 정신이 없다. 리얼리티가 확보되지 않은 드라마는 색깔만 화려한 조화라고 믿는 그는 자료 수집에 공을 많이 들이는 편이다. 지난번 〈카인과 아벨〉을 준비할 때의 일이다.

그는 자료 수집으로도 성이 차지 않아 병원에서 3주 정도 수술의와 레지던트들과 같이 생활했다. 흰 가운을 입고 응급실에서 외과 수술실까지 드나들며 의사들의 생활을 바로 옆에서 지켜보았다. 그 덕에 열두 시간에 걸친 뇌 수술 장면도 하나도 빠트리지 않고 직접 보았다. 그때 처음으로 작가가 되길 잘했다는 생각이 들었다. 작가이기 때문에 전문 분야의 일을 바로 옆에서 생생히 지켜볼 수 있다는 사실에 고무되었다. 뭐든지 직접 부딪치고 겪고 느껴야지만 생생한 것을 전달할 수 있다고 믿는 그로서는 그리 놀라운 행보는 아니다. 그렇게 오랫동안 병원에서 의사들의 생활을 지켜본 그가 어느 날 자신도 모르게 환자들의 차트까지 읽는 모습을 발견하고 깜짝 놀랐다. 〈줄리엣의 남자〉를 준비할 때는 국제변호사 다섯 명과 회계사까지 끼고 공부했다. 자신이 맡은 분야에서는 프로가 되어야 한다는 정신으로 일에 임하는 그의 자세다. 주인공 직업이 의사면 드라마가 끝날 때까지 자신도 의사가 되고, 형사가 되면 형사로, 변호사가 되면 또 변호사의 마음으로 몇 개월을 보내게 되는 것이 드라마 작가의 생활이고 운명이라고 말한다.

그는 매력 있는 인물을 구상하기 위해 책을 뒤지고 여행을 하고 사람들을 만난다. 예전에 송기원 시인의 시 「마음 속 붉은 꽃잎」에 나오는 실존 인물인 '숙희'를 만나보기 위해 거문도까지 다녀온 일도 있다. 중국 인형처럼 예쁘다는 그 작부를 직접 만나보고 싶었다. 그러나 숙희는 만나지 못하고 그 주변에 있는 노래방, 술집, 다방을 돌아다니며 그곳에서 일하는 사람들을 만났다. 그들의 삶, 그들의 애환을 느껴보고 육화된 언어로 영상화해 생생하게 전달하고 싶은 마음 때문이었다.

여행할 때는 읽다가 내던진 책들을 집어 들고 떠난다. 활자 중독증 환자처럼 여행 내내 책을 손에 놓지 못한다. 읽어야만 뭔가 했다는 느낌이 들었기 때문이다. 영화도 해보았지만, 여전히 민감한 감성을 자극하는 건 영상보다는 활자다. 모든 이야기의 원형은 고전에 있다고 믿는 그에게 독서는 새로운 영감과 감성을 키우는 가장 좋은 방법이다. 이야기의 원형을 잘 알아야 변형도 가능하고 힘을 받는다. 이야기꾼의 책무 가운데 하나가 꾸준한 독서라고 그는 생각한다.

그는 문득 드라마 작가가 되고 싶다는 후배와 나누었던 대화를 생각한다. 이런 후배들의 연락을 받으면 자신의 데뷔 시절과 힘들었던 시간들이 떠올라 만남을 거절하지 못한다. 자신의 작은 경험에서 우러나온 충고 한마디가 그들에게 도움이 된다면 마다할 이유도 없다.

"시나 소설, 드라마 작가나 영화 시나리오작가, 그들의 공통점은 모두 이야기꾼이라는 거야. 결국 네가 하고 싶은 얘기를 어떻게 잘 전달하느냐, 공감을 이끌어 내느냐의 문제 아니겠어?"

그의 말을 듣고 있던 후배가 고개를 끄덕였다.

"새로운 드라마는 언제 시작해요?"

"곧."

"그럼 또 몇 달 선배 얼굴 보기 힘들겠네요."

"그래. 집필할 때는 전화도 끄고, 글 감옥에 기쁘게 간다. 미친 듯이 글이 풀어져 드라마 속 인물들과 함께 신나게 한바탕 노는 거지.
야, 벌써부터 신경 곤두선다.”
　그가 머리를 긁적대며 말했다.

　오후에 있을 제작사와의 미팅을 위해 그는 부지런히 주방을 정리하
고 나갈 차비를 한다. 앞으로 방영될 드라마를 두고 벌일 논의가 구체
적인 것들로 좁혀지고 있다. 드라마의 성공을 위해서 가장 기본이 되는
것은 물론 좋은 대본이지만, 역을 잘 소화해 내고 시청자들에게 어필할
수 있는 배역들을 선정하는 것도 좋은 대본 못지않게 중요한 일이다.
　드라마가 방영되고 종영될 때까지 드라마 작가는 시청률과 신경전을
벌일 수밖에 없다. 중간에 스토리가 바뀌는 것은 다반사고 예상하지 않
았던 것들을 더하기도 하고 빼기도 한다. 공중파 방송이니 시청자들의
댓글도 만만치 않게 신경을 거슬린다. 좋은 댓글이 올라오면 아무리 그
런 반응에 무심한 그도 기분이 좋아진다.
　제작사가 위치한 논현동을 향해 가는 택시 안에서 기사에게 묻는다.
　“요즘 기사님, 어떤 드라마 보세요?”
　“아, 내가 드라마 볼 시간은 없고, 집으로 들어가면 우리 집 마누라
가 드라마 본 이야기를 옆집에서 일어난 일처럼 얼마나 실감나게 얘기
해 주는지…….”
　그도 웃고 기사도 웃는다.
　택시가 어느새 골목을 빠져나와 속도를 내기 시작한다. 멀리 등 뒤로

북한산이 멀어져 간다.

사람들 사는 얘기를 통해 진정한 이 시대의 이야기꾼이 되고 싶은 그는 미친 듯이 글이 잘 풀려나갈 때의 기쁨이 다른 어느 것과 바꿀 수 없는 가장 귀한 것이라고 한다. 한 편의 드라마가 시대를 말하고 그 안에서 살아가는 인간 군상을 보여 준다는 것을 생각할 때 그는 자신이 참으로 멋진 직업을 가졌다고 자신 있게 말한다. 시인에서 시나리오작가, 그리고 드라마 작가로 변신한 그는 엉뚱하게 자신에게 만화를 그릴 수 있는 소질이 있었다면 분명 만화가가 되었을지도 모른다고 말한다. 그러나 그 무엇이 되었든, 그가 진정 하고 싶은 일은 사람들에게 자신이 만든 이야기를 들려주는 진정한 이야기꾼이다.

김도우

데뷔: SBS 창사 기념 극본 공모 〈삼십 세〉(1996)
주요 작품: 눈사람(2003) 내 이름은 김삼순(2005) 여우야 뭐하니(2006)

취재 및 집필
최성문

맹랑한 계집애의 도보 여행

> 어느 날 몸이 마음에게 물었다. "난 아프면 의사선생님이
> 치료해 주는데 넌 아프면 누가 치료해 주니?" 그러자 마음
> 이 말했다. "나는 나 스스로 치유해야 돼."
>
> _드라마 〈내 이름은 김삼순〉 중에서

'난 이제 혼자서도 다른 삶을 산다. 사막에 앉아 비가 오는 것을 기
다리기보다 오아시스를 찾아 떠나는 것이 현명하다는 것을 알게 되었
다.'

1996년 SBS 창사기념 극본 공모에 가작으로 당선되어 다음 해 방송
된 드라마 〈삼십 세〉의 마지막 장면은 산 정상에 오른 여자 주인공의
내레이션으로 끝난다. 김도우 작가가 앞으로 보여 줄 이야기의 씨앗이
보이는 고백이다. 세상이 일방적으로 요구하는 모습에서 벗어나 진정

한 나를 찾아 떠나는 길을 선택하겠다는 당당한 선언. 그녀가 드라마 작가가 되기 전과 후의 삶에서 달라지지 않은 건 바로 적극적인 자아 찾기다. '나로 사는 삶'에 대한 치열한 고민은 그녀가 쓴 드라마에 오롯이 녹아들었다. 작은 몸짓처럼 보일지 몰라도 그녀는 늘 길을 떠났다. 진정한 내 삶을 위해, 홀로.

열두 살 무렵 초등학교 수업을 마친 그녀는 89번 버스를 탔다. 홍제동에서 출발한 버스는 서울역과 한강대교, 사당동을 지나 다시 홍제동으로 돌아왔다. 그녀는 집 근처로 돌아올 때까지 버스에서 내리지 않았다. 버스표만으로 누리는, 한 시간 삼십 분 여정의 시내버스 여행을 가르쳐 준 이는 없었다. 단지 어딘가로 떠나고 싶은 내면의 목소리에 귀 기울였을 뿐이다. 버스 회차 지역인 사당동은 당숙 아저씨가 사는 동네이기도 했지만 호기심을 자극하는 먼 미지의 세계였다. 중고등학교 시절에는 범위가 좀 더 넓어졌다. 그녀는 내키는 대로 혹은 충동적으로 버스나 전철, 기차를 타고 어딘가로 떠났다. 가출도 여행도 아닌 그저 '돌아다님'이었다. 당시 논밭이었던 원당과 화전을 구경하기도 했고 남한강 자락을 거닐다 오기도 했다. 홀로 떠난 길에서 그녀는 엉뚱하게 흘러가는 머릿속 생각을 그대로 놓아 두었다. 낯선 풍경에게 느껴지는 낯선 감각이 그녀는 마냥 좋았다.

3녀1남 중 둘째딸로 태어난 그녀는 평범했다. 어린 시절부터 뛰어난 글쓰기 소질을 보인 비범한 소녀는 더욱 아니었다. 괜찮은 학업 성적으로 부모에게 걱정을 끼치지 않는 정도였을 뿐이다. 그 시절 대부분의 가정처럼 그녀의 부모도 생계와 살림에 바빴다. 자식에 대한 지나친 관심에서 벗어난 환경으로 그녀는 독립적이고 강한 아이로 자랐다. 그녀는 부모에게 응석을 부리거나 무언가를 요구하기보다 홀로 떨어져 탐정이나 명작 소설을 읽으며 잡다한 생각에 빠져 지냈다. 집 뒤 야산은 그녀만의 공상을 키워 준 장소였다. 이름도 없는 뒷산은 공상의 무대였고 주인공은 그녀 자신이었다. 세 자매가 한방을 쓰던 시절이라 혼자만의 방이 간절했던 그녀는 상상으로 뒷산에 굴을 파 '나만의 방'을 만들었다. 그리고 그곳에 소중히 여기는 물건들을 넣어 두었다. 사랑스러운 올챙이와 커피 그리고 『괴도 뤼팽』을 포함한 몇 권의 책. TV 속에서 사람들이 마시던 커피는 동경의 대상이었다. 그녀는 커피 사탕을 녹이면 커피가 되지 않을까, 하는 엉뚱한 생각으로 커피 사탕을 뜨거운 물에 녹여 마시기도 했다. 그녀는 '공상의 굴'에서 올챙이가 노니는 웅덩이를 발치에 두고, 사탕을 녹여 만든 커피를 마시며, 『괴도 뤼팽』이나 『명탐정 셜록 홈즈』를 읽는 상상에 빠져 지냈다.

만약 현실의 삶이 만족스러웠다면 상상놀이는 하지 않았을지도 모른다. 그녀는 성격이 잘 맞지 않는 아버지에게 매번 반항했고 아들과 딸을 차별하며 여자를 비하하는 말을 입에 달고 산 할머니에게 유난히 못되게 굴었다. 크든 작든 그녀는 가족과 충돌하며 사춘기 시절을 보냈다. 비록 벗어나고 싶은 순간이 많았을 테지만 불화의 경험은 오히려 그녀를 성숙시켰다. 어긋나기만 했던 아버지와의 관계는 그녀를 '자립

하고 싶은 나'로 몰아갔다. 남자만 사람대접 하던 할머니의 낡은 생각에 대한 거부반응은 '이 땅에서 여자로 산다는 것'에 대한 질문을 깊이 품게 된 계기가 되었다.

상상의 세계에서도 책을 놓지 않았던 그녀는 학창 시절 내내 문예반 활동을 했다. 고등학교 국어 책에 실린 소설은 문고판으로 나온 책으로 이미 다 읽은 내용이었다. 책을 통해 그녀는 다양한 빛깔의 정서를 풍부하게 경험했다. 의식하지 못했지만 작가로서 소양을 쌓아 가던 시절이었고, 작문 숙제가 문예반 선생님 눈에 띄어 학교 문예지에 실리기도 했지만, 작가가 되고 싶은 열망은 없었다. 오랫동안 그녀는 꿈이 없었다. 특별히 되고 싶은 게 없었던 건 자신을 자극하는 사람이 주변에 없기 때문이기도 했다. 내 안에 묻혀 있는 재능을 먼저 발견해 주고 지속적인 격려와 가르침을 줄 스승을 그녀는 만나지 못했다. 될 수는 없더라도 그 나이 때 가질 법한 허황한 꿈도 없었다. 나답게 살 수 없는 꿈은 애초에 그녀의 관심에서 벗어나 있었던 걸까.

행정학과로 진학해 안정된 공무원으로 살기를 바랐던 아버지의 생각과 달리, 그녀는 자신의 뜻대로 관광학과에 들어갔다. 지리 과목을 좋아한 그녀는 한강의 발원지를 찾고 싶다는 다소 엉뚱한 생각만으로 관광학과를 선택했다. 실컷 여행할 수 있겠다는 단순한 발상도 한몫했다. 무작정 버스에 올라 홀로 길을 떠난 그녀의 어린 시절을 떠올리면 당연한 선택인지도 모른다.

그녀는 대학을 졸업하고 1년간 직장 생활을 했다. 후회하지 않을 만큼 온 힘을 다 해 일하고 보람을 느끼기도 했으나, 어느 순간 마음의 감옥에 갇힌 듯 답답했다. 직장을 그만두고 1년을 방황했다. 세상과 당당히 마주할 기운을 잃어 갔다. 자신이 어떻게 살아야 하는지, 어디로 가야 하는지, 아무나 붙잡고 물어보고 싶었다. 심한 자괴감에 빠져 주눅이 들어 가던 그녀는 나답지 않은 삶에 종지부를 찍고 싶었다. 사는 게 뭔지, 어디로 가야 하는지, 자신에게 묻고 또 물었다. 답을 알 수 없는 질문은 절대 고독 속으로 그녀를 밀어 넣었다.

"드라마에서 여자의 일과 성, 사랑은 무엇보다 중요하다. 이 세 가지는 개인의 정체성을 찾을 수 있게 하는 중요한 요소다. 일은 사회적 정체성을, 성은 몸의 정체성을, 사랑은 마음의 정체성을 말해 주기 때문이다. 작품 속 인물들은 일과 성, 사랑을 통해 진정한 자아를 찾아간다."

자신감을 상실한 상태가 이어지던 1992년 5월 말이었다. 여름이 올 듯 말 듯 아침부터 기승을 부렸다. 땀이 날만큼 몸은 더웠고 공기는 텁텁했다. 더위 때문에 피로를 느끼며 겨우 눈을 떴다. 창문으로 쏟아져 들어온 빛이 방 안 가득 넘실거렸다. 공기 중에 떠다니는 먼지도 빛을 머금고 반짝거렸다. 모든 사물이 제자리를 지킨 채 빛나고 있었다. 순간 그녀의 가슴이 두근거렸다. 나는 어디로 가야 하는가? 라는 질문의 해답이 마음속 어둠을 밀어내고 꿈틀거렸다. 말도 안 되는, 그러나 가슴 뛰는 문장이 머릿속에 선명하게 떠올랐다.

'난 글을 쓰는 작가가 될 거야!'

상쾌한 하루의 느낌을 도둑맞은 날 아침, 예상치 못한 꿈이 그녀에게 배달되었다.

그녀가 즐겁게 잘할 수 있는 일은 아무리 생각해 봐도 글이었다. 장르를 찾는 건 오히려 쉬웠다. 김수현과 주찬옥 작가의 드라마를 보며 자란 그녀에게 TV 드라마는 친근했다. 대중적 장르인 드라마는 접근이 쉬웠다. 주찬옥 작가의 드라마 〈여자는 무엇으로 사는가〉는 그녀에게 깊은 인상과 질문을 던져 준 작품이었다. 극적이기보다 시적인 주찬옥 작가의 정서가 좋았다. 김수현 작가의 인간 본성을 꿰뚫어보는 날카로운 시선은 탄성이 저절로 나오게 했다. 그녀도 그들처럼 쓰고 싶었다. 제대로 문학 공부를 하지 않았기에 두렵기도 했지만 결정에 대한 의심은 없었다. 희망과 열정만이 끓어올랐다.

논리적 연관 고리가 없어 보이는 우연은 직관의 세계에선 필연이기도 하다. 어느 날 문득, 그녀가 작가가 되기로 마음먹은 건 우연한 감정의 흐름으로 빚어진 게 아니다. 내가 진정으로 원하는 삶, 누구도 흉내 낼 수 없는 나만의 삶, 당당할 수 있는 나다운 삶에 대한 무의식적인 질문이 그녀를 드라마 작가의 길로 이끈 것이리라.

드라마 작가가 되기까지 4년간은 현실적인 생활의 어려움과 작가가 되리라는 희망이 절묘하게 버무려진 시절이었다. 집에서 독립해 반지

하와 옥탑방에서 살았지만 부모에게 도움을 구하지 않았다. 보습학원 강사와 카페에서 아르바이트하며 생활을 꾸려 나갔고, 한국방송작가협회 교육원 드라마 과정을 수강하며 꿈을 키워 갔다. 습작 시절 그녀의 바람은 방에 틀어박혀 종일 글만 쓰는 것이었다. 글쓰기는 고도의 집중력이 필요한 작업이고, 정신과 시간을 다 바치고 싶을 만큼 즐거운 노동이기도 했다. 지금 보면 당장에라도 버리고 싶은 부끄러운 글이지만 자신만의 색깔이 분명했던 독특한 소재 〈세 가지 나〉는 1994년 영화진흥공사 시나리오 공모에 당선되기도 했다. 심리학적 내용이 엿보이는 〈세 가지 나〉는 '내가 아는 나, 남이 아는 나, 원래의 나'에 대한 이야기다. 작품은 아쉽게도 영화화되지 못했지만, '나'에 대한 끈질긴 질문과 고민은 작품에 영감을 주는 근원적인 힘이 되었다.

"왜 여자 이야기에 관심을 두고 쓰냐고 물으면 별로 할 말이 없어요. 제가 잘할 수 있고 그냥 마음이 가는 소재니까요."

SBS 드라마 공모에 〈삼십 세〉가 당선된 후 김도우 작가는 주로 삼십대 싱글녀가 주인공인 이야기를 썼다. 자신과 비슷한 처지였기에 더 섬세하게 그릴 수 있었다. 그녀가 자신에게 솔직할수록 드라마 속 인물들은 더 생생하게 살아서 말하고 움직였다. 그녀가 애정을 가지고 창조한 여자들은 욕망에 솔직하다. 사회는 아직 욕망에 솔직한 여자를 받아들일 준비가 되어 있지 않았던 때였다. 한 발 앞선 캐릭터였다. 드라마 속 인물들은 섹스에 대한 비속어적 표현도 과감하게 내뱉었다. 〈내 이름은 김삼순〉에서 삼순이는 자신의 성적 욕망을 "너무 오래 굶었어"로 표현했고, 〈여우야 뭐하니〉의 여주인공 병희는 상상 속 정사 장면에서 "오빠 나 잘해?"라는 말을 던졌다. 도발적이고 노골적인 대사는 보는 이의 마음을 아슬아슬하게 만들었다. 그러나 지나친 솔직함은 민망스럽기보다 통쾌했다. 그녀는 감춰야 미덕이란 통념에서 벗어나 여성의 성적 욕망을 실생활에서 흔히 쓰는 과장되지 않은 언어로 표현했다. 발칙한 도발이었다.

김도우 작가의 드라마에서 여자의 일과 성, 사랑은 무엇보다 중요하다. 이 세 가지는 개인의 정체성을 찾을 수 있게 하는 중요한 요소다. 일은 사회적 정체성을, 성은 몸의 정체성을, 사랑은 마음의 정체성을 말해 주기 때문이다. 작품 속 인물들은 일과 성, 사랑을 통해 진정한 자아를 찾아간다. 김도우 작가는 첫 미니시리즈 〈눈사람〉에서 형부와 처제의 사랑 이야기를 담았다. 사회적으로 금기시하는 어려운 소재를 그녀는 과감히 선택했고, 소수의 사람이었을지라도 그들을 설득시켰다. 〈눈사람〉에서 보여 준 인물들의 솔직한 감정과 그들이 겪는 내면의 갈등은 금기된 사랑을 비판하기에 앞서 인간적인 연민을 느끼게 해 준다. 불편한 소재란 편견에서 벗어나면 일과 성 그리고 사랑에서 주체적으로 살아가려 애쓰는 사람들의 이야기는 진정한 나를 찾아가는 우리 모두의 모습과 닮았기 때문이다.

"그녀는 대중의 박수가 그리 오래가지 않는다는 걸 알고 있다. 자신이 가장 기쁜 순간은 타인의 인정이 아닌, 글이 내 마음처럼 잘 써질 때라는 것도 알고 있다. 남이 보내는 탄성 이전에 내가 스스로 느끼는 탄성이야말로 진정한 카타르시스를 맛보게 해 주기 때문이다."

"그런 적이 있었다. 이 세상의 주인공이 나였던 시절 구름 위를 걷는 것처럼 아득하고 목울대가 항상 울렁거렸다. 그 느낌이 좋았다. 거기까지 사랑이 가득 차서 찰랑거리는 것 같았다. 한 남자가 내게 그런 행복을 주고 또 앗아 갔다. 지금 내가 울고 있는 건 그를 잃어서가 아니다. 사랑…… 그렇게 뜨겁던 게 흔적도 없이 사라진 게 믿어지지 않아서 운다. 사랑이 아무것도 아닐 수도 있다는 걸 알아 버려서 운다. 아무 힘도 없는 사랑이 가여워서 운다."

삼순이의 명대사로 꼽히는 대사 중 하나다. 김도우 작가가 가장 하고 싶은 이야기는 멜로다. 남자와 여자가 만나 아름다운 파동이 일어난 뒤 두 사람에게 다가올 변화, 즉 기쁨, 슬픔, 분노, 증오, 용서, 쾌락 같은 감정의 부딪힘을 그리는 걸 좋아한다. 그녀는 드라마란 인간의 욕망을 그리는 거고 욕망 중 가장 강렬한 건 사랑이라 여긴다. 그녀의 초기 작품을 보면 어둡고 슬픈 사랑 이야기가 많다. 사람을 응시하는 그녀의 시선이 좀 더 아픈 곳에 머무는 건 슬픈 감정을 이해하기 때문이다.

"어린 시절부터 20대까지 모든 걸 슬픔으로 받아들였어요. 명절 때

손님들로 북적거리는 집을 나와 학교에 갔다가 하릴없이 운동장 감나무 위에 올라가 앉았는데 하늘이 그렇게 맑고 푸를 수가 없었어요. 그런데 그게 너무 슬픈 거예요. 아이들이 까르륵 웃으며 뛰어노는 것도 슬프고, 누군가 싸우는 걸 봐도 슬프고, 아무것도 아닌 버스나 기차의 창 밖 풍경도 슬펐어요. 왜 그랬는지……."

그녀는 어린 시절 김동인 작가의 소설 「배따라기」를 읽으며 그 속에 담긴 슬픔에 공감했다. 아내와 아우의 관계를 오해한 비극적인 사랑 이야기는 의도하지 않았으나 〈눈사람〉에 녹아들어 갔다. 비록 기억에서는 지워졌지만 그때의 느낌을 몸이 기억하고 있었기 때문이리라. 사랑의 미묘하고 복잡한 심리를 섬세하게 그리는 그녀는 살아오면서 겪은 감정들을 쏟아 내지 않고 마음속에 담아 둔다. 그러기에 작품 속 인물은 그녀와 닮았다. 드라마 속 인물과 같은 경험을 하지는 않았지만, 일상에서 느끼는 감정에 솔직하게 반응하며 그려 간 인물은 곧 자신의 분신이기 때문이다.

"작가는 자신의 드라마를 통해 원래의 자신을 돌아본다. 그리고 타인의 눈을 통해 또 다른 자신을 발견하기도 한다. 원래의 자신과 원하는 자신 사이의 괴리감에 힘들기도 했다. 그러면서 결국 성공적인 삶이란 원래의 자신과 원하는 자신 사이의 거리를 좁혀 가는 것이라는 생각했다."

김도우 작가의 작품이 전과 다른 빛을 띠게 된 건 『내 이름은 김삼순』을 만나고부터다. MBC 드라마국 책임프로듀서와 감독으로부터 『내 이름은 김삼순』이라는 제목의 로맨스 소설을 추천받았다. 관심 없던 소설 장르라 달갑지 않았으나 책을 덮고 나자 편견이 사라졌다. 삼순이가 사랑스러웠다. 그녀는 평소 가볍게 여긴 로맨틱 코미디를 자신이 쓸 거라고 한 번도 생각해 보지 않았다. 그러나 드라마로 만들어 보라는 제안을 거절할 이유를 찾지 못했다. 삼순이는 그동안 감춰진 김도우 작가의 또 다른 자아를 세상 밖으로 끌어냈다. 마침내 그녀와 닮은 엉뚱하고 발칙한 삼순이가 탄생했다.

"〈내 이름은 김삼순〉을 쓰면서 저 자신도 많이 놀랐어요. 로맨틱 코미디를 잘 쓸 수 있다는 걸 처음 알았거든요. 그전까지는 멜로 드라마를 좋아하고 그것만 썼어요. 로맨틱 코미디는 별 관심이 없어서 잘 보지도 않았고요. 그런데 막상 써 보니까 재미있고 소질도 있더라고요. 주변 사람들도 놀랐지요."

김도우 작가는 〈내 이름은 김삼순〉을 쓰면서 다시 경험하기 어려운 보람과 희열을 경험했다. 남녀 주인공이 한라산에서 극적으로 만나는 장면이 나오자 2002년 월드컵 때와 같은 함성이 아파트 단지에서 울려 퍼졌다는 친구의 이야기를 들었을 때였다. 자신이 쓴 글이 많은 사람의 마음을 움직인 사실이 기뻤다. 그러나 그녀는 대중의 박수가 그리 오래 가지 않는다는 걸 알고 있다. 자신이 가장 기쁜 순간은 타인의 인정이 아닌, 글이 내 마음처럼 잘 써질 때라는 것도 알고 있다. 남이 보내는 탄성 이전에 내가 스스로 느끼는 탄성이야말로 진정한 카타르시스를 맛보게 해 주기 때문이다.

"스스로를 빨리 아는 사람이 있지만 늦게 깨닫는 사람도 있잖아요. 전 늘 조금씩 늦어요."

20대를 넘기 전에 마쳐야 했을 고민을 40대인 지금도 하고 있다며 쑥스러워하는 그녀는 〈내 이름은 김삼순〉이 끝났을 때부터, 이제 시작이라는 생각이 들었다고 한다. 자신의 이름을 세상에 알린 작품에서 벗어나 다양한 장르에 도전해 보고 싶었다. 그러나 사람들이 그녀에게 기대하는 작품은 대부분 로맨틱 코미디였다. 그녀의 몸도 로맨틱 코미디에 젖어 있어 캐릭터를 정하거나 구상을 할 때 로맨틱 코미디 작품만 나왔다. 〈여우야 뭐하니〉는 로맨틱 코미디로 쓴 게 아닌데 결과적으로 그렇게 됐다. 결국 그녀는 〈여우야 뭐하니〉를 끝내고 쉬어야 했다. 5년은 금방 흘렀다. 작품을 안 쓴 것도 아니다. 그렇다고 온전히 쉰 것도 아니다. 좋은 작품을 쓰고 싶은 욕심이 자꾸 발목을 잡아 글쓰기를 어렵게 했을 뿐이다.

"어떤 작가는 작품을 쓰면서 시행착오를 거치고 발전하는데 저는 제 안에서 어느 정도 정리가 안 되면 잘 안 써져요. 그러다 보니 과작이 됐죠. 요즘은 다작을 하는 작가가 부러워요. 작가는 쓰고 있을 때에야 비로소 작가인 거잖아요. 글도 자꾸 써야 실력이 느는데 그런 기회를 놓치고 있는 건 아닌가 싶어요."

그녀는 이야기가 마음속에서 무르익을 때까지 충분히 기다리고 깊이 응시한다. 과작일 수밖에 없는 이유다. 그녀가 자신의 직업을 방송 작가라고 생각한 것도 얼마 되지 않는다. 그동안 그녀는 직업 이상의 더 고귀한 의미를 글쓰기에 부여했다. 작가를 직업이라고 말하면 폄하하는 느낌이 들어서였다. 그러나 이젠 젊은 나이 때 뿜어져 나오는 열정과 패기만으로 쓸 때는 지났다고 생각한다. '나이가 들어도 계속 작품을 쓸 수 있는 근력은 그동안 쌓아 온 스스로의 방식과 기술에서 나온다.' 그녀는 지혜로운 방법으로 창작의 어려움을 극복하려 한다. 느낌이 올 때만 쓰는 게 아니라 끊임없이 쓰기를 원한다. 하지만 작가에게 그것만큼 어려운 것은 없으리라. 그러나 더 나은 작가로 가는 길은 단순하다. 무조건 써야 한다.

'모든 창작은 나도 속아 넘어가는 아름다운 거짓말'이라고 생각하는 그녀는 자아를 왜곡시킬 수 있는 판타지에 대해 고민이 많다. 자신의 작품이 여성들의 판타지를 부추긴다는 비판을 어느 정도 인정하기는 한다. 드라마의 특성이기 때문이다. 그러나 그녀는 드라마에서의 판타지도 신기루가 아닌 현실에 뿌리를 둔 판타지라고 말한다. 〈내 이름은 김삼순〉은 트렌디 드라마적 요소와 감각적이고 유쾌한 로맨틱 코미디가 적절하게 조합되어 대중에게 많은 사랑을 받은 작품이다. 그녀는 시대 흐름에 둔감한 것도 문제지만 대중의 입맛에 맞게 유행 따라 글을 쓰는 것이 더 잘못됐다고 생각한다. 그녀는 솔직한 이야기를 쓰고자 한다. 자기 안에 있는 나와 맞닿을 때 작품은 진실해지고 투명해진다. 사람의 마음을 훔칠 수 있는 매력적인 이야기는 가장 자기다운 이야기에서 나온다. 그리고 바로 그 이야기가 마침 시대감각과 맞아떨어졌을 때 흥행에 성공하는 것일 뿐이다.

김도우 작가는 자신의 드라마를 통해 원래의 자신을 돌아본다. 그리고 타인의 눈을 통해 또 다른 자신을 발견하기도 한다. 원래의 자신과 원하는 자신 사이의 괴리감에 힘들기도 했다. 그러면서 결국 성공적인 삶이란 원래의 자신과 원하는 자신 사이의 거리를 좁혀 가는 것이라는 생각했다. 온전한 자아란 이 두 가지 자신이 하나가 될 때 형성된다.

그러나 '나에 대해 설명하지 말자!'

그녀가 요즘 되새기는 말이다. 얼핏 앞에서 말한 적극적인 자아 찾기와 상반되는 말처럼 들린다.

"흔히 오해나 편견에서 벗어나려고 '나는 이런 사람이다'라고 상대방에게 끈질기게 설명하잖아요. 하지만 아무리 말해도 이미 상대가 가진 생각을 바꾸려 하지 않을 때가 있어요. 그럴 땐 그대로 놔두는 게 좋아요."

그녀의 오랜 경험에서 나온 말이다. 이는 타인에 대해서도 마찬가지다. 누군가 어떤 평가를 내렸을 때 긍정도 부정도 하지 말자는 태도다. 어떤 모습이든 다 자기 안에 있기 때문에 상대방의 눈에 그렇게 보인다는 것이다. 한마디로 이것은 남의 시선에 얽매여 있던 나로부터 자유로워지고, 내가 부여한 나에 대한 인식으로부터도 벗어나자는 말이다.

어떠한 틀에도 나를 가두지 말자는 다짐이다. 이것은 그녀가 새롭게 도달한 나란 누구인가에 대한 심화 질문이며, 또 다른 나를 찾아가는 방향이기도 하다. 언뜻 '도를 아시는' 분들의 말처럼 들리겠지만, 역설적이게도 이것은 상처받기 쉬운 그녀가 더는 상처받고 싶지 않아 숨어버리고 싶은 욕망에서 비롯된 것이라고 고백한다.

김도우 작가는 정통 멜로 드라마를 쓸 수 있는 아날로그적 감성과 경쾌하고 가벼운 로맨틱 코미디를 쓸 수 있는 도시적 감성을 가지고 있다. 그녀가 이 두 감각을 처음부터 가지고 있었는지는 모르나, 그녀가 한 번도 가지 않은 길에서 자신의 새로운 면을 '발견'한 것만은 사실이다. 그녀는 사막에 앉아 비가 오기를 기다리지 않았다. 행운은 적극적으로 찾는 자에게 주어지기 때문이다. 그래서인지 그녀의 드라마 속 '나'를 찾아가는 주인공들은 젊다. 열정을 품은 사람은 언제나 젊다. 그녀도 젊다.

정성희

데뷔: MBC 극본 공모 〈제로로 가는 남과 여〉(1998)
주요 작품: 흐르는 것이 세월뿐이랴(1999) 국희(1999) 황금시대(2000) 당신 옆이 좋아
(2002) 귀여운 여인(2003) 패션 70s(2005) 서울 1945(2006) 문희(2007) 자명고
(2009) 근초고왕(2010)

취재 및 집필
오선아

넘어져 가며, 참아 가며, 깨쳐 가며
그렇게……

"때로는 우리가 서로 다른 생각으로 잠시 눈을 흘기고 분노하고 섭섭하다 해도 그 시간은 흘러가게 돼야 하네. 날이 추워 얼음이 언다고 그것은 물이 아닌가. 언제나 봄 강처럼 얼음이 풀리고 흘러야 하네."

_드라마 〈근초고왕〉 중에서

요즘 정성희 작가는 많은 시간을 들여 자신을 돌아본다. 그리고 되묻는다. '나는 드라마 작가의 길을 올곧게 걷고 있는가? 진정성이 담긴 이야기를 하고 있는가?' 그녀는 자신이 하고 싶은 이야기와 대중이 요구하는 이 시대에 필요한 이야기 사이에서 접점을 찾기 힘들어 늘 고심한다. 일찍이 신영복 교수도 문학적 재능과 역사를 통찰하는 힘, 세계관의 중요성을 말하며 문사철文史哲을 강조한 것처럼. "문학적 재능은 어느 정도 있기 때문에 작가가 되었을 테고, 사와 철이 있는가가 늘 관건입니다." 정성희 작가는 드라마에서 철학은 캐릭터의 자기중심이 되어 주고, 역사를 보는 눈은 등장인물이 세상을 바라보고 판단하는 시선이 되기에 중요하다고 믿고 있다. 그녀는 오늘도 브라운관을 통해 사람들에게 전해질 자신의 이야기에 진심이 담겨 있는지, 오늘을 사는 우리 자신에 대한 진지한 성찰이 녹아 있는지를 고민하고 또 고민한다.

정성희 작가는 1998년 MBC 극본 공모를 통해 드라마 작가의 길에 들어섰다. 〈흐르는 것이 세월뿐이랴〉, 〈국희〉, 〈황금시대〉, 〈패션 70s〉, 〈서울 1945〉, 〈자명고〉, 〈근초고왕〉에 이르기까지 선 굵은 작품을 선보였다. 그래서 여성 특유의 섬세한 감정은 물론 유장한 에너지와 큰 스케일이 돋보이는 그녀의 작품은 탄탄한 필력과 함께 경험의 한계를 뛰어넘는다는 평가를 받아 왔다.

그녀는 애초 소설을 쓰고 싶은 문학도였다. 성심여자대학교 국어국문학과를 졸업하고 중앙대학교 문예창작학과에 학사 편입하여 소설을 배웠다. 1993년 《문화일보》 신춘문예 소설 부문에 당선, 문단에 이름을 올렸다. 마음에 괸 이야기가 많았다. 굽이굽이 실타래처럼 얽긴 이야기를 풀어내지 않으면 병이 날 것 같았다. 대하소설을 쓰려고 했다. 그러나 글 써서 돈 버는 일은 쉽지 않았다. 두 달을 꼬박 투자하여 완성한 중편소설 고료가 세금 떼고 40만 원이 채 되지 않았다. 고단한 삶의 무게에 생활고까지 겹치니 마음이 복잡했다. 돈을 벌면서 글을 쓸 수 있는 일을 찾았다. 그것이 드라마였다. 쉽게 생각하고 덤벼든 일이 15년을 넘게 하고도 가장 힘겹고 어려운 일이 돼 버렸다.

공모에 당선된 후 기회가 찾아왔다. 〈마당 깊은 집〉, 〈아들과 딸〉 등 드라마 속에서 문학적인 정서를 고집해 온 장수봉 감독 눈에 정성희라는 신예 거물이 포착되었다. 가볍고 경쾌한 트렌디 드라마가 인기몰이를 할 무렵 정성희 작가의 글에서 '찬연히 빛을 내며 묵은 세월을 그리워하는 서사의 힘'을 당시 심사위원이던 장수봉 감독은 발견했다. 〈흐르는 것이 세월뿐이랴〉는 방송된 그해 MBC 백상예술대상 TV 부문 대상, 작품상 등을 수상하며 작가 정성희는 주목의 대상이 되었다.

자기 가족이 모티브가 되었지만 실제라기보다는 정성희 작가가 간절히 바랐던 가족의 모습이었다. 어머니는 초등학교 교사였고 아버지는 70년대 중반 판교에 막 터를 잡은 골프장에 다니는 회사원이었다. 그러나 경제적인 안정이 행복한 가정을 만들지는 못했다. 하루라도 조용히 넘어갈 날이 없을 만큼 부모님은 자주 다투었다.

"부모가 불행하니 자연 자식도 불행할 수밖에 없었어요. 어머니의 삶이 불우해서 자식을 돌봐 줄 틈이 없었죠. 어린 시절 가장 많이 했던 생각이 '안 태어났으면 좋았을 걸' 하는 것이었어요."

외로운 건 학교에서도 마찬가지. 소위 '왕따'였다. 학교에서 출석을 부를 때 외에는 몇 달 동안 거의 말을 안 했다. 집에서도 말을 안 시켰다. 머릿속으로 누군가와 대화하거나 공상을 하며 그 시간을 견뎠다. 어린 정성희는 경북 김천에 있는 농소국민학교 외에도 예닐곱 개의 국민학교를 전전했다. 어머니의 발령지와 집안의 불화에 따라 거처를 옮겨야 했다.

가족의 불화는 작은오빠의 죽음으로 골이 깊어졌다. 정성희 작가는 위로 오빠 둘을 둔 고명딸이었는데, 작은오빠가 아홉 살 때 숨을 거뒀다. 선천성 심장병이었다. 평소에 말이 없던 아버지는 술만 드시면 폭력적으로 변했다. 아버지는 자신과 가장 닮은 작은오빠를 유독 사랑했다. 청아한 목소리로 구슬픈 노래를 들려줄 때 아버지의 사랑은 극에 달했다. 그렇게 분신처럼 대하던 자식의 죽음은 아버지에게 더 큰 폭력을 불러왔다. 거기다가 아버지는 의처증까지 얻었다. 불씨는 어린 정성희에게 날아왔다. 막내딸이 당신의 자식이 아니라는 믿음은 어린 그녀에게 지울 수 없는 평생의 상흔이 되었다.

정성희 작가는 아직도 어둠에 대해 지독한 공포가 있다. 혼자 있을 때는 집 안의 모든 문을 열어 놓고 불을 켜 둔다. 보고 듣지 않아도 오디오와 TV를 항상 켜 놓아야 안심이 된다. 여명이 밝고서야 잠이 드는 버릇은 항상 수면 부족과 만성피로에 시달리게 했다. 힘들고 고통스러운 터널을 빠져나오고 싶어 어느 날 심리 상담을 받으러 갔다. 치료를 맡은 의사는 어린 시절의 상처를 극복해야 한다고 했다.

"아이에게 어둠과 죽음은 같은 거예요. 어둠이 오면 엄마가 안아 주면서 안심시킵니다. 어둠은 편안하고 좋은 거라고. 난 보호받고 있다는 신호를 주는 거지요."

당신의 삶이 버거워 자식들을 돌볼 여유가 없었던 어머니와 말 한마디 건네지 않았던 친구들과의 관계에서 그녀는 어떤 교감도 느끼지 못했다. 큰오빠가 있었지만 다섯 살이나 많은 데다 일찍 서울로 유학을 떠나 늘 혼자 있는 시간이 많았다. 어린 정성희에게 관계와 소통은 오직 자연 속에서만 가능했다. 냇가에 빨래하러 갔을 때 조잘대며 흘러가던 물살, 깨끗한 물에서 헤엄치며 내달리던 송사리, 돌 위에 젖은 빨래를 말리며 누워 있으면 뺨을 살랑이며 지나가던 바람 그리고 바람 소리, 고사리를 꺾다 숨을 들이켰을 때 맡았던 숲 냄새. 이런 것들로부터 그녀는 평온을 느꼈고 그때만 즐거웠다. 나머지는 모두 만들어 낸 세계였다. 그녀는 지금도 혼잣말을 자주 한다. '그땐 왜 그랬어요?' 혼자 중얼거리며 억울함과 분노를 쏟아 내곤 하는데 그때부터 생긴 습관이다.

어린 시절 받지 못한 관심과 지독한 외로움을 달래 준 건 공상과 더불어 영화, 만화 그리고 책이었다. 그중 가장 큰 위로가 된 건 영화였다. 영화를 처음 본 것은 국민학교 3학년 초여름이다. 판교의 마을 장터에 천막 극장이 들어왔다. 먼지 폴폴 날리는 장터 흙바닥에 짚으로 엮은 자리가 깔렸다. 천막 극장은 해가 지면 상영을 시작해서 마을이 모두 잠드는 늦은 시간에야 끝이 났다. 그곳에서 영화 두 편을 내리 보았다. 저금통에서 20원을 꺼내 몰래 보는 영화가 주던 짜릿함은 지금도 잊히지 않는다고 한다. 영화를 본 후 '또 보고 싶다'는 간절함은 쉽게 사그라지지 않았다. 그러던 어느 날 필름이 긁혀 비가 죽죽 흐르던 천막 극장의 영화와는 다른 신세계의 영화를 접하게 되었다. 당시 외할머니가 떡볶이 골목으로 유명한 신당동의 동아극장에서 매점을 운영했는데 동아극장은 개봉관에서 상영한 영화를 다시 상영하는 극장이었다. 어린 정성희는 어머니가 외할머니와 이야기를 나누는 동안 영화관 그처를 기웃거렸다. 그러다 용기를 내 깜깜한 문을 열고 들어갔다. 짙은 암흑 속에서 흘러나오던 푸르스름한 빛은 그녀의 심장을 뛰게 했다. 그때 본 영화가 로저 무어의 〈007 황금 총을 가진 사나이〉였다. 서울에 다녀온 것을 알게 된 이웃 아주머니가 "성희 서울 갔다 왔다며?" 하고 인사를 건넸을 때 그녀는 대뜸 "아줌마, 저는 스파이가 될 거예요"라고 대답했다고 한다.

그녀가 5학년일 때 서울에서 홀로 유학 중이던 큰오빠는 입시가 코앞이었다. 고향과 같던 판교를 떠나 서울로 이사를 했다. 외할머니가 매점을 운영하시는 지근거리에 집을 얻었다. 어린 정성희는 어머니가 반찬을 해 주면 할머니께 전달하는 역할을 했다. 그리고 할머니가 식사를 하는 동안 그녀는 영화라는 또 다른 세계를 탐험했다.

"집 안의 모든 전등이 꺼지고 어두컴컴한 동굴 같던 그 시간 그녀는 부모님 몰래 침을 삼켜 가며 영화가 시작되기를 기다렸다. 아버지는 어두운 방 안에서 푸르스름한 담배 연기를 피어 올리며 TV를 켰고, 아랑후에스 협주곡이 흐르면서 〈토요명화〉는 시작되었다.
'내가 깨어 있다는 걸 모르게 해 주세요.'"

외톨이던 그녀를 이야기꾼으로 끌어들인 두 번째 충격은 TV다. 그녀는 서울로 이사를 하면 곧 자기 방이 생길 것 같았다. 하지만 그 기대는 금세 무너졌다. 부모님은 하나 남은 방에 세를 놓았다. 열두 살이던 그녀는 부모님과 한방을 썼다. 아버지는 뉴스 외에는 TV를 보지 않았다. 초저녁잠이 많던 어머니는 설거지를 끝내면 곧 잠을 잤다. 그런데 뉴스 외에 아버지가 유일하게 즐겨보던 프로그램이 KBS 〈토요명화〉와 MBC 〈주말의 명화〉였다. 그 작은 방 안에 아버지가 눕고 어머니가 누운 다음 장롱 근처에 그녀가 누웠는데, 집 안의 모든 전등이 꺼지고 어두컴컴한 동굴 같던 그 시간 그녀는 부모님 몰래 침을 삼켜 가며 영화가 시작되기를 기다렸다. 아버지는 어두운 방 안에서 푸르스름한 담배 연기를 피어 올리며 TV를 켰고, 아랑후에스 협주곡이 흐르면서 〈토요명화〉는 시작되었다.

'내가 깨어 있다는 걸 모르게 해 주세요.'

공기처럼 투명한 인간이 되고 싶었다. 그때 봤던 잉그리드 버그만의 〈가스등〉, 비비안 리의 〈바람과 함께 사라지다〉, 프랑스 화가 툴루즈 로트렉의 일생을 그린 영화를 지금도 잊지 못하고 있다.

집에서도 학교에서도 아무도 귀 기울여 주지 않던 아이. 어린 정성희는 늘 누군가와 이야기하고 싶었다. "내 얘기 좀 들어 봐 줄래?" 국민학교 3학년 겨울방학 동안 이모 집에서 읽은 『소공녀』는 마치 누군가 자신의 이야기 들려주는 것만 같았다. 판교 집으로 돌아가야 했지만 『소공녀』가 나온 출판사의 명작 시리즈 50권을 다 읽을 때까지 돌아갈 수 없었다. 즐거우면서도 곤혹스러운 날들이기도 했다. 한 집에서 지내는 이모, 이모부와 단 한마디도 하지 않고 책만 읽고 지냈으니 말이다. 낯가림이 심했던 어린 정성희를 뻔뻔하게 붙들어 맨 것은 순전히 이야기에 대한 끌림이었다. 집에 돌아가면 자신을 위한 책이 단 한 권도 없었으니까 말이다.

국민학교 4학년 때는 학교 앞에 만화 가게가 생겼다. 하루는 담임선생님이 그녀에게 담배 심부름을 시켰다. 새로 문을 연 가게에 들어서니 엉성한 나무판에 검정 고무줄로 고정시킨 만화책들이 삼면 벽에 진열돼 있었다.

"한 권 봐라."

아주머니가 말했다. 책에 빠져든 그녀는 어느새 자신이 담배 심부름을 왔다는 사실을 까맣게 잊어버렸다. 급기야 선생님이 준 담뱃값을 모조리 만화 보는 데 써 버렸다. 창밖에는 노을이 지고 사방은 어둑해지기 시작했다. 학교에서는 사라진 그녀를 찾기 위해 소동이 벌어졌다. 화장실까지 뒤지던 담임선생님은 마침내 만화 가게 문을 열었다. 어린 정성희와 눈이 마주친 선생님은 안도의 숨을 내쉬며 집까지 데려다 주었다.

지독히 외롭던 그녀는 고등학생이 되어 또 한 번의 죽음을 목격하게 된다. 그녀를 투명인간처럼 살고 싶게 만들었던 아버지가 2년간의 폐암 투병 생활 끝에 병원에서 퇴원을 했다. 죽음을 앞둔 환자들은 한 번쯤 병이 호전된다. 그리고 그 순간 남은 사람들과 화해하기도 하고, 용서를 빌기도 한다. 아버지와 어머니에게도 역시 그런 시간이 왔다. 그토록 지독하게 싸우고, 미워하고, 불행했던 두 분이 화해하고 평온해진 것이었다. 그러나 고등학생 정성희는 그 모습을 받아들일 수 없었다. 아버지가 죽음을 앞두고 있다고 해서 용서되거나 가련하게 느껴지지 않았다. 그녀에게 아버지에 대한 이해와 용서는 그보다 더 많은 세월을 요했다.

가을 햇볕 좋던 어느 날, 퇴원한 아버지는 어머니와 함께 마루에 앉아 김부각을 만들었다. 어머니가 찹쌀풀을 쑤어 김에 칠을 하면 아버지가 깨를 뿌리면서 두 분이 다정히 이야기를 나누었다. 아버지가 뿌린 깨는 참 가지런하고 예쁘게 쏟아져 내렸다. 아버지는 꼼꼼한 분이셨다. 그걸 보고 어머니가 말씀하셨다.

"내 생애 가장 행복한 날이에요."

그녀의 드라마 〈흐르는 것이 세월뿐이랴〉에는 마치 이때의 모습이 재현된 듯한 장면이 나온다.

아버지, 어머니가 김자반 하는 모습을 본다. 깨 통을 끌어다가 찹쌀 풀 바른 김자반 위에 골고루 깨를 뿌린다.

아버지 : 이대로 당신이랑 둘이 있으면 좋겠군. (중략) 좀 오래오래 있다 오게.

어머니 도마에 김자반 발라 두면 아버지 그것을 가져다 채반에 놓고 깨 뿌린다.

어머니 : 당신은 어떻게 그렇게 손끝이 가지런한지 몰라. 살면서 제일 행복한 날이네요. 오늘처럼 행복했던 날이 없었던 것 같아요.

아버지 : 여보, 고맙소.

아버지의 임종이 임박했다. 평소 사진을 찍지 않던 분이라 주민등록증 사진으로 영정 사진을 만들었다. 아버지는 그녀가 사진관에 가 있는 동안 그녀를 기다렸다. 반나절 동안 침도 거의 말라 입술이 까맣게 타들어 갔다. 눈을 떴다 감았다를 반복하던 아버지는 막 도착한 그녀를 보고 나서야 숨을 거두었다. 함께 있던 고모들이 딸을 보고 가려고 지금껏 기다렸느냐며 통곡을 했다.

"그녀는 또한 세월이 한참 흐른 뒤에야 알게 되었다. 상처의 결만 다를 뿐 누구나 상처가 있다는 것을."

상처와 결핍 때문에 안으로만 파고들던 그녀는 어느덧 대학 졸업반이 되었다. 성심여자대학교 국문학도였던 그녀는 여름방학 직전 게시판에 붙은 공고문에 눈길이 머물렀다.

'당신은 왜 사랑받기를 두려워하는가?'

평소 종교의 권위에 대한 반감이 컸던 그녀도 그 말만은 가슴에 와닿았다. 아니 그 말 외에는 아무것도 들어오지 않았다. 심장을 후벼 파는 듯한 그 말이 가슴에 오래 남았다. 그것은 다름 아닌 피정(일상생활에서 벗어나 성당이나 수도원 같은 곳에서 묵상이나 기도를 통하여 자신을 살피는 일) 공고였다.

밤이 되자 학생들은 저마다 촛불을 하나씩 들고 고해성사를 했다. 마침내 그녀의 차례가 되었다. 커튼이 드리워지지도, 독방이 마련되어 있지도 않았다. 강당 한 켠에 의자 두 개가 덩그러니 마주보고 놓여 있었다. 먼저 자리에 앉은 신부님은 어서 말을 하라는 듯 "네"라고 신호를 보냈다.

"당신의 죄를 고백하세요."

신부님의 말에 자신도 모르게 첫마디가 튀어나왔다.

"나는 아버지를 미워해요."

신부님은 놀란 얼굴로 지그시 쳐다보았다.

"그런데…… 6년 전에 돌아가셨어요."

그 말을 내뱉자마자 울분인지 설움인지 모를 감정으로 가슴이 북받쳤다. 신부님이 자리에서 일어나 가까이 다가와 앉으며 꼭 안아 주었다. 한없이 따뜻한 손이었다. 마음이 포근해졌다. 이름도 세례명도 모른 채 신부님이 말했다.

"애야, 미워한다는 건 그리워한다는 말의 다른 말이야. 세월이 더 흐르면 알게 될 거야."

그 말을 하신 분이 함세웅 신부였다. 그때의 인연으로 함세웅 신부는 지금도 정성희 작가에게는 멘토 같은, 아버지 같은 존재로 자리한다.

드라마 〈흐르는 것이 세월뿐이랴〉로 주목받는 신인이 된 정성희 작가는 〈국회〉로 일약 스타 작가의 반열에 이름을 올렸다. 〈국회〉의 시청률은 53.1퍼센트, 드라마 역대 최고 시청률 중 17위였다. 그녀는 〈국회〉 이후에도 〈황금시대〉 등을 잇달아 성공시킨다.

드라마를 쓰면서 매 순간 힘들지 않은 적이 없었다. 과중한 노동과 육체적, 정신적 피로감은 이루 말할 수 없었다. 창밖의 세상을 잊은 채 계절이 바뀌는 줄도 모르고 엉덩이 살이 허물어질 때까지 컴퓨터와 씨름했다. 〈패션 70s〉을 쓸 때에는 세계를 바라보는 관점이 감독과 달라 애를 먹었다. 그리고 가장 쓰고 싶었던 이야기를 풀어낸 〈자명고〉는 조기 종영되는 아픔을 겪었다. 그러나 이보다 더 큰 좌절을 안겨 준 것은 처음 맡은 일일연속극 〈당신 옆이 좋아〉를 쓰던 때다. 만만하게 생각하고 시작한 일일연속극이었다. 하지만 극은 초반부터 삐걱거렸다. 일일 드라마는 가족에게 일상적으로 일어나는 일, 즉 자식과 부모의 사랑, 시어머니와 며느리의 싸움, 시누올케의 감정 다툼이 주된 내용이 된다. 하지만 이와 같은 것을 그녀는 도무지 알 길이 없었다. 당시 KBS 드라마국 김종식 팀장은 그것을 눈치챘다.

"'왜 동그랑땡은 오빠만 줘' 하는 게 일일극이야. 가족들이 알콩달콩 살아가며 그 안에서 오해도 생기고 풀고 화해하는 거. 왜 정 작가 연속극에는 가족들이 모여 밥 먹는 신 하나가 없어? 똑같은 칼이라도 두 종류의 칼이 있어. 소 잡는 칼과 야채를 다지는 칼. 그런데 정 작가는 소 잡는 칼만 쥐고 있어."

그때 처음으로 깨달았다. 자신에게 일상성이 없다는 것을. 살면서 경험하지도 누려 보지도 못한 일상성이 다시 한 번 발목을 잡았다. 정성희 작가는 이 드라마를 통해 어느 부분 자신의 허영이 깨지는 경험을 했다. 이 경험은 그녀를 더욱 성숙시켰다. 그리고 가장 잘 쓸 수 있고, 쓰고 싶은 이야기에 천착했다.

〈패션 70s〉은 그녀가 오랫동안 가슴속에 묵혀 둔 이야기였다. 이 드라마의 집필 의도에는 정성희 작가의 생각이 배어난다.

"우리는 누구나 결핍을 안고 살아간다. 그것이 유년에서 시작된 것이든 현재의 것이든 누구나 자기 내면에 눈물겨운 결핍을 담아 놓고 살아간다. 〈패션 70s〉은 사람들의 가슴 속에 숨어 있는 이러한 결핍에 관한 이야기다. '한 존재의 기반이 되는 부모로부터 사랑을 받지 못한 인간 군상들이 그 결핍과 아픔을 현재의 어떤 관계를 통해 치유해 가는 것인가.' 이 드라마는 그것을 말하고 싶은 것이다."

지금까지 만들어 온 숱한 등장인물 중 가장 애착이 가는 캐릭터는 〈패션 70s〉의 고준희다. 고준희는 정성희 작가 자신과 가장 많이 닮았다. 보답받지 못한 사랑으로 고통 속에 살아가는 두 얼굴을 지닌 고준희를 통해 '아이는 그냥 어린아이가 아닌 어른과 똑같은 사고력을 갖춘 하나의 인격체라는 것'을 말하고 싶었다. 또한 '단지 어른이라는 이유로 당신의 가치관과 생각으로 아이의 삶을 흔들고 있지 않나' 묻고 싶었다. 마찬가지로 아이들에게도 '너희만 힘든 건 아니다'고 '어른도 너희들의 삶을 겪었고 그 터널을 통과하며 네가 모르는 걸 말해 주고 싶었기 때문'이라고 들려주고 싶었다.

　정성희 작가는 2007년 드라마 제작사를 설립했다. 습작 시절부터 함께해 온 이한호 작가와 '크리에이티브 그룹 다다'를 만들었다. 출발은 단순했다. 요즘에는 본사 제작이 줄고 대부분 외주 제작을 확대해 가는 추세라 드라마 제작사는 사활을 걸고 달려든다. 드라마 한 편에 회사의 존립은 물론 숱한 스태프의 생존이 걸려 있기 때문이다. 그리하여 드라마의 기초 설계를 맡은 작가를 질타하고 몰아가는 것이 제작사의 생리다. 그렇다면 제작사에 휘둘리는 이중고에 시달리지 않고 글을 쓰는 편이 낫다. 어차피 승패를 책임지면 그만이었다. 혹 안 되더라도 결국 두 사람만 피해 보는 것이니 더 이상 망설일 이유가 없었다. 혈연을 나눈 사이가 주는 일차적인 위로가 있지만 세계관을 공유하고 같은 길을 함께 걷는 사람의 위안은 또 다른 감동을 준다. 이한호 작가가 바로 그런 평생의 동지다.

　〈자명고〉는 '크리에이티브 그룹 다다'가 최초로 제작한 드라마였다. 1년 넘게 준비한 기획기간과 애정에도 불구하고 시청률 저조로 조기 종영을 맞았다. 1차적인 책임은 모두 작가가 져야 한다. 그것이 폭우든 눈보라든 강철심이든 찔러대면 찌르는 대로 다 맞아야 하는 것이 드라마 작가의 숙명이다. 드라마의 기반은 대중이며 그 바로미터가 시청률이기 때문이다. 그 괴로운 시간의 끝에서 이한호 작가가 말했다.

　"정 작가, 우리 19년 전에도 빈손으로 출발했어. 궁즉변窮卽變, 변즉

通變即通, 통즉구通即久. 이 말을 새기세."

'궁하면 변해야 하고, 변하면 통하고, 통하면 오래 간다'는 이 말이 정성희 작가의 마음을 울렸다. 그런 그녀를 이재갑 전 MBC 드라마국장은 가까이에서 오랫동안 지켜보았다.

"모든 드라마 작가는 세상을 바라보는 눈이 있습니다. 그 눈에는 저마다 수많은 컬러가 존재하지요. 정 작가는 진지한 게 흠입니다. 드라마는 허구, 가짜의 세계인데 세상을 너무 정직하게 바라봅니다. 요즘시대는 도시적, 감각적, 가벼움을 쫓는 경향이 우세합니다. 정 작가는 정반대 쪽에 있는 사람입니다. 그런 의미에서 정성희란 작가가 대한민국 드라마 작가로 존재하는 이유가 분명하다고 봅니다."

드라마를 쓰면서 정성희 작가는 어린 시절의 상처와 결핍을 어느 정도 해소했다. 지금은 그것들이 웅어리진 자리에 단단한 그 무엇을 새롭게 채워 가고 있다.

"넘어져 가며, 참아 가며, 실수하며, 깨쳐 가며, 용서해 가며, 너그러워져 가며, 연민하고, 불쌍해하며, 내 품 안에 모여든 가신들을, 어미새처럼 품어 가며, 그리 어라하의 자리를 완성해 가시게……."

KBS 대하 사극 〈근초고왕〉에서 흑강공 사훌이 근초고왕에게 했던 대사다. 그러나 실상은 '살아가는 일이 뭐냐'고 묻는다면 자신에게 가장 들려주고 싶은 말이었다. 그녀는 좀 더 너그러워지고, 좀 더 큰 품 안에서 상처 입은 것들을 품으려 먼저 손을 내밀고 있는 것이다.

예전에는 자신이 쓰고 싶은 이야기가 드라마인 줄 알았다. 그러나 드라마는 쓰고 싶은 이야기를 뛰어넘는다. 드라마 작가는 내가 쓰고 싶은 이야기를 우리 모두의 이야기가 되도록 만들어 낼 줄 아는 사람이다. 우리 모두의 이야기 안에서 대중과 소통하며 위로의 손을 내미는 사람이 드라마 작가다. 그것이 목청까지 드러내고 웃을 만큼 즐거운 것이든, 온몸의 스트레스를 날리는 시원함이든, 마음 속 깊은 울림이든, 그렇게 소통과 관계를 만들어 내는 것이 진짜 드라마니까.

정형수

데뷔: MBC 베스트극장 공모 〈헌화가〉(1999)
주요 작품: 다모(2003) 주몽(2006) 드림(2009) 계백(2011)

취재 및 집필
김종광

시로 무장한 계백 장군

"길이 아닌 길이라…… 길이라는 것이 어찌 처음부터 있단
말이오. 한 사람이 다니고 두 사람이 다니고, 많은 사람들
이 다니면 그것이 곧 길이 되는 법. 이 썩은 세상에 나 또한
새로운 길을 내고자 달려왔을 뿐이오."

_드라마 〈다모〉 중에서

정형수 작가의 대학생 때 별명은 비돈飛豚이었다. 날아다니는 돼지.
180센티미터가 조금 못 되는 키에 90킬로그램에 육박하는 몸(지금도 비
슷한 풍모다)에서 솟구치는 운동 능력은 문학도들을 경악하게 만들었다.

그는 못하는 운동이 없었다. 예술대학 체육대회 때, 그는 농구와 축
구, 씨름 전 종목에 출전해 팀의 리더이자 주역 선수로서, 술과 담배로
찌든 데다가 단합과는 거리가 멀었던 아웃사이더들을 이끌고 학과를

상위권 성적에 입상시켰다.

　그는 초등학교 4학년 때부터 야구 선수를 했다. 고교 야구가 최고의
인기를 구가하던 시절이었고, 프로 야구가 생기기 전이었다. 그의 포지
션은 투수였고, 나름 강속구 투수였단다. 과거의 학생 야구 운동량은
어마어마한 것이었다. 그들은 학생 때부터 평생 써먹을 만한 운동 능력
을 연마했다. 방학 중에도 하계 훈련이다 동계 훈련이다 해서 초주검이
됐고, 당시에는 거의 일상이던 선배들의 얼차려나 폭행 등으로 온몸에
멍이 가실 날이 없었다. 아직 몸이 채 여물지 않은 상태에서 하루 100
~150개의 공을 뿌려댔으니 어깨가 성할 날이 없었다. 그러다 팔꿈치
엘보(elbow, 팔꿈치의 통증과 운동 제한을 일으키는 질환)를 겪고 중학교
로 진학한 후 결국 야구 생활을 그만두게 된다.

　하지만 어릴 때 연마한 운동 능력은 대학생 때까지 유지되었다. 그
또한 다른 청춘들과 마찬가지로 술 담배에 찌든 대학 생활을 했지만,
스포츠라는 걸 제대로 해본 적이 없는 또래들 사이에서는 강력한 포스
를 분출하기에 충분했다.

　그의 운동 능력은 드라마 작가 생활에도 큰 영향을 미쳤다. 드라마
작가로 데뷔한 후 3~4년간의 무명 생활을 하는 동안 그는 50분짜리
단막극 극본을 무려 50편 이상이나 써 냈다. 그리고 70회짜리 대하드
라마 〈주몽〉을 공동 집필하는 동안에도 타고난 체력으로 견뎌 냈다. 드
라마는 엉덩이로 쓴다고 할 정도로 고된 작업이기 때문이다.

그는 전라남도 고흥에서 나고 자랐다. 초등학교 4학년 때 온 가족이 광주로 이사했고, 고등학교 3학년 때는 그만 광주에 두고 나머지 가족은 서울로 옮겼다. 그 시절 그는 독서실에서 숙식을 해결하며 학교에 다녔다. 자연히 무척 놀았다. 다만 폭력이나 연애 방면에서 놀았던 학생이 아니라, 영화관이나 만화방, 당구장, 야구장 등지를 무대로 문화적(?)으로 노는 아이에 속했다.

　그리고 재수 시절에 다시 광주로 내려와 고3 때와 흡사한 생활을 했다. 그때는 그의 친구들이 대학생이거나 사회인이 되었을 때이므로 열정적인 음주 생활을 즐길 수 있었다. 하지만 그렇게 지극한 우정으로 똘똘 뭉친 친구들에게 헤어질 시간이 찾아왔다. 초가을 어느 날, 그는 광주의 친구들에게 작별을 고했다. 일단 서울로 올라가서 어디든 대학에 들어갈 셈이었다. 그런데 친구들 두 명이 서울까지 따라왔다. 그들은 헤어지기 아쉬워 서울의 대학로 허름한 술집에서 또 한 번의 이별주를 마시게 되었다.

　작가가 된 후로도 그는 생각건대 자신은 나이 서른이 될 때까지 단한 번도 드라마를 쓰겠다는 생각을 해본 적이 없었단다. 그런데 주위에서는 그게 말이 되느냐는 질문을 했다. 본인도 그 기회에 예전에라도 혹시 드라마를 써야겠다고 마음먹은 순간이 있지 않았을까 곰곰이 생각해 보게 되었다. 그러다가 생각난 것이 바로 그 대학로 '이별주' 때의 일이다.

　친구 하나가 화장실에 다녀왔는데 되우 터져서 왔다. 화장실로 달려

정형수　239

가니 중학생이나 됐을까 한 것들이 대여섯 있었다. 3대 6으로 싸움이 벌어졌는데 상대편의 숫자가 점점 불어났다. 고등학생들도 오고 나중에는 스물두어 살 돼 보이는 청년들까지 왔다. 대학로 뒤편 동네 애들인가 보다 생각했다. 3대 20의 싸움은 3의 승리로 끝났다. 운동 능력과 지형지물을 전략적으로 잘 활용한 전라도 광주 3인방은 서울 청소년들을 묵사발 내놓았다. 경찰서에 가 보니 난감했다. 상대방이 먼저 시비를 걸어왔고 저쪽이 숫자도 예닐곱 배나 많았다. 하지만 광주 3인방은 별로 큰 상처가 없었다. 그러나 상대편 하나는 완전히 코가 주저앉아 응급 수술에 들어갔고, 여기저기 터지고 찢진 놈들이 수두룩했다. 두 친구의 부모님은 광주에서 올라왔고, 그는 부모님과의 1년 만의 상봉을 경찰서에서 했다. 상대편 청소년들과 그들의 부모는 합의금을 높여 받으려고 억지를 부렸다.

친구에게 미안하고 친구 부모님께 죄송했던 그는 대학로 청소년들이 너무 미웠다. 난감한 시간을 유치장에서 견디며 맹렬히 생각했다. 패도 안 되고 말도 안 통하는 저놈들과 억지 땡깡 부리는 부모들을 교화시킬 방법이 뭐가 있을까. 그때 하나의 빛처럼 생각난 것이 (드라마는 아니었지만) '시나리오'였다. "그래, 정말 좋은 영화라면 저들도 착하게 만들 수 있지 않을까." 하지만 그는 그 훌륭한 생각을 곧 잊어버리고 서른이 될 때까지 기억해 내지 못했다.

그가 광주에서 놀기만 한 것처럼 사람들에게 얘기하지만 그 나름대로 학력고사 공부도 열심히 했던 듯하다. 모의고사 성적이 '스카이'는 어려워도 웬만한 서울 소재 대학은 가능했다. 앞으로 뭐가 되겠다는 생각이 전혀 없었던 그는 공부를 덜 시킬 것 같은 학과를 고르기로 했다. 처음에는 철학과를 생각했다. "〈철수와 미미〉 같은 영화에 등장하는 철학도들은 공부는 안 하고 괴짜처럼 제멋대로 살지 않는가." 철학과를 마냥 공부 안 하고 술 먹고 노는 곳이라 생각했다는 것이다.

하지만 철학과 입시 원서를 쓰기 직전, 자주 다니던 카페 주인 형이 철학과를 나왔다는 것을 알게 되었고—그것도 중앙대학교 철학과—그곳이 공부를 어마어마하게 시킨다는 소리를 들었다. 부랴부랴 새로이 원서를 써서 낸 곳이 바로 중앙대학교 문예창작학과였다. 문예를 창작한다는데 그게 무슨 소리인지도 잘 몰랐고, 이전까지는 실기 평가를 하던 곳이라 점수 가이드도 제대로 나오지 않았다. 시나 소설 같은 글을 쓴다고 하니 이것도 왠지 놀고먹는 학과 같았다. 학교가 서울이 아니라 경기도 시골인 안성에 있다는 것은 더욱 몰랐다.

> "〈다모〉를 보고 '시적인 표현'이 빛난다고 찬사하던 시청자들이 많았다. 그의 '시적인 표현'은 대학 시절 막대한 시 공부와 시 쓰기에서 연유한 것일 테다."

문창과에서 그가 스포츠 분야에서만 이례적인 학생은 아니었다. 그는 시詩에서도 매우 이례적인 학생이었다. 지금은 문창과 학생들에게 희망 전공을 물으면 드라마 작가나 시나리오작가라는 대답이 대세를 이룬다지만, 1990년 무렵은 시 아니면 소설이라고 대답하던 시절이었다. 소설 쓰겠다는 학생보다 시 쓰겠다는 학생이 더 많은 때였다. 그런 학과인지라 시가 생판 뭔지 모르고 입학하는 학생은 극히 드물었다. 그런데 그가 바로 시라는 것이 생판 뭔지 모르고 문예창작학과에 입학한 극히 드문 학생 중의 하나였다.

이런 일이 있었다. 광주에서 친구들과 열심히 놀던 때 독서실 한 구석에서 쓰레기처럼 굴러다니는 책을 발견했다. 표지도 다 떨어져 나가고 라면 받침대로 애용됐는지 참 더러웠다. 그런데 한 장 두 장 읽다 보니 가슴이 싸해지고 나중에는 눈물까지 나오는 것이었다. "세상에 이런 책도 다 있었네!" 하지만 그게 시집이라는 것도 몰랐다. 문창과 선배들은 후배들에게 이 핑계 저 핑계로 책 선물을 주곤 했다. 그가 받은 책 선물 중에 박노해의 『노동의 새벽』이라는 시집이 있었다. 그때 그는 『노동의 새벽』이라는 책이 예전 한 고삐리를 철철 눈물 흘리게 만들었던 바로 그 시집이라는 걸 알았다.

89학번인 그는 1학년 때 대단한 운동권처럼 보였다. 당시는 거의 모든 대학교 총학생회가 전대협 소속일 때였다. 그리고 거의 모든 대학교가 1년 내내 집회와 시위를 벌이던 때였다. 봄가을에는 주로 '등록금 투쟁'이라고 해서 학교 당국과 대결하고, 5월이나 10월 이후에는 거리로 나가는 것을 막으려는 전경대와 돌과 화염병을 던지고 쇠파이프로 치고받았다.

문창과는 중앙대학교 안성 캠퍼스의 집회와 시위를 책임지는 학과나

다름없었다. 문창과 1, 2학년 학생들의 절반 이상이 늘 앞장을 섰다. 그도 자연스럽게 강의실보다는 집회와 시위 현장에 있는 학생이 되었다. 그는 빼어난 덩치와 타고난 전투 능력을 인정받아 간부 학생들의 경호원 같은 역할을 맡게 되었는데 그러다 보니 핵심 운동권처럼 보였다.

"주로 시위대의 기수 노릇을 했습니다. 기수에게는 유일하게 방독면까지 지급했어요. 시위대 맨 앞에 서면 경찰이 쏘는 최루탄과 학생들이 던진 돌이 우리 머리 위에서 서로 포물선을 그리며 날아다녔죠. 학생들이 보면 맨 앞에 서 있으니 가장 용감해 보였을지 모르지만 사실은 가장 안전한 자리였던 거죠. 그리고 도망갈 때는 정말 비돈이었고……. 닭장차에 달려 원산폭격하고 맞아 본 적이 딱 한 번밖에 없습니다. 이제서 밝히지만 좀 미안합니다."

그의 출세작 〈다모〉의 장성백 캐릭터는 대학교 1학년 때 거리에서 동고동락한 젊은 변혁가들이 모델이 된 것인지도 모른다. 그는 "장성백을 연기한 김민준 씨가 쿠바의 혁명가 체 게바라의 사진 속 모습을 연상시킬 정도로 연기와 표현이 완벽했다"고 감사하면서도 "대본상에 혁명가로서 치열하게 고민하고 냉정해야 하는 점이 부족했다. 낭만적 혁명가라는 비판에 공감하는 부분이 많다"고 말한 바 있다. 그가 대학교 때 함께한 이들(그 자신을 포함해서) 역시 '낭만적 혁명가'는 될 수 있어도 '체 게바라 같은 혁명가'는 되기 어려웠을 테다. 그때 세상은 전체, 민주, 혁명보다는 개성, 자유, 취향을 필요로 하는 신세대로 급변하고 있었다.

스물두 살이 된 그는 드디어 "평생의 사랑"인 시와 만나게 된다. 1학
년 때도 시를 자주 만났지만 그냥 시라는 게 있구나 하는 정도였다.
2학년 초 그는 "목숨 걸고 시를 써 보자"는 각오를 하기에 이른다. 당
시 시에 목숨 건 친구들의 공부 방법은 간단했다. 창비 시선과 문지 시
선을 차례로 죽 읽는 것이다. 그도 그렇게 했다. 또 그는 선배 동기들
과 함께 시 동인 '작인'을 꾸렸다.

"문창과에서 시에 목숨 건 벗들은 참 많았지만, 그중에서도 유독 아
웃사이더 성향이 강한 벗들이 있었어요. 동아리 같은 데 안 속하고 단
체 술자리에도 잘 안 나타나고. 그런 선배나 벗들 중에 숨은 실력자가
의외로 있거든요. 그런 벗들하고 좋은 시집을 함께 읽고 토론하고 서로
의 시를 애정으로 비판하며 다함께 나아져 보자는 것이었습니다."

그와 작인을 함께했던 선배 중에 정형수 작가만큼 유명한 작가가 한
명 있다. 소설가 박민규 씨다. "시를 참 잘 쓰는 형이었는데 어느 날
소설가가 되어 나타났더라고요. 하기는 시도 못 쓰던 내가 드라마 작가
가 되었으니까……."

아무래도 겸손의 말인 듯하다. 정형수 작가가 쓴 「깻잎」이라는 제목
의 시는 당시 문창과 학생들이 모두 알던 시였다. 그는 신춘문예에도
몇 차례 본심에 오른 적이 있다. 그가 가장 아까운 탈락으로 기억하는
것은 1994년도 《문예중앙》 신인상이다. 그는 최종심까지 올랐다. 최종
심에서 그를 누르고 당선한 이가 문태준 씨다. 문태준 씨도 그때 최종
심에서 맞붙은 이가 〈주몽〉의 집필자인 것을 알고 있다. 두 사람이 만

나 이런 대화를 나눈 적이 있다고 한다. "부럽습니다", "아니, 제가 부럽습니다."

그는 군대를 속성으로 마쳤다. "비록 방위였지만 12월 초에 입대해서, (무릎 수술을 받고) 3월 중순에 (의가사로) 제대했어요. 그리고 한달음에 학교로 달려와 제대했으니 술 사 달라고 했죠. 그런데 아무도 안 믿는 거예요. 방학 동안 군대 마친 놈이 어딨냐고……. 정말 서운했습니다. 전시가 아님에도 불구하고 피와 뼈를 나라에 바치고 나왔는데……."

결국 그는 시인이 되지 못하고 대학을 졸업했다. 시인이 되지 못했지만 많은 시집을 정독했고, 그만큼 습작을 했다. 〈다모〉를 보고 '시적인 표현'이 빛난다고 찬사하던 시청자들이 많았다. 그의 '시적인 표현'은 대학 시절 막대한 시 공부와 시 쓰기에서 연유한 것일 테다.

그는 졸업을 하고 서울에서 시를 공부하고 썼지만 결국 부모님께 눈치가 보여 취직을 하게 되었다. 한 선배의 알선으로 입사하게 된 회사는 대학교 홍보물을 제작하는 소규모 기획사였다. 디자인 빼고, 기획부터 교정까지 다 도맡았다. 전임자가 그만두어 금세 편집장이 되었고, 능력을 인정받았다. 하지만 회사는 파산 위기에 놓여 있었다. 그는 침몰하는 배에서 쓸쓸히 하선했고, IMF가 들이닥쳤다.

그는 돈을 벌기 위해 닥치는 대로 글쓰기 알바를 했는데, 그중에 무협지도 한 권 있다. 소설가 박민규 씨가 《베스트셀러》라는 문학잡지 편집위원으로 있을 때, 잡지에 무협지를 한번 연재해 보라고 권했다. 그는 생뚱맞다고 생각했지만 박민규 씨는 그에게 "네가 구라 까는 거 보면 잘 쓸 것 같다"며 적극적으로 권했다. 그렇게 책으로 출판된 것이 코믹무협을 표방한 『개판무림』이다. 이 소설은 절판되어 서점에서 살 수는 없지만 정형수 작가에게 매우 소중한 책이다. "옥편을 국어사전 보듯 하며 썼다"는 그 책의 작가 소개는 이렇다.

"중원과는 멀리 떨어진 존남存南 지방 해안에서 정씨세가鄭氏世家의 셋째로 태어났다. 어려서부터 극민채조대법克悶採爪大法을 통해 심신을 단련했고, 청소년 시절에는 연합고사장법聯合枯四掌法과 항력고사정법抗力枯四掌法 등의 독랄한 장법을 익히다가 극민채조대법으로 지탱해 왔던 심신이 피폐해졌다. 이후, 돈 되는 무공이면 뭐든지 해보려고 덤비다가 주화입마를 입었다. 현재는 녹림에 은거하며 지방흡입대법과 눈 감고 눕는 참선법으로 내상을 치료하고 있음."

시인도 못 되고 아직 드라마 작가도 못된 평범한 대학 졸업생이 공들여 쓴 새로운 감각의 무협지는 팔리지 않았다. 초판 2,000부를 찍었는데 재판 찍었다는 얘기도 못 듣고 절판이 되었다. 출판사도 망해 버렸다. 〈다모〉로 떴을 때 어느 출판인이 찾아와서 『개판무림』을 재출간하자고 졸랐다. 그때 심하게 고민했다. 재출간하고 싶은 마음이 없지 않았으나 책 팔아먹겠다는 짓인 것만 같아 저어되었다. "또다시 재출간 문의가 들어오면, 글쎄요, 고민이 크겠네요. 암튼 개인적으로 자부심을 가질 만큼 열심히 쓴 책입니다."

정형수 작가의 방송계 입문은 미미했다. 선배들 연줄로 라디오 음악 프로그램 구성 작가 알바를 한 것이다. 그러나 그의 인생에서 가장 중요한 우연이자 필연과 만나게 된다. 다큐멘터리 작가인 유승희 씨와 사귀게 된 것이다. 유승희 씨는 "당신은 드라마적 감각이 뛰어난 것 같아. 드라마를 써 봐!" 하고 권했지만, 그는 어이없게 생각했다. 유승희 씨는 그를 한국방송작가협회 교육원으로 끌고 가다시피 해 15기 수강생으로 등록시켰다. 여자친구의 배려와 수강비가 아까워서 열심히 수업을 들었다. 그러다가 시나브로 드라마의 매력에 빠져들었다. 이거 해 볼 만한 거구나! 재미도 있네!

그의 데뷔는 화려하지 않았지만 미래는 창대해 보였다. 교육원에 다닌 지 2년 만에 1999년 MBC 베스트극장 공모에 〈헌화가〉로 당선한 것이다. 하필이면 당선 소식을 들은 것이 신혼여행 중일 때였다. 감격한 부부는 신혼여행을 중단하고 서울로 돌아왔다. 신혼여행보다 더 감격적인 상황 아닌가.

"마치 고시를 패스한 것처럼 인생이 달라질 줄 알았습니다."

방송사 드라마 공모에 투고하는 분들은 당선만 되면 하루아침에 인생이 달라지리라 기대를 품을 테다. 하지만 현실은 대단할 것이 없었다. 당시 정형수 작가와 함께 당선된 신인은 다섯 명이었다. MBC는 6개월 동안 이들에게 월 65만 원씩을 지급했다. 매달 단막극 한 편씩을 써 내야 했다. 그 극본은 PD들에게 전해지고 방송을 타게 되면 실적이 좋은 신인 한둘만이 다시 1년씩 계약이 연장됐다. 그는 6개월 동안 단 한 편의 작품도 채택되지 못했다.

연출자들은 그의 드라마가 "어렵다", "무겁다", "재미없다"고 했다. 그나마 듣기에 좋은 소리라면 "너무 문학적이다"라는 소리였다. 눈 깜짝할 새에 반년이 흘렀다. 그는 드라마 작가 자격증만 딴 채, 미래에 대한 아무런 보장도 없이 정글로 나설 각오를 했다. 그런데 계약이 연장됐다. 대개 한 해에 두 명 정도 계약 연장을 하는 것을 그해에는 네 명과 했고 거기에 실적이 전혀 없던 그도 끼어 있었다. 드라마계에서도 남자 작가가 귀했던 것이다. 그의 "문학적인 드라마"를 좀더 두고 보자는 뜻에서 1년의 기회를 더 준 것이라는 소문이었지만, 그 자신은 "남자 작가가 귀했기 때문"이라고 생각했다.

1년의 기회라는 것도 사실 대단한 게 아니었다. 매달 90만 원씩 받는 것이 다였다. 그 1년 동안 그는 열심히 써서 작품을 제작국에 올렸지만 단막극 딱 한 편만 방송되었다. 그 단막극 〈왕제비 무도별곡〉에 대한 반응은 좋았으나 1년이 지났을 때, 그는 결국 무계약자가 되었다. 다른 방송사는 물론이고 그를 뽑은 MBC도 그에게 미래를 기대하지 않았다.

이 무렵 한 원로 작가가 보조 작가를 구하고 있었다. 시골로 내려가 그곳에 상주하며 일주일에 단막극 두 편 분량을 써야 하는 일이었다. 월급은 방송국에서 90만 원, 원로 작가가 100만 원, 도합 190만 원을 주겠다고 했다. 가장으로서 어깨가 무거웠던 그는 체면이고 뭐고 생각할 것도 없이 보조 작가의 운명을 받아들였다. 그는 시골에서 1년 동안 죽어라고 썼다. 가족과 생이별한 이름도 명예도 없는 190만 원짜리 보조 작가. 그러나 그는 그때의 그 생활이야말로 지금의 자신을 만든 것이나 다름없다고 한다. 교육원 시절 2년 동안 '성실한' 습작기를 보냈다면, 방송 작가가 된 다음 그 시골에서는 '죽기 아니면 까무러치기'의 습작기를 보낸 셈이었다.

보조 작가 일도 끝나고 다시 암담해졌을 때 동아줄 같은 연락이 왔다. 〈상도〉를 연장하려고 하는데 연장 10회분을 써 볼 수 있겠느냐는 것이었다. 면접을 보러 갔다. 40회까지 집필했던 중견 작가가 이렇게 물었다. "빨리 쓰신다는 소문은 들었는데 사극도 빨리 쓰실 수 있나요?", "빨리 쓸 수 있습니다." 그는 자신 있게 대답했다. 방송기자들은 아무런 경험도 없는 완전 무명의 작가가 대작 〈상도〉의 마무리를 해낼 수 있겠느냐고 크게 우려했다. 정형수 작가는 이 모든 우려를 불식시키며 시청률도 무난히 유지한 채 마무리를 해냈다. 이것이 최초의 성공이었다.

그다음 기회는 〈상도〉의 3월 쫑파티 자리에서 왔다. 드라마국장이 납량 특집극 8회짜리를 써 보겠느냐고 했다. MBC가 방학기 작가의 만화 『다모』의 드라마 판권을 산 지가 5년 만기가 돼 가고 있었다. 그 만화를 책임지고 각색해 보겠냐는 것이었다. "당연히 해야지요. 납량이면 굉장히 빠듯하네요. 언제까지 초고를 쓰면 되겠습니까?", "천천히 해. 내년 여름에 할 거니까?", "올 여름이 아니고요?", "왜 싫어?"

싫다고 할 수가 없었다. 정형수 작가와 역시 신인 연출 이재규 PD가 만났다. 기획 단계에서 여러 차례 좌초했던 '다모'가 여러 작가의 손을 거쳐 신출내기 정형수 작가에게 왔듯이, 여러 PD의 손을 거쳐 아직 연출작이 없던 이재규 PD에게까지 왔던 것이다.

그가 드라마 작가로 살 수 있는 길은 어떻게든 『다모』가 드라마가 되도록 각색해 내는 것이었다. 그가 쓴 시놉시스를 보고 이재규 PD가 반응했다. 두 사람은 나이가 비슷했다. 비슷한 때에 결혼해서 비슷한 시기에 자식도 낳았다. 두 사람은 통하는 게 많았고 의기투합했다. 그들은 "우리 자식들에게 부끄럽지 않은 드라마를 만들자. 우리 자식들이 다 커서 보았을 때 아빠를 자랑스러워할 만한 작품을 만들자"고 맹세했다. 정형수 작가는 대본에 모든 역량을 쏟아부었다. 대본이 완성된 후, 그와 이재규 PD는 다정한 연인처럼 붙어 앉아 대사와 지문을 읽고 또 읽으며 고치고 또 고쳤다.

이재규 PD의 첫 연출작 〈다모〉는 미니시리즈로는 최초로 HD 카메라로 전작 촬영했다. 원래 기획은 8부작이었지만 14부작으로 완결되었다. 시청률은 20퍼센트 안팎이었지만, '새로운 드라마'의 출발점으로 상징되었다. 고감도 영상과 화려한 액션, 그리고 시 뺨치는 아름답고 함축적인 대사로 골수 시청자들을 확보하고 '다모 폐인廢人'을 만들어 냈다.

2003년 여름과 가을, 〈다모〉가 방영되는 동안 정형수 작가는 일약 스타가 되었다. "자고 일어났더니 유명해졌다!"가 드라마에서나 가능한 일인 줄 알았는데 드라마 작가가 실체험한 것이었다. 팬들에 의해 그의 홈 카페 '발묵'도 만들어지고, 2003년 MBC 연기 대상 작가 부문 특별상도 받았다. 여러 작가와 함께 받았지만 드디어 그는 상도 받는 작가가 된 것이다. 〈다모〉가 있기 전에는 상상도 못했던 일이었다. 그는 〈다모〉에 바친 18개월의 노력을 충분히 보상받았다. 그는 처음으로 '하면 된다'는 말을 실감했다.

뭇사람들은 그렇게 드라마 하나가 뜨면 돈도 왕창 번다고 생각하지만 미리 낮은 몸값으로 방송사와 계약했기 때문에 〈다모〉로 번 돈은 대기업 1년차 초봉 수준이었다.

〈다모〉가 끝나고 〈주몽〉을 시작할 때까지 3년 동안 그는 마당놀이 대본도 쓰고, 연기도 해보고, 여러 행사에 초청받았으며, 대학원 공연영상학과를 다녔다. 경제적으로는 무척 힘든 시기였다. 몇 개의 단막극을 쓴 것으로는 남은 선계약 분량도 마무리 짓지 못했다. 아직은 높여진 '몸값'에 맞게 새로이 계약을 맺을 날조차 기약할 수 없었던 것이다. 하지만 데뷔 이후 3년여 동안 "어두운 터널을 지나온 느낌"이었다면, 〈다모〉 이후 3년은 이러저러한 '이름 알려지는 활동' 덕에 "뭐라도 된 느낌, 하늘을 떠다니는 기분"이었다.

2005년 여름을 기점으로 MBC의 삼한지 프로젝트는 삼한지 주몽 편으로 구체화된다. 정형수 작가는 초심으로 돌아가 주몽과 소서노에 올인한다. 1년 뒤 2006년 5월에 시작된 고구려 사극의 선발 주자 〈주몽〉은 온 국민들이 다 아는 것처럼 50퍼센트에 육박하는 시청률을 기록하는 국민 드라마가 된다. 정형수 작가는 비로소 돈도 번다.

그러나 〈주몽〉 이후 정형수 작가는 하는 일마다 안 되는 상황에 처한다. 〈주몽〉이 대성공을 거두기는 했지만, 그는 여러 가지로 마음이 아팠다. 마음을 다스리는 데 상당한 시간이 필요했다. 2008년에는 미국에 머물며 50장짜리 시놉시스를 완성하는 등 8개월이나 공을 들인 드라마 기획안이 촬영에 들어가 보지도 못하고 "엎어졌다".

그리고 2009년 〈드림〉으로 완전히 밑바닥으로 내려앉는다. 편성 운이 좋지 않아 시청률 40퍼센트를 달리고 있던 〈선덕여왕〉과 맞붙었고, 그는 소위 '애국가 시청률'을 기록한 〈드림〉의 작가가 되었다. 그가 국민 드라마 〈주몽〉을 쓸 때, 같은 시간대의 다른 방송사 드라마들이 그런 비참을 겪어야 했다. 이번엔 〈선덕여왕〉이라는 국민 드라마에 치여 그의 작품이 그런 비참을 겪어야 했다. 개인적으로 그는 〈드림〉의 실패를 보약으로 받아들였다. "만드는 분들도 힘들고 연기자 분들도 힘들고 정말 다 힘들었지요. 하지만 제 개인적으로는 쓴 약이 됐습니다. 〈다모〉와 〈주몽〉으로 하늘까지 올라간 기분이었습니다. 더 올라갔으면 제정신으로 살 수 있었을까요?"

2010년은 초발심으로 돌아가 다시금 마음과 자세를 다잡은 시간이었다. 그는 2010년 봄에 방영된, 케이블 드라마의 새 역사를 열었으며 작품성도 뛰어나다고 찬사 받은, 〈야차〉의 공동 작가이기도 하다. 그러나 정형수 작가는 〈야차〉를 자기 작품이라고 이야기하고 싶어 하지 않았다. "제가 기획을 한 것은 맞습니다만, 그것은 구동회 작가의 것입니다. 제 이름이 먼저 내세워지는 것이 미안하고 부담스럽습니다. (방송국에게) 그러지 말아 달라고 분명히 말했는데도 (그분들도) '장사'를 해야 한다니 어쩔 수 없더군요."

그는 요즘도 시와 소설을 열심히 읽는다. 생각이 막히거나 글이 써지지 않을 때도, 그저 푹 쉬고 싶을 때도, 그는 문학 책을 펼친다. 시는 애정으로 읽고 소설은 맛으로 읽는다. 그에게 문학은 정형수식 극본의 원천이다. 대학 시절 정형수는 선후배 관계에서도 이례적이었다. 그의 또 하나의 별명이 '위로 20학번, 아래로 15학번'이었다. 스무 살 많은 선배들에게까지 귀여움받았고, 열댓 살 적은 후배들에게까지 형 대접을 받았다. 나이 많고 적음을 떠나 산지사방으로 어찌나 아는 사람이 많은지 상상을 초월하는 마당발이었다. 혹시 드라마 업계에서도? 그는 껄껄대며 말했다. "그 성격 어디 가겠습니까!"

그는 바쁜 와중에 초빙교수 노릇도 하고 있다. "단 한 명의 작가 지망생에게라도 씨앗을 제공해 주는 것"이 목표다. 그가 말하는 씨앗은 '작가가 될 수 있다는 희망'일 수도 있고, '체계적인 가르침'이나 '참고할 만한 본보기'일 수도 있다. 우리가 짐작할 수 없는 그 무엇일 수도 있다.

2011년 정형수 작가는 드라마 〈계백〉을 집필 중이다. 그에게 드라마 〈계백〉은 '황산벌' 같은 전장이 될지도 모른다. 계백 장군 하면 일단 체구가 당당할 것 같다. 귀족 가문 출신이 아니니 개인의 노력과 실력만으로 입지전적으로 출세한 대장군답게 산전수전 다 겪은 얼굴일 것 같다. 군사들을 두루 감싸 안는 부드러운 눈빛을 가진 동시에 나라를 위해 죽겠다며 아내와 자식을 베고 나올 만큼 차가운 눈빛도 가졌을 것 같다. 어찌 되었든 전장으로 나가 맡은 바 책임을 다 하다가 스러지려는 용기를 가졌을 것 같다.

'시로 무장한' 정형수 작가는 지금 '계백 장군'을 열렬히 사랑하고 있다.

이기원

데뷔: KBS 드라마 〈전설의 고향—호몽〉(1999)
주요 작품: 큰형님(2000) 러브 미 텐더(2001) 내 아내는 강력계(2001) 피리 부는 사나이(2002) 가리봉 엘레지(2002) 하얀거탑(2007) 스포트라이트(2008) 제중원(2009)

취재 및 집필
이인재

드라마, 감성과학을 꿈꾸다

"어떻게, 라는 생각을 버려. 조건 없어. 무조건이야. 쉬지
말고, 놓지 말고 끝까지 붙어. 그럼 그걸 내 것으로 만들 수
있어."

_드라마 〈하얀거탑〉 중에서

드라마는 대개 욕망을 지닌 한 인간이 그 욕망을 향해 나아가다 이
런저런 장애에 부딪히고 좌절도 겪지만 결국에는 그것을 '극복'하는 서
사 구조를 가진다. 그리고 이런 이야기처럼 성공의 욕망을 품고 그것을
추구하는 우리들은 드라마가 주는 '너와 나의 이야기'라는 보편성에 이
끌려 오늘도 기꺼이 TV 앞에 앉는 것이다.

이제 중요한 것은 누가 더 새로운 틀 속에 그런 이야기를 담아내느
냐 하는 것인데, 이런 점에서 보면 작가 이기원은 조금 다른 무기를 가

지고 있다.

그는 방송 드라마 장르에서 '전문직 드라마'의 세계를 본격화한 것으로 평가받는다. 지난 2007년, 의사 및 의료 세계의 이면을 다룬 〈하얀거탑〉을 시작으로 방송기자의 세계를 극화한 〈스포트라이트〉, 역사 메디컬 드라마 〈제중원〉으로 이어지는 작품에서 특정 전문 직업을 배경으로 인간의 욕망과 성공을 향한 도전을 치밀하게 그려 냈다. 이를 통해 드라마 작가로 자신의 입지를 확고히 하는 가운데, 시청자들에게는 멜로나 트렌드, 사극 등 일반적인 드라마 장르를 벗어난 새로운 볼거리를 제공했다.

이기원은 먼저 자신이 잘할 수 있는 분야에서 시작하고 싶었다고 말한다.

"드라마의 주 시청 연령대가 20~40대 여성들이라는 점을 생각하면 아무래도 멜로나 트렌드 극을 하는 것이 어느 정도 시청률을 확보하는 데 유리하겠지요. 하지만 제가 남자이기 때문인지 여성들의 섬세한 심리를 파악하는 데는 한계가 있다고 생각했어요. 다른 한편으로는 남들이 쉽게 접근하는 것에는 흥미를 못 느꼈지요. 이왕이면 내가 장점을 발휘할 수 있는 분야에서 승부를 걸고 싶었습니다."

전문직 드라마였다. 전문직 드라마 영역에 도전한 것은 새로운 시대 변화에 대한 인식 때문이기도 했다. 그가 2007년 〈하얀거탑〉을 구상하며 썼던 기획서의 내용은 작가가 이런 변화를 얼마나 예리하게 포착해 내고 있는지 보여 준다.

"2,000년대에 들어서며 우리 한국 드라마, 특히 미니시리즈는 위기에 처해 있다. 전형적인 캐릭터와 개연성이 무시된 이야기, 남녀 주인공의 천편일률적인 '짝짓기 놀음' 등으로, 시청자들이 드라마를 외면하고 있는 것이다. 이는 80년대 후반에 똑같은 이유로 위기에 처했던 미국 드라마의 재판再版이라 할 수 있다. 스타일 복제에만 급급하던 로맨틱 코미디가 더 이상 대중의 마음을 사로잡지 못했기 때문이다. 하지만 90년대 들어 이런 침체기를 역전시킨 작품들이 나왔는데, 바로 〈NYPD BLUE〉와 〈ER〉 같은 전문 장르 드라마였다. 드라마의 패러다임을 바꾼 이 두 드라마는 마치 다큐멘터리를 보는 듯한 생생한 현장감과 그 안에서 숨 쉬는 인물들의 앙상블로 대중들을 다시 TV 앞으로 불러들였다. 이는 대중이 더 이상 가짜 이야기에 열광하지 않는다는 사실을 알려 주며 동시에 부진의 늪에 빠진 당시 한국 TV 드라마를 구원해 줄 또 다른 대안으로 다가왔다. '리얼한 직업의 세계'와 '살아 있는 인간 이야기'의 조합인 것이다."

실제 전문 의학 드라마를 표방한 〈하얀거탑〉은 이런 의도에 충실했다. 기존의 의학 드라마가 남녀의 애정 구도를 앞세워 결국 '의사들이 연애하는 이야기'가 의학 전문 드라마냐는 비판을 들었던 데 비해, 〈하얀거탑〉은 전문 의료진의 세계를 세밀하게 보여 주며 그 속에서 벌어지는 그들의 야망을 치열하게 그려 냄으로써 사랑 이야기 없이도 드라마가 성공할 수 있다는 새로운 공식을 만들어 냈다. 이 작품 이후 〈외과의사 봉달희〉, 〈하트〉, 〈에어시티〉, 〈로비스트〉, 〈뉴하트〉 같은 전문직 드라마를 표방한 다른 작가들의 작품이 이어진 것을 생각하면 당시 〈하얀거탑〉의 파급력을 짐작할 수 있다.

그는 좀 색다른 말로 TV 드라마를 정의한다. 시청자를 사로잡는 작품을 쓰려면 가슴을 치는 부분도 있어야 되지만 이를 뒷받침할 논리도 있어야 한다는 것이다.

이 말은 '공대 출신 드라마 작가', 그에게 무엇보다 잘 맞아떨어진다. 그는 문학적이지 않는 것에서 시작하여 누구보다 올곧이 작가의 길을 걸어왔다.

이기원은 어린 시절 엄청난 독서광이었다. 한때는 전교에서 책을 제일 많이 읽은 어린이로 뽑히기도 했다. 하지만 커 가면서 그의 감성은 엉뚱한 곳으로 뻗어나갔다. 중학교 때부터 음악에 심취하면서 새로운 꿈을 꾸기 시작한 것이다. 그는 뮤지션이 되고 싶었다.

"헤비메탈을 좋아했는데 그 강렬한 비트의 세계가 그렇게 매력적으로 다가올 수 없었어요. 저에게 새로운 세계가 열렸다고 생각했습니다."

하지만 그의 남다른 감성은 주변의 반대에 부딪혔고, 그는 부모의 뜻에 따라 공과대학에 입학했다. 아주대학교 환경공학과. 안정적인 직업을 갖고 평범하게 살기를 원한 어른들의 권유를 따른 것이다. 그러나 대학에는 더 많은 기회가 있었다. 그는 타고난 감성과 기질을 발산할 기회가 많았다. 전공 공부를 소홀히 한 것은 아니지만 공부보다는 영화와 음악에 더 열광했고, 친구들과 밴드를 결성해 밤이 새도록 열정과

낭만을 불태우기도 했다.

대학을 졸업한 뒤에는 팝 칼럼니스트로 활동했다. 전공은 물론, 직접적인 음악 활동과도 거리를 둔 직업이었다. 음악을 하지 않으면 더 이상 존재하지 않을 것 같던 마음이 어느새 누그러져 음악은 간간히 삶의 긴장감을 덜어내는 취미로 남았다.

팝 칼럼니스트로 활동하며 그는 한동안 그 일에 빠져 있었다. 하지만 무언가 온전히 충족되지 않는 창작 욕구는 또 다른 갈망으로 이어졌다. 그는 소설가로 새로운 삶의 방향을 정하고 있었다. 삶의 어느 지점에서 돌아보니 어느새 책을 읽고 글을 쓰는 일이 내가 가장 좋아하는 일이 되어 있었다는 그의 고백처럼 인생은 조금씩 제자리를 잡아 가는 것인지 모른다. 그는 추리소설 작가를 꿈꾸었다.

"추리라는 구조 안에서 인간의 이면을 살펴보는 일에 관심이 있었지요. 추리소설은 어느 이야기 장르보다 논리성을 요구합니다. 이미 버렸다고 생각했지만 공학도적 특성이 이런 부분에서 작용하지 않았나 생각합니다."

그리고 전문직 드라마 작가로 활동하는 지금 보면, 그의 지난 시간은 어느 면에서 서로 다른 영역 간 통섭의 과정이고 학문 간 종합의 과정이라고 할 수 있다.

몇 년간의 습작기를 거쳐 소설을 쓰던 작가 이기원은 1992년 다시 한 번 방향을 틀게 된다. 방송 드라마 작가로 새로운 도전을 하게 된 것이다. 이것은 보다 뜨거운 욕망 때문이었다. 갈수록 영향력이 커지는 방송이라는 매체를 통해 대중과 더 가까이 그리고 깊게 소통하고 싶다는 생각에서였다. 그동안의 소설 공부는 드라마 공부에 좋은 바탕이 됐다. 하지만 소설과 드라마는 서로 다르기도 했다.

"이를테면 표현 방식에 있어 소설은 한 사람의 심리적 흐름을 몇 장에 걸쳐서 묘사할 수 있지만, 드라마는 강렬한 비주얼 한 컷으로 보여 줘야 합니다. 소설은 주인공 외에 다른 인물로도 이야기를 전개할 수 있지만 드라마는 한 회에서도 주인공이 나오지 않으면 시청자들이 금방 흥미를 잃고 말지요."

드라마 작가로 이런 감각을 기르는 데 다시 몇 년의 습작기를 거쳐야 했다.

그는 1999년에 〈전설의 고향〉 호몽 편을 통해 드라마 작가로 정식 데뷔했다. 그다음부터 신인 작가들의 입문 과정이라 할 수 있는 단막극, 특집극 등을 거치며 차분히 실력을 검증받았다. MBC 베스트극장 〈큰형님〉, KBS 드라마시티 〈러브 미 텐더〉, MBC 베스트극장 〈내 아내는 강력계〉, 〈피리 부는 사나이〉, MBC 특집극 〈가리봉 엘레지〉 등이 이 시절 그의 작품이다.

"보조 작가로 시작해 단막도 하고 특집극도 하면서 기본적인 과정을 다 거쳤죠. 이런 수련 과정을 거의 8년 겪었습니다."

그는 자신이 우리 드라마 작가 입문 시스템에서 단막, 특집극, 미니시리즈 등으로 이어지는 전형적인 과정을 거치고 작가가 된 마지막 세대라고 말한다.

"한 작품이 작가에게는 정신의 자식이라고 할 수 있습니다. 당신의 작품이 남의 나라에서 국적 불명의 아이가 되지 않게 하겠습니다."

　신인 작가라는 타이틀에서 벗어날 무렵 그는 대중들에게 '드라마 작가 이기원'이라는 자신의 이름을 확실히 인지시킨 운명의 작품을 만나게 된다. 미니시리즈 첫 작품이자 출세작이기도 한 〈하얀거탑〉이다. 〈하얀거탑〉은 원래 야마사키 도요코라는 일본 작가의 소설로 일본에서도 드라마로 만들어져 크게 인기를 끌었던 작품이다.

　"원작을 처음 만났을 때 엄청나게 강렬한 느낌을 받았습니다. 이 시대에 꼭 필요한 드라마가 될 수 있겠다는 생각이 들었지요."

　물론 작가로서 미니시리즈 첫 작품을 오리지널 집필이 아닌 각색으로 시작한다는 점이 꺼끄럽기는 했다. 하지만 좋은 원작을 만날 기회도 흔치 않을 거라는 판단이 『하얀거탑』을 손에서 놓지 못하게 했다. 여기에는 한국 방송 시스템에 대한 나름의 계산(?)도 있었다. 대개 신인 작가가 작품을 갖고 나오면 주위의 관심과 염려로 사공들이 나서 다 뜯어고친다. 그러면 대본은 어느새 누더기가 되는 것이다. 일본에서 검증된 작품인 만큼 그런 걱정에서 자유로울 수 있겠다는 생각이 들었다.

　그런데 문제가 발생했다. 소설 원작자가 판권 판매를 거부한 것이었다. 원작의 훼손을 염려한 처사였다. 에이전트도 원작자가 워낙 완고해서 설득이 불가능할 거라고 말했다.

그의 노력은 이때부터 시작되었다. 일단 국내에 출간된 원작자의 소설을 모조리 읽었다. 20여 권이 넘는 소설을 모두 읽은 다음에 일본에 있는 작가에게 편지를 썼다.

"저는 당신의 모든 작품을 읽은 팬입니다. 당신의 여러 작품들 중에서 특히 『하얀거탑』에 깊은 감명을 받았습니다. 저도 소설가로서 제 작품이 다른 사람의 손에 각색된 적이 있고, 그 때문에 상처를 받은 적이 있습니다. 때문에 당신이 어떤 걱정을 하는지 잘 압니다. 작품은 그 작가에게는 정신의 자식이라고 할 수 있습니다. 당신의 작품이 남의 나라에서 국적 불명의 아이가 되지 않게 하겠습니다. 원작의 향기와 메시지를 잘 살리겠습니다. 기회를 주십시오."

기도하는 마음으로 편지를 보냈고 일주일 후에 답장이 왔다. 그렇다면 어떻게 각색을 할 것인지 시놉시스를 보내 달라는 것이었다. 그는 원작의 배경인 1960년대 일본의 의학적 상황을 2000년대 한국 상황으로 완벽하게 바꾸기로 마음먹고 작업을 시작했다. 하지만 의학 자문을 얻기가 어려웠다. 기존 의학 드라마와는 달리 본격적으로 의학계의 이면을 다룬 소재라 누가 선뜻 나서서 도와주려 하지 않았기 때문이다. 그런 때 일본 드라마 〈하얀거탑〉의 한글 자막을 쓴 사람이 의사라는 것을 알게 돼 그에게 연락을 했다. 그가 바로 구미병원 신경내과의 김성준 씨였다. 상황을 이야기하니 흔쾌히 도와주겠다고 했다. 구미에 내려가 시놉시스 작업을 한 뒤 일본에 보냈다.

이런 노력이 통했는지 원작자로부터 연락이 왔다. 시놉시스와 작품에 대한 그의 열정이 마음에 든다는 것이었다. 야마사키 도요코는 자신의 작품에 이렇게 열정을 보이는 작가는 처음 본다며 놀라워하기도 했다. 원작자의 허락을 받은 후 〈하얀거탑〉은 이때부터 다시 2년간 본격적인 준비 과정을 거치게 된다.

드라마의 주요 내용이 의학을 다루고 사건들이 병원에서 이루어지다 보니 이에 대한 전문 지식 없이는 작품에 접근할 수 없었다. 이기원은 의학에 대한 짧은 지식을 극복하기 위해 준비 기간 내내 병원에서 살다시피 했다.

의학 자문은 순천향병원의 주종우 교수와 아산병원 김기훈 교수 등의 협조를 받았다. 드라마 중반부터 나오는 의료사고에 따른 법정 소송 부분은 의료 소송 전문 로펌인 '한강'의 홍영균 변호사로부터 도움을 받았다. 실제 방송에서 보여 준 생동감 넘치는 수술 장면, 현실감 짙은 의사들의 권력 암투, 그리고 정교한 법정 장면 등은 모두 이런 충실한 준비에서 나왔다.

작업에 대한 몰입은 개인적인 이유도 한몫했다. 〈하얀거탑〉의 작업 기간은 작가 이기원에게도 전환기였다. 그는 〈하얀거탑〉을 쓸 때 방송 작가로서 절체절명의 위기를 느꼈다고 한다. 재능에 대한 회의, 생활에 대한 회의, 방송 시스템에 대한 회의. 나름대로 오랫동안 이 일을 해 왔는데 이게 끝나면 자신도 끝난다고 생각했다. 그러면서 자신이 느꼈던 세상에 대한 생각들, 분노, 절망, 욕망이 드라마 주인공에 모두 녹아들었다고 한다. 이런 점에서 주인공 장준혁의 캐릭터는 작가 이기원이 투사된, 그의 페르소나라고 할 수 있다. 작품을 쓰는 내내 그는 이런 작품을 하면 후회는 없겠다, 이것을 통해 배우고 성장하고 싶다는 생각을 했다고 한다.

> "월척을 낚을 때 가장 필요한 게 뭘까? 낚시 장비? 기술? 아니야. 인내심이야."
> _오경환(변희봉 분)
> "센 놈이 살아남는 게 아니라 살아남는 놈이 센 거야."
> _민충식(정한용 분)
> "누가 봐도 좋은 기회라는 건 말입니다, 말 그대로 누가 봤기 때문에 절대 좋은 기회가 아니라는 거죠."
> _우용길(김창완 분)

드라마의 명장면에는 삶을 통찰하는 대사들이 나온다. 힘든 시기를 거쳐 온 사람만이 뱉어 낼 수 있는 말들이었다. 그는 좋은 배우를 만난 것도 행운이었다고 말한다. 드라마 첫 회에 주인공 장준혁이 응급 상황에 처한 환자의 심장에다 신경전달물질 중 하나인 에피네프린을 넣는 장면이 있다.

"저는 대본에 그냥 '힘 있게 박아 넣는다'라고만 썼는데, 장준혁을 연기한 김명민 씨가 단순히 쿵 하는 게 아니라 끝에서 '탁' 멈추고, 뺄

때도 '탁' 힘줘서 표현하는 것을 보고 놀랐지요. 나는 거기까진 안 썼는데 배우가 그것까지 해내더군요. 저 정도로 분석과 연구를 했구나, 저 배우 괜찮다 생각했죠."

그리고 본격 촬영에 들어가면서 그는 매주 500매 분량의 원고를 토해 냈고, 이런 강행군을 거쳐 〈하얀거탑〉을 완성했다. 작품은 2007년 1월 6일부터 3월 11일까지 20부작으로 방영됐다.

드라마는 대성공이었다. 방송은 첫 회부터 장안의 화제를 일으켰고 시청자들은 열광했다. 이기원 자신도 반응이 그 정도일 줄은 몰랐다고 했다. 언론의 호평도 쏟아졌다.

"드라마 공화국이라는 오명 아래 대부분의 드라마가 천편일률적인 내용과 주제를 가지고 있는 현실에서, 전문직 드라마로 사회와 인간에 대한 진지한 고민을 흥미 있고 치밀하게 풀어내 우리 드라마의 수준을 한층 높여 준 작품이다."

이런 평가를 받으며 〈하얀거탑〉은 그해 (사)민주언론시민연합으로부터 '올해의 좋은 방송'에 선정되기도 했다.

"절망에 빨리 익숙해져라."

드라마 작가를 꿈꾸는 후배들에게 그가 자주 던지는 말이다. 이 말이 더 깊은 울림으로 다가오는 것은 이기원 작가 자신이 절망의 시간을 지나왔기 때문이다. 첫 작품이 성공해서 논스톱으로 가는 경우는 많지 않다. 그는 〈하얀거탑〉에 이어 새롭게 도전한 미니시리즈 〈스포트라이트〉에서 8회분 대본까지만 참여한다. 중도하차였다. 그때 방송가에서는 여러 가지 이야기가 돌았지만, 그는 자신과 연출자 사이에 극 전개에 대한 견해가 달랐을 뿐이라고 말한다.

"〈스포트라이트〉는 또 다른 전문직 드라마를 보여 준다는 기획으로 방송사 사회부 기자들의 치열한 생활을 다룬다는 의도를 갖고 시작했어요. 반면 연출 쪽에서는 드라마에 남녀 주인공의 애정 이야기가 비중 있게 포함되길 원했지요. 흥행에 대한 걱정 때문이었죠."

의견 대립이 생겼고 결국 그가 불명예를 안아야 했다.

아직도 우리나라 드라마 제작 환경은 누가 힘을 가졌느냐에 따라 작가의 의도와 달리 이야기가 편집, 재구성되는 경우가 많다고 한다. 감독이 작가 흉내를 내고 작가가 감독 흉내를 내면서 판이 깨지는 것이다. 〈스포트라이트〉를 쓸 때 윗분(?)에게 '네가 드라마 말아먹으려고 하느냐'는 말과 함께 새삼스레 '작법 강의'를 듣기도 했다.

그는 작가들이 겪는 이런 압박을 줄이기 위해 한국도 미국 드라마의 크리에이터 시스템처럼 체계적인 제작 시스템이 정착되어야 한다고 말했다. 집필과 연출, 연기 등 각 영역 간의 전문성을 지켜 주는 가운데 공동의 작업을 해내기 위한 체계적인 협력 시스템이 필요하다는 것이다.

슬럼프가 있었지만 그는 툭툭 털고 일어났다. 곧이어 장안의 화제가 되었던 의학 사극 〈제중원〉으로 다시 진가를 보여 준다.

"이 당시에 제가 읽었던 책 『최고의 나를 꺼내라』를 보면 '작가는 자기가 옳다는 것을 항상 작품으로만 증명해야 한다'는 말이 나옵니다.

이 말이 가슴에 와 닿았고 그래서 좌우명으로 삼게 되었습니다. 작가는 작품으로 말하면 되는 거죠."

그는 〈하얀거탑〉 자료 조사를 하는 과정에서 한국 최초의 근대 병원인 제중원을 배경으로 한 드라마 아이디어를 얻었다고 한다. 그의 심장을 뛰게 만든 것은 우연히 한 자료에서 본 '제중원에서 설립한 세브란스의학교 출신 의사 중 백정의 아들이 있었다'는 역사적 사실 한 줄이었다.

자료를 조사하다 보니 목숨이 경각에 걸린 세도가 인물을 구해 낸 공로로 병원 설립을 허가 받는 이야기부터, 남녀 환자를 가리지 않고 치료하다 보니 당시 자원하는 여자들이 없어 기생을 간호사로 차출했다는 이야기, 양반의 딸을 살려 놨더니 외간 남자가 손을 대 몸이 더럽혀졌다며 자결하는 이야기 등 제중원을 둘러싼 역사적 사실이나 일화들은 끝없이 이어졌다.

이런 이야기 재료들을 가지고 역시 전문성을 살리는 것이 중요했다. 특히 제중원은 역사와 의학이라는 두 분야에 대한 지식이 필요했기에 어느 면에서 두 배로 힘들었다. 연세대 의대 의사학과 박형우 교수에게 많은 도움을 받았다. 그 당시 마취는 했는지, 인공호흡이나 수혈은 어떻게 했는지, 의료용 도구 포셉forceps은 그때도 썼는지 등 구체적인 자료가 필요했다. 박형우 교수의 자문을 통해 가능한 한 사실적으로 그리려고 했고, 그럴 수 없을 때는 개연성 있는 상상을 바탕으로 글을 썼다. 예를 들어 드라마에서 암 수술 얘기를 써야 했는데 1800년대에 암 수술을 당연한 것처럼 그릴 수는 없었다. 따라서 암 수술에 대한 내용이 나오는 영국 의학 잡지《란셋Lancet》지가 200년이 넘은 것을 감안하여 거기서 암 수술법을 보고 한다는 식으로 설정했다. 이런 고증과 작가적 상상력을 통해 그는 우리의 근대 풍경을 배경으로 한 사람의 화려한 성공기를 그려 냈다.

드라마에 앞서 이기원은 소설 『제중원』을 먼저 출간했다. 제대로 된 원작 소설을 쓰고 싶다는 이유도 있었지만 함께 작품을 찍는 배우와 스태프, 시청자들과 함께 이야기 흐름을 공유한다는 데 의미가 있었다.

시청률 확보에는 아쉬움이 남았지만 드라마 〈제중원〉은 〈하얀거탑〉에 이어 이기원 고정 마니아 층을 만들었다. 정치 메디컬이었던 〈하얀거탑〉과 역사 메디컬 〈제중원〉으로 '장르 메디컬 전문 작가'로 그의 입지도 더욱 견고해졌다. 작가 내면적으로는 또 한 번 산을 넘는 작품이었다.

"그전까지만 해도 내가 이 일을 계속해야 하나 고민도 많았습니다. 이 드라마를 쓰면서 평생 작가로 살고 싶어졌습니다."

〈하얀거탑〉이나 〈제중원〉이 전문직 드라마로서 시청자의 사랑을 받고 성공할 수 있었던 것은 탄탄한 준비 과정을 거쳤기 때문이다. 두 작품 모두 2~3년의 사전 준비 기간을 거쳤다. 이기원은 전문직 드라마에서 사전 준비는 필수이며, 그것은 취재와 공부 등 다방면에서 이루어져야 한다고 말한다.

먼저 그가 강조하는 것은 충실한 취재다. 어떤 분야에 대해 정통하지 못하면 정통한 사람을 찾아가서 배운다는 게 그의 작업 방식인데, 요즘의 시청자들을 설득하려면 내용의 정확성, 당위성은 필수라는 것이다.

취재는 전문성만을 확보하기 위한 것은 아니다. 그는 무엇보다 사람을 취재한다는 말을 좋아한다.

"흔히 전문 자료나 밀도 있는 장면만을 위해서 전문가들을 만난다고 생각합니다. 하지만 저는 〈하얀거탑〉을 쓸 때 그 작품이 의학적 지식이나 정보를 주는 단순 메디컬 드라마가 되어서는 안 된다고 생각했어요. 사실적인 것에만 치중하면 그건 다큐멘터리이니까요. 그보다는 의사들도 우리 보통 사람들처럼 학연 지연 인간관계 때문에 고민하는 사람들이라는 것을 보여 주려고 했어요."

이를 위해서는 결국 그들의 일상 속에서 디테일을 찾아내야 하는데, 그런 방법은 사람을 취재하는 길밖에 없다는 것이다. 좋은 취재는 먼저 취재원과 친해지는 작업부터 해야 한다. 같이 술 마시고 떠들고 이야기하면서 관찰하는 것이다. 이를 통해서 적절하고 실감나는 에피소드를 찾아내 작품에 적용할 때, 시청자들로부터 '그래, 바로 우리 이야기야' 하는 공감대를 확보할 수 있다는 것이다.

그렇다고 모든 것을 취재로 해결할 수는 없다. 그는 드라마 작가라면 취재의 간극을 메우는 치열한 공부의 과정을 결코 소홀히 해서는 안 된다고 조언한다. 그는 〈제중원〉을 쓸 때 자료로 산 책이 200권이 넘었다고 했다.

공격적인 작법도 그의 드라마를 더욱 긴장감 있게 하는 요소다. 이를

테면 "대사는 평면적이어서는 안 된다. 모든 대사는 싸운다는 식으로 써라, 또한 신scene과 신을 연결시켜라, 하나의 신이 다음 신을 끌어당기고 반전까지 유발하라. 마음의 흐름을 가지고 써라. 드라마에서 중심 텍스트는 대사지만, 작가는 시청자의 마음의 흐름을 따라가는 서브텍스트를 가지고 있어야 한다" 등.

드라마는 지극히 대중적인 코드다. 따라서 그도 작품을 쓸 때마다 '지금 이 시대 어떤 드라마가 호응 받을 것인가'를 가장 먼저 고민한다. 작가가 시대와 동떨어져 자신만의 이야기를 할 수는 없는 것이다. 개인적으로 열심히 트위터와 블로그를 하고, 수줍음을 타는 대개의 드라마 작가들과는 다르게 세상에 대해 적극적으로 의사를 표현하는 것도, 방에서 글을 쓰는 고독한 작업을 하지만 언제나 현장에서 목소리를 듣는 기회를 가져야 한다고 생각하기 때문이다. 이것은 단순히 시류에 대한 편승이 아니다. 좋은 드라마는 결국 인간을 담아내는 것이고, 이런 인간을 이끌어 내기 위해서 작가는 기본적으로 세상과 인생을 보는 자기만의 따뜻한 시각이 있어야 한다고 보기 때문이다.

이렇게 사람들과 시선을 맞추는 가운데 창작자로서 그가 하나 더 고민하는 부분이 있다. '지금 이 시대 어떤 드라마가 필요한가' 하는 물음이다. 이를 두고 작가는 '드라마가 져야 하는 사회적 책임'이라고 말한다. 같은 문제라도 시사 프로그램에서 다루면 일회적이고 이면의 성찰을 담기 어렵지만 드라마에서 녹이면 더 깊은 고민을 던지게 된다. 영향력 있는 매체를 다루는 작가로서 작품의 사회적 의미를 생각해야 것은 당연하다는 것이다. 주위에서 성공한 작품들을 보면 거대한 서사를 담지 않아도 대개 이런 고민들이 담겨 있다고 한다.

글을 쓰는 일은 멘털 스포츠다. 작품에 들어가면 보통 10개월 정도는 움직일 수 없다. '작가는 책상에서 도망치고 싶은 욕구와 앉아서 써야 하는 의무감 사이에서 방황하는 존재'라는 한 선배가 전해 준 말을 작품을 쓸 때마다 실감한다. 하지만 이제 작가 이기원은 그런 긴장감을 사랑하고 즐길 줄도 안다. 그러기에 오늘도 기꺼이 자신을 그 속으로 밀어 넣는다. 우리 또한 그가 지닌 내공과 날선 재주를 알기에 그에 대한 우리의 기대도 한결같다. 삶은 고단하고 때로는 무료하게 흐르겠지만 그가 들려줄 이야기가 있어 견딜 만하다.

올 댓 드라마티스트
: 대한민국을 열광시킨 16인의 드라마 작가

1쇄 발행 | 2011년 10월 10일
3쇄 발행 | 2016년 11월 7일

지은이 스토리텔링콘텐츠연구소
펴낸이 김재범
편집 김형욱, 윤단비
관리 강초민
인쇄 AP프린팅
종이 한솔PNS
디자인 이춘희
일러스트 코베

펴낸곳 (주)아시아
출판등록 2006년 1월 27일
등록번호 제406-2006-000004호
주소 서울특별시 동작구 서달로 161-1(흑석동)
전화 (02)821-5055
팩스 (02)821-5057
이메일 bookasia@hanmail.net
홈페이지 www.bookasia.org

ISBN 978-89-94006-17-8 04800
       978-89-94006-14-7(set)

*값은 표지 뒷면에 있습니다.
 잘못된 책은 바꾸어 드립니다.